文庫

〔改訳決定版〕

ダシール・ハメット

小鷹信光訳

早川書房

7080

THE MALTESE FALCON

by

Dashiell Hammett

1930

ジョウスに捧ぐ

序文

ダシール・ハメット

この物語が、概要とかメモとか、私の頭の中できちんと整理されたプロットの原案などの助けを借りて書かれたものであったら、いかにして『マルタの鷹』が出来あがったかをお教えすることも可能であろう。だがこの物語の創造について思いだせることといえば、神聖ローマ帝国皇帝とエルサレムの聖ヨハネ救護騎士修道会との間で結ばれた奇妙な借款協定のことを読んだ記憶があったこと、私が気に入っていた設定の大部分を「フージズ・キッド」という短篇小説で生かしきれなかったこと、「カウフィグナル（クフィニャル）島の掠奪」という別の短篇小説の中ではかなりうまくいきそうだった結末の部分を同様に台無しにしてしまったこと、そしてこの二つの失敗をマルタ島の貸与と結びつければうまくいくかもしれないと考えたことだけである。

物語の登場人物のほとんどについては、もっと明瞭に思い出すことができる。

若い拳銃つかいのウィルマーは、カリフォルニア州ストックトンで出会った男が原型になった。私はその町で、サンノゼの宝石店を襲ったショーウィンドウ破りを追跡していた。

あいにくなことに、ウィルマーの原型はそのウィンドウ破りではなかったが、それでもちょっとした男だった。おそらく二十一歳になる、つるっとした顔の、小柄で、もの静かで、端正な青年だった。十七歳だと自称していたが、たぶん刑務所に服役するよりは感化院に送られるほうがいいと考えて年齢を偽ったのだろう。父親はニューヨーク警察の警部補だともいっていたが、真偽のほどは定かでない。彼は、地元紙が彼に与えた〝コビトの山賊〟という呼び名を本気になって自慢していた。前の週に、彼はストックトンのある給油所を襲っていた。翌日か翌々日、ストックトンの新聞の記事をロサンジェルスで読み（新聞記事の切り抜きサーヴィスの契約をしている犯罪者たちがいるにちがいない）、襲われた給油所の経営者が述べた自分の人相風体と、今度見かけたらあのチビのろくでなしを痛い目にあわせてやるつもりだという談話にひどく傷つけられた。そこで〝コビトの山賊〟は車を盗み、彼の言によれば、もう一度襲ったら相手がどうでるかみてやろうと、ストックトンに引き返したのである。

ブリジッド・オショーネシーにはモデルが二人いる。一人はアーティストで、もう一人はピンカートン探偵社のサンフランシスコ支社を訪れてきた女性である。彼女は家政婦を解雇するために探偵を雇いにきたのだが、とにかく二人とも犯罪者ではなかった。

ダンディ警部補の原型とは、ノース・カロライナの鉄道の操車場で一緒に働いたことがあった。カイロのモデルは、一九二〇年に、ワシントン州パスコで文書偽造容疑で捕えた男である。ポルハウス刑事のモデルは、ある退職警部であり、スポケンではアイヴァの原型となった女性の店でよく本を買ったものである。エフィのモデルとなった女性は、サンディエゴで一緒に麻薬の密輸をやらないかと私にもちかけたことがあった。ガットマンの原型となった人物は——よくあることだが、愚かしくも——戦争がはじまった頃、首都ワシントンのドイツ人スパイではないかと疑われた人物である。後を尾けてこれほど退屈させられた男はいない。

サム・スペードにはモデルがいない。私と同じ釜の飯を食った探偵たちの多くがかくありたいと願った男、少なからぬ数の探偵たちが時にうぬぼれてそうあり得たと思いこんだ男、という意味で、スペードは夢想の男《ドリーム・マン》なのである。なぜなら、ここに登場する私立探偵（少なくとも私の十年前の同僚たち）は、シャーロック・ホームズ風の謎々を博識ぶって解こうとはしたがらない。彼は、いかなる状況も身をもってくぐりぬけ、犯罪者であろうと罪のない傍観者であろうと、はたまた依頼人であろうと、かかわりをもった相手に打ち勝つことのできるハードな策士であろうと望んでいる男なのである。

一九三四年一月二十四日
ニューヨークにて

〔一九三四年刊のモダン・ライブラリー版に付せられたもの〕

目次

序文……五
1 スペード&アーチャー……一三
2 霧につつまれた死……二六
3 おんな三人……四六
4 黒い鳥……五八
5 レヴァント人……七九
6 チビの尾行者……九〇
7 宙に描かれたG……一〇四
8 茶番劇……一二四
9 ブリジッド……一三八
10 ベルヴェデールのロビー……一五〇
11 太った男……一六七
12 いたちごっこ《メリーゴーラウンド》……一八五
13 皇帝への貢物……二〇一
14 パロマ号……二一七
15 いかれた連中……二三一

16 三つめの殺人……二四八
17 土曜日の夜……二六四
18 貧乏くじ……二八二
19 ロシア人の手口……三〇六
20 首を吊られたら……三三六
解説／小鷹信光……三五七
「改訳決定版」のための短いあとがき……三七五

マルタの鷹

〔改訳決定版〕

登場人物

サム・スペード……………………サンフランシスコの私立探偵
エフィ・ペリン……………………スペードの秘書
マイルズ・アーチャー……………スペードのパートナー
アイヴァ・アーチャー……………アーチャーの妻
ブリジッド・オショーネシー………事件の依頼人
フロイド・サーズビー……………ブリジッドが尾行を依頼した男
ジョエル・カイロ…………………レヴァント人
キャスパー・ガットマン…………鷹の彫像を追っている男
ウィルマー・クック………………ガットマンの手下
ジャコビ……………………………パロマ号の船長
シド・ワイズ………………………弁護士
ブライアン…………………………地方検事
トム・ポルハウス…………………部長刑事
ダンディ……………………………警部補

1　スペード&アーチャー

サミュエル・スペードの角張った長い顎の先端は尖ったV字をつくっている。口元のVは形が変りやすく、反りかえった鼻孔が鼻の頭につくる、もう一つの小さなV。黄ばんだ灰色の目は水平。鉤鼻の上の二筋の縦皺から左右に立ちあがる濃い眉がふたたびV字模様を引き継ぎ、額から平たいこめかみの高い頂きにかけて、薄茶色の髪もVを成している。見てくれのいい金髪の悪魔といったところだ。

スペードは、エフィ・ペリンに声をかけた。「なんだい、スウィートハート」

彼女は陽に焼けて、すらりと背が高い。黄褐色の薄いウールのドレスがしっとりと体にまとわりついている。男の子のような明るい顔をして、陽気な茶色い目をしている。彼女は後ろでドアを引いて閉め、よりかかった。「女のひとが、あなたに会いたいそうよ。名前はワンダリー」

「と思うけど。どっちみち会ってみたくなるわよ。とびきりの別嬪《べっぴん》さんだから」

「客かな」

「通してくれ、ダーリン。すぐにだ」

エフィ・ペリンはドアを押し開け、取手に片手をかけて足をとめ、「お入りください、ワンダリーさん」と声をかけた。

「どうも」とこたえる声がした。明瞭な発音のおかげでやっと聞きとれるかぼそい声とともに、若い女が入って来た。ためらいがちにゆっくりと歩を運び、ひかえめに探るような青い目で、スペードを見つめている。

背が高く、ほっそりとしなやかで、体のどこにも角張ったところはない。しゃんとのばした背筋、高い胸元、長い脚、細い手足。服装は、目の色に合わせて濃淡二種の青色の取り合わせ。青い帽子の下には濃い赤い巻き毛、ふっくらした唇はもっと明るい赤色をしている。新月のように薄い、おずおずとした笑みを見せると、白い歯が輝いた。

スペードは会釈しながら立ちあがり、太い指をした手で、デスクのかたわらのオーク材の肘かけ椅子を示した。身長はゆうに六フィート。きわだったなで肩で、体は円錐形に近く、厚みは幅と同じくらい、プレスしたばかりの灰色の上衣がしっくり合っていない。

「どうも」ミス・ワンダリーは口ごもり、前と同じかぼそい声でこたえ、木の椅子に浅く腰をおろした。

スペードは回転椅子に深々と身を沈め、椅子を四分の一回転させて女と向きあい、おだやかな笑みを浮かべた。笑っても唇は閉じたままで、顔中のV字模様がひときわ細長くなった。

トントン、トントン――チーン――ギーッ。境のドアを閉めた隣室から、エフィ・ペリンのタイプライターの音が聞こえてくる。どこか近くのオフィスから伝わってくる単調なモーターの振動音。スペードのデスクの上では、ひしゃげた吸殻がいっぱい入った真鍮の灰皿の中で、吸殻の一本がくすぶっている。黄色っぽいデスクの表面や緑色の吸取紙、書類の束の上に、煙草の灰が飛び散っている。窓には淡黄色のカーテン。十インチほどの隙間を抜けて、かすかにアンモニアの臭気を帯びた微風が裏手から漂ってくる。風に吹かれて、デスクの上の煙草の灰が、身をねじり、這いまわった。

身をねじり、這いまわる煙草の灰を、ミス・ワンダリーは不安げな眼差しで見つめていた。椅子の端っこに浅く腰をのせ、靴底は床にぴったりついている。いまにも立ちあがろうという構えだ。黒っぽい手袋をはめた手が、膝にのせた黒っぽい、ぺちゃんこのバッグをきつく握りしめている。

スペードは体を揺すって椅子の背にもたれ、たずねた。「どんなご用件でしょうか、ミス・ワンダリー」

女は息をつめ、スペードを見つめた。生唾を飲みこみ、早口で、「お願いできますか……

…わたし、その、つまり……」白く光る歯で下唇を噛み、女は口をつぐんだ。目だけは、なにかを訴えかけている。

スペードはにっこり笑い、よくわかりますよというふうにうなずいてみせた。厄介な話などなにもないといわんばかりのおだやかな仕草だった。「初めから話してください。お話をうかがえば、打つ手も考えられます。事の発端からどうぞ」

「始まりはニューヨークでした」

「なるほど」

「妹が、あの男とどこで知り合ったのかは存じません。ニューヨークのどこだったか、という意味です。あの子はわたしより五つ年下で、まだ十七歳です。わたしたち姉妹には共通の友人がいません。普通の姉妹とちがって、わたしたちはなんでも打ち明けあうほど親しくはありませんでした。ママとパパは、いまヨーロッパです。こんなことを知ったら、二人とも死んでしまうでしょう。両親の帰国前に、妹を連れ戻さねばなりません」

「なるほど」

「来月の初めに帰国するんです」

スペードの目が輝いた。「じゃ、まだ二週間ある」

「妹からの手紙で、はじめて事のいきさつを知らされました。気も狂わんばかりになりました」女の唇がわななないた。膝の上の、黒っぽいぺちゃんこのバッグが、手の中でつぶれている。「こんなことじゃないかと心配して、姿を消しても警察には届けられなかったのです。でも、あの子になにかあったのではないかとおびえて、一刻も早く届けたいとは思っていました。相談をもちかける相手は一人もいなかったのです。どうしたらいいのか、途方にくれていました。なにかわたしに打つ手があったでしょうか」

「責めることはありません。そのとき、妹さんから手紙が届いたのですね」

「はい。わたしは、すぐ帰るように、妹に電報を打ちました。ここの局留で発信したのです。あの子は、手紙にそれしか住所を書いてきませんでした。丸一週間待ちましたが、返事はありません。一言もいってこなかったのです。ママとパパの帰国の日が刻々と迫ってきました。そこで、妹を捜そうと、サンフランシスコにやってきました。わたしが来ることを、手紙でしらせてしまったのですが、まずかったでしょうか」

「さあ、どうでしょう。なにをすべきかなんて、だれでもそう簡単には決められないもんですよ。で、妹さんを見つけたのですか」

「だめでした。セント・マーク・ホテルに滞在する予定だということをしらせ、たとえ一緒に帰る気がなくても、せめて顔だけ見せて、話をさせてほしいと頼みました。ですが、妹は姿を見せません。三日待ってもあらわれず、連絡ひとつよこしませんでした」

スペードは、金髪の悪魔然とした顔をこくりとさせると、同情深げに眉を寄せ、口元を引き締めた。

「つらいことでした」ミス・ワンダリーは、無理に笑みを浮かべようとした。「あの子になにが起きたのか、これからなにが起ころうとしているのか、それさえもわからずに、ただじっと待ちつづけるのはとてもつらかった」微笑むのをあきらめ、身ぶるいしている。「住所の手がかりは、局留にした郵便局だけでした。わたしはもう一通手紙を書き、きのうの午後、郵便局に行きました。薄暗くなるまで待ちましたが、あの子はあらわれません。けさも足を運びましたが、コニーは姿を見せず、かわりにフロイド・サーズビーという男がやってきました」

スペードはまたうなずいた。眉間の皺は消え、耳をそばだてている顔つきに変った。

「サーズビーは、コニーの居所を教えてはくれませんでした」打ちひしがれたように、先をつづけた。「なにひとつ教えてくれようとしません。あの子は元気で、しあわせにやっているの一点張りでした。そんなこと、信じられますか。あの子がどうなっていようと、どうせ同じ台詞《せりふ》をつかったにちがいないんです」

「でしょうね」スペードも認めた。「しかし、事実かもしれません」

「そうならいいのですが。そうあってほしいと願っています」きっぱりとした口ぶりだった。「ですが、このままでは帰れません。会うことも、電話で話をすることもできずに引きあげるわけにはいかないのです。あの男は、わたしを妹に会わせようとしません。会いたくないといっている、というのです。そんなこと、信じられません。わたしと会ったことを妹に伝え、あの子が望めば、今夜ホテルに連れてくると約束してくれました。しかし、妹にその気はないだろうともいうのです。そのときは、自分一人で来ると約束しました。あの男は……」

境のドアが開き、女は驚いて口に手をあてた。

ドアを開けた男は、部屋に一歩足を踏みいれ、「や、これは失礼」と、あわてて茶色の帽子をとり、後ずさりした。

「いいんだ、マイルズ」スペードが声をかけた。「入ってくれ。ミス・ワンダリー、こちらはわたしのパートナーのミスター・アーチャーです」

マイルズ・アーチャーは後ろでドアを閉め、頭をかがめ、ミス・ワンダリーに笑いかけながら部屋に入り直した。手にした帽子をいくぶん上品ぶって振ってみせている。アーチャーは中背のがっしりした体つきで、肩幅が広く、太い首をしている。顎の張った陽気な赤ら顔、短く刈りこんだ灰色まじりの髪。超えている程度は同じくらいだが、スペードは三十代、アーチャーは四十代だ。

スペードが切りだした。「ミス・ワンダリーの妹さんが、ニューヨークからフロイド・サーズビーという男と駆け落ちした。二人はこの町にいる。ミス・ワンダリーはサーズビーを見かけ、今夜会う約束をとりつけた。妹さんを連れてくるかもしれないという話だが、どうもそれは口先だけらしい。ミス・ワンダリーは、妹さんを見つけ、その男と別れさせて連れ帰りたいと望んでいる」スペードは、ミス・ワンダリーに目をやった。「ということですね」

「はい」と女はあいまいにこたえた。スペードの愛想のいい笑みとうなずき、そして安心させるような態度とにはげまされて薄れかけていた困惑の色が甦り、頬に赤味がさした。膝のバッグを見つめ、手袋をはめた手で不安げにつまみあげようとしている。

スペードは相棒にウィンクを送った。

マイルズ・アーチャーが歩みでて、デスクの角に立った。バッグを見つめている女にじっと目をやる。女のうつむいた顔から脚に、あからさまな賞讃の視線をじっくりと走らせ、ふたたび顔に向けた。そしてスペードを見やり、気にいったといわんばかりに、音を立てずに口笛を吹く真似をした。

スペードは椅子の肘からすっと二本だけ指をあげて、制止する仕草をした。

「たやすい仕事です。今夜、ホテルに男を一人張り込ませ、サーズビーが帰るとき尾行させれば話は簡単です。あなたの妹さんを見つけるまで、後をつけさせます。もし妹さんがホテルにあらわれた場合は、あなたと一緒にニューヨークに帰るよう説得なされればいい。もちろんそれに越したことはありません。妹さんを見つけたあと、もし男と離れたがらないようでしたら、そのときはまたなにか手を考えましょう」

「それがいい」アーチャーの声は、重々しく、がさつだった。

ミス・ワンダリーはちらとスペードを見あげ、眉間に深い皺を寄せた。

「でも、用心してください」声が少し乱れ、唇が不安げにひきつった。「とてもおそろしい男です。なにをするかわかりません。あの子はまだ子供です。あの男が、妹をニューヨークからこの町に連れて来た行為は、よくよくのことと……ですから、もしかしてあの男が、あの子になにか……」

にっこり笑ってスペードは、椅子の両肘を軽くたたいた。

「わたしたちにおまかせください。扱い方は心得ています」

「でも、もしあの男が……」女はいいつのった。

「悪いことを考えていたらきりがない」スペードは判決を下すようにうなずいた。「わたしたちを信頼していただきましょう」

「信頼しています」女は真剣にこたえた。「ですが、危険な男だということも知っておいていただきたいのです。怖いもの知らずなのです。自分が助かるためなら、コニーを殺しかねません。まさか、そんなことを……」

「その男をおびえさせたのですか」

「ママとパパが、妹のやったことに気づかぬよう、二人が帰国するまえに、あの子を連れ帰りたい、と告げただけです。協力してくれれば両親にはなにも話さない。でも、もし協力してくれなかったら、パパはあなたが罰をうけるのを必ず見届けるにちがいない、といってやりました。わたしの話をそっくり真にうけるとは思いませんでしたが……」

「妹さんと正式に結婚してごまかす手は考えつかなかったのでしょうか」アーチャーがたずねた。

女は顔を赤らめ、当惑した口ぶりでこたえた。「あの男には、イギリスに奥さんと三人の子供がいます。駆け落ちしたわけを説明する手紙の中で、コニーが教えてくれました」

「お定まりの話だ」とスペード。「イギリスとはかぎりませんがね」鉛筆とメモ用紙に手を伸ばして、「その男の特徴は」

「年は三十五ぐらい、あなたと同じほどの背丈で、生まれつきの浅黒い肌をしています。でも、陽焼けかもしれません。髪も黒く、太い眉毛。怒ったように大声で話し、いらいらと落ち着きがありません。どこかしら、暴力の匂いがします」

メモをとりながらスペードは、顔をあげずにたずねた。「目の色は」

「灰色がかった青色。うるんでいますが、弱々しい感じではありません。そういえば……顎にはっきりしたくぼみがあります」

「やせていますか、それとも中肉か、太めか」

「スポーツ選手タイプです。肩幅は広く、背筋をぴんと伸ばし、明らかに軍隊調の身のこなしといえると思います。けさ会ったときは、薄い灰色のスーツに灰色の帽子をかぶっていました」

「どんな仕事で食べているのですか」鉛筆を置いて、スペードがたずねた。

「知りません。想像もつきません」

「ホテルに会いに来る時間は」

「八時すぎです」

「わかりました、ミス・ワンダリー。ホテルに人をやります。もしよろしければ、そのとき……」

「スペードさん、あなたご自身か、アーチャーさんが……」女は両手で、頼みこむような仕草をした。「あなた方のどちらかが、直接この件をお引き受け願えないでしょうか。ほかの方の力倆を疑っているわけではありませんが、コニーになにか起こるかもしれないと思うと、おそろしくてたまりません。あの男が怖いのです。お願いできませんでしょうか……もちろん、料金が高くつくことは承知の上です」女はふるえる指でバッグを開け、スペードのデスクに百ドル紙幣を二枚置いた。「これで間に合いますか」

「充分ですとも」とアーチャー。「わたしがこの件をお引き受けいたします」

はじかれるように片手をつきだして、ミス・ワンダリーが立ちあがった。

「ありがとうございます。ほんとうに、ありがとう」声を張りあげ、女はスペードにも手をさしのべて繰りかえした。「感謝します」

「どういたしまして」相手の礼の言葉に対して、スペードがいった。「こちらこそ、喜んで。サーズビーと下で会っていただけるか、しばらくロビーに一緒にいてくださると助かるのですが」

「そうします」女は約束し、パートナー二人にもう一度礼をいった。

「わたしを捜したりなさらぬように」アーチャーが一言つけくわえた。「まちがいなく、わたしが見つけますから」

スペードは、廊下に通じる戸口までミス・ワンダリーを送った。デスクに戻ると、アーチャーが二枚の百ドル紙幣に向かって首を振り、満足げなうなり声を発した。「もちろん、これで御の字だとも」そういって、札を一枚つまみあげ、二つに折り、チョッキのポケットにしまいこんだ。「バッグの中には、こいつの兄弟がいっぱいつまっていた」

スペードは、腰をおろすまえに残りの一枚をポケットにおさめ、「まあまあ、お手やわらかに頼むぜ。どう思う、あの女」

「上玉だ。だから、えげつないことをするなってのか」アーチャーは唐突に、楽しむでもなしに下卑た笑い声をあげた。「会ったのはおまえが先口《せんくち》だがな、サム、話をつけたのはおれのほうだ」ズボンのポケットに手をつっこみ、踵で立ち、体を前後に揺らしている。

「おまえさんのことだ。とことんしぼりとる気なんだろう」スペードは奥のほうの歯の先端をのぞかせて、狼のようににやりと笑った。「おつむがいいからな、おまえさんは」そういって、煙草を巻きはじめた。

2 霧につつまれた死

暗闇で電話のベルが鳴った。三度響いたとき、ベッドのスプリングがきしみ、指が板の表面を探りまわり、小さな固いものが音を立ててカーペットに落ち、スプリングがもう一度きしみ、男の声がした。

「やあ……ああ、おれだ……死んだって……わかった……十五分くれ。じゃあ」

スウィッチの音がして、天井の中央から三本の金メッキの鎖で吊られた白いボウル型の明かりが部屋を照らした。緑と白の格子縞のパジャマを着け、素足のまま、スペードはベッドの端に坐った。テーブルの電話機をにらみ、そのわきに置いてある茶色の紙を入れた箱とブル・ダラムの刻み煙草の袋を、両手でとった。

開け放した二つの窓から湿った冷たい風が吹きこみ、十秒おきにアルカトラズ島の霧笛の鈍いうめき声を運んでくる。テーブルに伏せてあるデューク著『アメリカ著名犯罪事件集』の隅を危うげにまたいでいる安手の目覚し時計の針は二時五分すぎを指している。

スペードの太い指が、煙草を入念に巻きはじめた。褐色の葉をひとつつまみ、反りかえった茶色の紙に移し、中ほどはわずかに少なめ、両端は同量になるように葉を均《なら》し、紙の内側の縁《へり》を、両方の人差指で押さえた外側の縁の下に両方の親指をつかって押しあげ、左右の指をすぼめて両端を持ち、左の人差指と親指で左端をつまみながら、右の人差指と親指で濡れたのりしろを撫で、ついで右端をひねり、煙草の左端を口元に近づけた。

スペードは豚革にくるまれたニッケルのライターを床から拾いあげ、煙草に火をつけ、口の隅にくわえて立ちあがった。パジャマを脱ぐ。肉づきのいい、滑らかな四肢と体、幅の広いなで肩は熊に似ている。毛を剃られた熊。胸毛もない。子供のように柔らかな肌は桜色をしている。

スペードは背中を掻き、服を着はじめた。薄地の白いつなぎの肌着、灰色の靴下、黒のガーター、焦茶色の靴。靴紐を結び終えると受話器をとり、グレイストーン局四五〇〇にかけ、タクシーを呼んだ。緑の縦縞の入った白いシャツに柔らかな白い襟《カラー》をつけ、緑色のネクタイを結び、その日着ていた灰色のスーツの上にゆったりしたツイードのオーバーをはおり、濃い灰色の帽子をかぶった。煙草、鍵、現金をポケットにおさめ終えたとき、玄関口の呼鈴が鳴った。

チャイナタウンに向かって下りはじめる前に、ブッシュ通りがストックトン通りとトンネルの上で交差する地点で、スペードは料金を払ってタクシーを降りた。じっとりとしのびよるサンフランシスコの薄い夜霧が、あたりをぼんやりとつつんでいる。スペードが車を降りたところから数ヤード離れて、数人の男が近くの路地を見ていた。ブッシュ通りの道の向こう側では、女が二人、連れの男と一緒に同じ路地を見ている。窓から覗いている顔もある。

スペードは、薄汚れた、むきだしの階段に通じる鉄柵の昇降口に挟まれた歩道を横切り、トンネルの上の手すり壁に近づき、頂部の濡れた横木に手をのせ、ストックトン通りを見おろした。

眼下のトンネルから、まるで吹き飛ばされたようなうなり声をあげて、一台の車がとびだし、走り去った。トンネルの入口からさほど離れていない二軒の商店の建物に挟まれた空地の前面をふさいでいる、映画とガソリンの広告看板の前に、一人の男が這いつくばるようにかがみこんでいる。かがみこんだ男は、看板の下を覗きこもうと地面すれすれまで首を曲げていた。片手をぺったり歩道につけ、もう一方の手で看板の緑色の枠を握り、なんとかぶざまな体勢を保っている。看板の一方の端にぎこちない姿勢で立った二人の男が、看板と建物との隙間を覗きこんでいた。その反対側の建物のぼうっとした灰色の壁が、看板のうしろの空地を見おろしている。窓に明かりがつき、男の影がいくつか浮かんだ。

スペードは手すり壁を離れ、ブッシュ通りを、男たちが群がっている路地まで歩んだ。青地に白く「バーリット小路《こうじ》」とエナメルで書かれた標識の下でガムを嚙んでいた制服の警官が、片腕をつきだしてたずねた。

「なんの用だ」

「サム・スペード。トム・ポルハウスに電話をもらった」

「ああ、あんたか」警官は腕をおろした。「だれかと思った。連中は奥にいる」警官は肩越しにぐいっと親指を向けた。「悪いことになった」

「悪すぎる」スペードは相槌を打ち、路地に入りこんだ。

路地の入口から半分ほど行ったところに、黒い救急車がとまっている。そのうしろ、路地の左側は、削られていない横木を打ちつけた腰までの高さのフェンスで仕切られている。フェンスのうしろは、下のストックトン通りの看板まで黒い土の斜面が急勾配でつづいている。

長さ十フィートのフェンスの一番上の横木が一方の支柱からもぎとられ、もう一方の支柱にぶらさがっていた。土の急斜面を十五フィート下ったところに、平たい石が露出している。石と急斜面とのあいだ、狭い切り通しに、マイルズ・アーチャーが上を向いて横たわっていた。見おろすように、男が二人立っている。片方の男が、死体に懐中電灯の明かりを向け、ほかの男たちは斜面を上下に照らしていた。

男の一人がスペードに手を振り、「やあ、サム」と声をかけて、上まで這いあがってきた。影が一足先に斜面を駆けあがった。ビヤ樽腹をした長身の男で、小さな鋭い目、分厚い唇、剃りぞこないの顎のひげが黒々としている。靴、膝、両手、顎の先が茶色い泥で汚れていた。

「運ぶまえに見ておきたいだろうと思ってね」男は壊れたフェンスをまたいだ。

「手間をとらせたな、トム。どんな具合だ」スペードはフェンスの支柱に片肘をのせ、うなずき返してくる下の男たちを見おろした。

トム・ポルハウスが、泥まみれの指で自分の左胸をこづいた。「ここのポンプを撃ちぬかれてる……こいつで」ずんぐりしたリヴォルヴァーをコートのポケットからとりだし、スペードのほうにつきだした。拳銃の表面のくぼんだ部分に泥がつまっている。「ウェブリー。イギリス製。そうだな」

スペードは支柱から肘を離し、かがみこんで拳銃を見たが、触れなかった。

「そうだ。ウェブリー・フォスベリー・オートマティック・リヴォルヴァー。三八口径。八連発。最近は作られていない。発射されているのは……」

「一発だけだ」トムはもう一度胸をこづいた。「フェンスにぶち当ったときにはこと切れていたにちがいない」刑事は泥まみれの拳銃を掲げた。「こいつに見覚えは」

スペードはうなずいた。「ウェブリー・フォスベリーなら何度も見たことがある」ことなげにいって、早口で先をつづけた。「上で撃たれたようだな、ここで。おまえさんが立っているあたりで、フェンスを背にしていた。撃ったやつはこっちだ」スペードはぐるっとまわってトムの正面に立ち、人差指を水平につきだし、手を腰だめに構えた。「そいつが一発くらわせ、マイルズはフェンスの横木を壊してうしろにふっとび、石に当るまで滑り落ちていった。といったところだろう」

「そんな具合だ」眉を寄せながら、トムはゆっくりとこたえた。「コートに焼け焦げがついている」

「やつを見つけたのはだれだ」

「シリングという巡回中の警官だ。ブッシュ通りを下ってきて、この路地の入口にさしかかったとき、Uターンをしていた車のヘッドライトに照らされて、フェンスの一番上の横木がはずれているのに気がついた。それを見にきて、死体を発見した」

「Uターンをした車というのは」

「それが、なにもわかってないんだ、サム。おかしなことが起こっているとは知らなかったので、シリングはとくにその車のことも気にかけなかった。パウエル通りとの角から下ってくるあいだ、この路地から出てきたものはいなかった。いたら、必ず見ていたはずだ。だとすると、逃げ道は一つ、看板の下をくぐってストックトン通りに抜けたことになる。だがそっちにも逃げた痕跡はない。霧で地面がじっとり濡れているが、マイルズの滑り落ちた跡と、この拳銃が転がった跡しかついていない」

「銃声を耳にしたものは」

「おいおい、サム。おれたちも着いたばかりなんだぜ。聞いたものはいるはずだ。捜したすさ」トムは向きを変え、フェンスをまたぎかけた。「死体を運ぶまえに、下に降りて一目見ておきたいだろう」

「いいや」スペードはこたえた。

トムはフェンスをまたぎかけたまま振り返り、驚いたような小さな目で、スペードを見た。

「もう見たんだろう、おまえさんが。いまさらおれが見ても同じことだ」

スペードを見やりながら、トムは訝しげにうなずき、脚をフェンスから戻した。

「やつの拳銃は、尻ポケットにおさまったままだった。発射されていない。オーバーのボタンもかかったままだ。懐には百六十ドルあった。やつは、なにか事件にとりかかっていたのか、サム」

一瞬ためらったあと、スペードはうなずいた。

「で、どんな」トムが訊いた。

「フロイド・サーズビーという男を尾行していたはずだ」そう告げてスペードは、ミス・ワンダリーに教えられたとおりにサーズビーの特徴を話した。

「なぜ尾行したんだ」

スペードは両手をオーバーのポケットにつっこみ、眠たげに目をしばたたかせた。

トムはじりじりして、同じ質問を繰りかえした。

「その男はおそらくイギリス人だ。確かな素姓はおれも知らない。どこに滞在しているか、それをつきとめるはずだった」スペードはちらっと薄い笑みを浮かべ、ポケットから片手をぬきだして、トムの肩を軽くたたいた。「ごり押しするなって」また、ポケットに手をもどす。「マイルズの女房にしらせてこよう」そういって、スペードは背を向けた。

顔をしかめ、口をひらきかけたトムは、なにもいわずに口を閉じ、空咳をして渋面を消し去り、しわがれたやさしげな声をかけた。

「むごい話じゃないか、あんなふうにくたばるなんて。おれたちと同じように、マイルズにも欠点はあったが、いいところもあった」

「おれもそう思う」まったく心のこもらない調子で相槌を打ち、スペードは路地から歩き去った。


ブッシュ通りとテイラー通りとの角にある終夜営業のドラッグストアで、スペードは電話を借りた。

「ダーリン……」番号を交換手に告げてからしばらくたって、スペードは話しかけた。「マイルズが撃たれた……そう、死んだ……騒ぎたてるんじゃない……そうだ……アイヴァに、きみの口から伝えてくれ……ばかいうな、おれからいえるか。こいつばかりは、きみにまかせる……よし、いい子だ……それから、アイヴァをオフィスに近づけさせるな……そのうち、こっちから会いに行くといってくれ、そのうちにだ……ああ、だがおれにめんどうをかけさせるな……それでいい。きみはいい子だよ。じゃあ」

天井から吊りさげられたボウル型の明かりをつけたとき、スペードの部屋の安手の目覚し時計の針は三時四十分を指していた。スペードは帽子とオーバーをベッドに脱ぎすて、台所に向かい、丈の高いバカルディの瓶とワイン・グラスを持って寝室に戻ってきた。一杯注ぎ、立ったまま飲み干した。瓶とグラスをテーブルに置き、向かいあってベッドの端に坐り、煙草を巻きはじめる。バカルディの三杯目を飲み干し、五本目の煙草に火をつけたとき、玄関口の呼鈴が鳴った。時計の針は四時半を示している。

スペードは吐息を洩らし、ベッドから腰をあげ、浴室のドアの近くにある電話機に近づいた。玄関の錠をはずすボタンを押し、「仕様のない女だ」とつぶやいた。黒い箱型の電話機を睨んだまま立ちつくし、不規則に息をつく。両頰に鈍色《にびいろ》の赤味がさしている。

エレベーターのドアがきしんで、カタカタと鳴る音が廊下から聞こえてきた。スペードはもう一度ため息をつき、廊下に通じるドアに向かった。カーペットの床にひそやかな重い足音が響く。二人の男の足音だ。スペードの顔が明るくなった。困惑の色も消えている。スペードはすっとドアを開けた。

「やあ、トム」スペードはバーリット小路で会話を交したビヤ樽腹の長身の刑事に声をかけ、「やあ、警部補」と、トムのかたわらの男にも話しかけた。「入ってくれ」

二人の男は一言も口をきかずにうなずき、中に入った。スペードはドアを閉め、二人を寝室に案内した。トムは窓際の長椅子の端に坐り、警部補はテーブルのわきの椅子に腰をおろした。

警部補は引き締まった体つきをして、丸い頭部は灰色の短髪、角ばった顔にはやはり短く刈りそろえた灰色の口ひげをたくわえている。ネクタイには五ドルの金細工のピン、襟には、ダイヤをはめこんだ、〝秘密結社バッジ〟風の小さい精巧な記章がとめられていた。

ワイン・グラスを二つ台所からとってくると、スペードは自分のグラスにもバカルディを注ぎ、来客二人にグラスを渡し、ベッドの端に坐った。おだやかで無頓着な顔をしている。グラスをあげ、「犯罪の成功に」といって、一気に飲み干した。

トムもグラスを空にし、足元の床に置いて、泥のこびりついた人差指で口を拭った。ベッドの脚を見ながら、ぼんやりとなにかを連想するような目つきをしている。

警部補は自分のグラスをしばらく見つめていたが、ほんの一口だけすすって、肘のわきのテーブルにグラスを置いた。きびしい慎重な目で部屋を見渡し、トムに目をやった。

長椅子に坐ったトムは居心地悪げに腰をずらし、顔をあげずに訊いた。「マイルズの女房にしらせたのか、サム」

「まあね」とスペード。

「反応はどうだった」

スペードは首を横に振って、「女のことはよくわからない」

トムがやんわりといった。「よくいうよ、まったく」

警部補が膝に手を置いて身をのりだした。灰色の目がことさらきびしくスペードにひたと注がれている。まるで機械仕掛けで焦点が合い、レバーを引くかボタンを押しでもしなければ変らないような凝視だった。

「おまえはどんな拳銃を持ち歩いてるんだ」警部補が訊いた。

「ここには持っていない。好みじゃないんだ。オフィスにはいくつか置いてあるがね」

「そのうちの一梃を見たいんだがね。ここに持ってきてるんじゃないのか」

「いいや」

「ほんとか」

「捜してみろよ」スペードは笑みを見せ、空っぽのグラスを軽く振った。「お望みなら、このぼろ家をひっくりかえしてくれたって文句はいわん。捜査令状があるんならな」

「その言草はないだろ、サム」トムが不平を鳴らした。

スペードはグラスをテーブルに置き、警部補の前に立ちはだかった。

「なにが望みだ、ダンディ」目の色と同じ、冷たくきつい口調だった。

ダンディ警部補の目は依然としてスペードの目を凝視していた。体ではなく目を動かして調節している。

トムが、長椅子の上でまた体を動かし、鼻から長く息を吐き、悲しげなうなり声を洩らした。「もめごとを起こす気はないんだ、サム」

スペードはトムを無視して、ダンディに話しかけた。「さあ、狙いはなんだ。あっさり本音を吐いてくれ。なんのつもりだ。おれを挙げにきたのか」

「よかろう」ダンディは胸の底から声を発した。「坐って、話をきけ」

「立とうが坐ろうが、おれの勝手だ」身じろぎもせずにスペードがこたえた。

「いいから、そうつっぱるな」トムがとりなした。「喧嘩をしてなんになる。ぶちまけた訊き方をしなかったわけを教えてやろうか。おれがサーズビーのことを訊いたとき、あんたは、お呼びじゃないぜというような口調でつっぱねたろ。おれたちの仲で、あれはなかろうぜ、サム。フェアじゃないし、つっぱったところでどうにもなりゃしない。おれたちにはやらなきゃならん仕事がある」

ダンディ警部補が体を跳ねあがらせ、スペードの真前に立ち、角ばった顔をあげ、上背のある相手を見た。「そのうち足を滑らすことになると警告しておいたはずだ」

スペードは眉を吊りあげ、侮蔑するように口元をゆがめた。「だれでも足を滑らすことはあるさ」あざけりをこめた、やんわりとした口ぶりだった。

「今度はおまえの番だ」

スペードは笑みを浮かべ、首を振った。「おあいにくさま。おれは滑らないようにうまくやるつもりだ」笑みが消え、上唇の左端がひきつり、犬歯がのぞいた。凶暴な薄い目になり、相手に劣らぬ野太い声になった。「気にいらんね。なにを嗅ぎまわってるんだ。さっさとしゃべっちまえよ。さもなきゃ、とっとと帰ってくれ。眠いんだ」

「サーズビーというのは何者だ」ダンディが問いつめた。

「知ってることは、トムに話した」

「ほんの少しだけだろう」

「ほんの少ししか知らない」

「尾行したわけは」

「つけたのはおれじゃない。マイルズだ。わけは、れっきとした合衆国の通貨を払って、やつを尾行してほしいと頼んだ依頼人がいたからだ」

「その依頼人というのはだれだ」

スペードの顔と声音に平静さがもどった。「依頼人と話し合うまで、身元を明かせないことは承知のはずだがね」とがめる口調だった。

「ここでおれにしゃべらないと、法廷で証言させられるぞ」ダンディはいきまいた。「殺人事件なんだ。それを忘れるな」

「そうしよう。ところであんたにも忘れないでもらいたいことがあるんだがね、スウィートハート。しゃべるかしゃべらないかはおれの勝手だってことさ。おまわりに嫌われたぐらいで泣きわめいたのは昔の話だ」

トムが長椅子から腰をあげ、ベッドの端に坐り直した。きれいにひげも剃っていない泥まみれの顔に深い皺が刻まれ、疲労の色が浮かんでいる。

「お手やわらかに頼むぜ、サム」頼むような口ぶりだ。「少しぐらい手を貸せよ。あんたが手の内を明かしてくれなきゃ、マイルズ殺しの捜査はお手上げだ」

「だからって、あんたが頭を痛めることはないだろう。おれはおれの流儀でとことんやる」

ダンディ警部補は坐り直して、また膝に手を置いた。目があたたかみを帯びた丸い緑色になった。

「おれも、そうだろうと思った」むっつりした満足げな笑みが浮かぶ。「おまえに会いにきたのは、まさにそこのところなんだ。そうだな、トム」

トムはうなったが、はっきり聞きとれる声にはならなかった。

スペードは用心深くダンディを見つめた。

「まさに同じことを、トムに話したんだ」警部補は先をつづけた。「サム・スペードってやつは、身内のもめごとは身内で片をつける男だとな。おれはそういったんだ」

スペードの目から警戒の色が消えた。退屈しきった鈍い色合いをしている。スペードは顔をトムに向け、白けきった口調で、「そっちのお連れ《ボーイフレンド》さんは、今度はいったい何をほざいてるんだ」

ダンディは飛びあがり、曲げた二本の指先でスペードの胸をたたいた。

「教えてやろう」警部補は、相手の胸を指ではじきながら、無理をして一語ずつ明瞭に、力をこめて話した。「サーズビーは、おまえが、バーリット小路を出た三十五分後に、やつのホテルの正面で、撃たれた」

スペードも同じような喋り方でこたえた。「あんたの、薄汚いおてて、ひっこめろ」

ダンディ警部補は相手の胸をたたいていた指をひっこめたが、喋り方は変らなかった。

「トムの話では、相棒の死体を、見てやるひまも惜しいほど、急いでたそうだな」

「トムが弁解じみた、うなるような声で割ってはいった。「仕様がないだろう、サム。たしかにおまえさんは、そんな具合にすっとんでいっちまった」

「おまけに、女房にしらせに、アーチャーの家にも行っていない」と警部補。「こっちが電話をかけたら、おまえのオフィスの娘っ子が電話にでた。おまえにいわれて来たんだそうだ」

スペードはうなずいた。間が抜けて見えるほど冷静な顔つきをしている。

ダンディ警部補は曲げた二本の指をスペードの胸に向け、急いで下におろすと、「電話を見つけ、あの娘っ子と話す時間に十分やろう。サーズビーの泊っていたホテル……ゲイリー通りとレヴンワース通りとの角のホテルだ、そこに行くのにあと十分。それだけあれば楽に行ける。どう多くみても十五分ってとこだ。それでも、やつが帰ってくるのを待つゆとりがたっぷり十分か十五分のこる」

「サーズビーが泊っていたホテルを知ってたってことか」スペードが訊いた。「マイルズを殺したあと、まっすぐホテルに帰ってこないことも承知していた、というのか」

「おまえがなにを知ってたかなんてことは、どうでもいい」ダンディは頑《かたく》なにいい張った。「ここには何時に戻った」

「四時二十分前。考えごとをしながらぶらぶら歩いていた」

警部補は丸い頭をしきりに上下させた。「三時半に戻っていなかったことはわかっている。電話をかけたのさ。どこを歩きまわっていたんだ」

「ブッシュ通りをしばらく歩いて、引き返した」

「だれかに見られたか……」

「いや、証人はいない」そうこたえて、スペードは愉快そうな笑い声をあげた。「坐れよ、ダンディ。まだ飲み終っていないぞ。トム、グラスをよこせ」

トムがいった。「いや、もうけっこうだ、サム」

ダンディは腰をおろしたが、ラムの入ったグラスには目もくれなかった。

スペードは自分のグラスに注ぎ、飲み干して、空のグラスをテーブルに置き、ベッドの端に戻った。

「これでのみこめた」親しげな目つきで順に刑事たちに目をやって、スペードは口を切った。「つっかかったのは悪かった。おまえさんたちが押しかけてきて、おれをはめようとしたんで苛立ってしまったんだ。マイルズが殺《や》られていらいらしてたところに、おまえさんたちがばかげた話でひっかけようとした。だが、それは済んだことだ。そちらの考えてることがよくわかった」

「気にしないでくれ」とトム。

警部補は黙っていた。

「サーズビーも死んだのか」スペードがたずねた。

警部補がためらっていたので、かわりにトムが「そうだ」とこたえた。

ついで警部補が怒り声でいった。「先刻ご承知のはずだが、教えといてやる。一言もしゃべらずにやつはくたばった」

スペードは煙草を巻いていた。顔をあげずに、「それは、どういう意味だ。おれが知ってたというのか」

「しゃべったとおりの意味だ」ダンディがそっけなくこたえた。

スペードは顔をあげて相手を見つめ、巻き終えた煙草を片手に、ライターをもう一方の手に持って笑みを浮かべた。

「まだおれを逮捕はできんのだろう、ダンディ」

ダンディは険しい緑色の目でスペードを睨み、こたえなかった。

「とすると、あんたが腹の中で考えていることなど気にする必要もないということだ。そうだな、ダンディ」

「少しはわきまえろ、サム」とトム。

スペードは煙草をくわえ、火をつけ、笑い声とともに煙を吐きだした。

「いいだろう、トム」スペードは請けあった。「どんな具合に、おれはサーズビーを殺したんだっけな。忘れちまった」

トムは不快げにうなった。かわりにダンディ警部補が、「背中を四発、四四口径か四五口径で、通りの反対側から撃たれた。ホテルに入りかけたときだ。目撃者はいなかったが、そんな状況だったにちがいない」

「ショルダー・ホルスターにはルガーがおさまっていた」トムがつけたした。「発砲はされていない」

「ホテルの連中は、やつのことでなにか知らないのか」スペードが訊いた。

「一週間滞在していたことしかわかっていない」

「ひとりでか」

「ひとりでだ」

「身につけていたものとか、部屋の中になにかなかったか」

ダンディは口元を引き締めてたずねた。「なにか捜し物でもあるのかね」

スペードはひしゃげた煙草で、中空にあいまいな円を描き、「やつの素姓とか、なにをやっていたのかとか、そんな手がかりは見つからなかったのか」

「それを、おまえに教えてもらえると当てにしてきたんだ」

誇張しすぎともいえる率直さを、黄ばんだ灰色の目に浮かべて、スペードは警部補を見つめた。「サーズビーという男を見たことは一度もない。生きていようと死んでいようと」

ダンディ警部補は不満げに腰をあげた。トムも立ちあがり、背中を伸ばしながらあくびをした。

「訊きたいことは全部訊いた」ダンディは緑色の小石のように硬い目の上に皺を寄せた。口ひげの下の上唇を歯に押しつけ、下唇をつきだして、喉の奥から言葉を押しだす。「こっちは、おまえが話してくれた以上のことをしゃべった。それはそれでいい。おれがどういう男か、よく知ってるだろう、スペード。殺《や》ったにしろ殺らなかったにしろ、おまえを公平に扱ってやる。めんどうもみてやろう。殺ったとしても、おまえをひどく責めやしない……が、だからといって、見逃すわけにもいかない」

「けっこうな話だ」スペードは平静にこたえた。「そいつを飲み干してくれたら、もっと気分がよくなるんだが」

ダンディ警部補はテーブルに向き直り、グラスをとり、ゆっくりと飲み干した。そして、「おやすみ」といって、手を差しのべた。二人は儀式的に握手を交した。トムも同じようにスペードと握手をした。スペードは二人の刑事を送りだし、服を脱ぎ、明かりを消し、ベッドに入った。

3 おんな三人

翌朝十時にスペードがオフィスにあらわれると、エフィ・ペリンは机に向かって朝の郵便を開封していた。陽に焼けた男の子のような顔には生彩がない。手にしていた郵便の山と真鍮のペイパーナイフを下に置き、「来てるわよ」という抑えた声が警告を発した。

「頼んだじゃないか、おれに近づけるなと」スペードが不平を鳴らした。こっちも低い声。

エフィ・ペリンは茶色の目を見開き、スペードと同じ苛立った口調で、「だけど、やり方までは教えてくれなかったわ」瞼がわずかにせばまり、肩がうなだれた。「ぐたぐたいわないで、サム」くたびれた声だ。「一晩中、お守りをしてたのよ」

スペードは彼女のそばに立ち、片手を頭にのせ、分け際から髪を撫でつけた。「ごめんよ、いい子ちゃん、そんなつもりじゃ……」奥の部屋のドアが開き、スペードは言葉をとぎらせ、「やあ、アイヴァ」と、ドアを開けた女に声をかけた。

「まあ、サム」女は声をあげた。

三十をちょっと越した、金髪の女だった。外見の美しさは、五年ほど前に峠を越している。頑丈な体つきだが、形は優雅に整っていた。帽子から靴まで黒ずくめ。急場しのぎの喪服といったところだ。声をかけたあと、戸口から奥にさがり、そのままスペードを待っている。

スペードはエフィ・ペリンの頭から手を放し、奥のオフィスに入って、ドアを閉めた。アイヴァがすっと近づいてきた。キスを求めて、悲しげな顔をあげている。スペードの手が抱くよりまえに、彼女は両腕を男の体にからませた。キスを交しながら、スペードは女から離れようとするように小さく体を動かしたが、アイヴァは男の胸に顔を押しつけ、嗚咽を洩らしはじめた。

スペードは、女のふっくらした背中を撫でた。「気の毒に、ダーリン」声はやさしかったが、細めた目は怒っていた。視線は自分の机から、部屋をよぎり、死んだ相棒の机に向けられている。口が横にひっぱられて歯を隠し、苛立った渋面になった。顎をわきにそらし、女の帽子の頂きに触れまいとしている。「マイルズの兄さんに電話をかけたか」

「ええ。けさ、こっちに来たわ」口を男の上衣に押しあて、すすり泣いているので、声がくぐもっている。

スペードはまた顔をしかめ、首を曲げて、腕時計を見た。左腕を女の体にまきつけ、手を女の左肩にかけている。袖口がひっぱられて、時計が顔をのぞかせていた。十時十分すぎ。

スペードの腕の中で女は身じろぎし、顔をあげた。濡れた青い目が、丸く、白目がちになっている。口はしめりを帯びていた。

「ああっ、サム」女はうめいた。「あの人を殺したのね」

スペードは目をみはって女をにらみつけた。角ばった顎がおちる。両腕を放し、女の抱擁からのがれた。苦い顔をし、喉にしめりをくれる。

アイヴァは抱きあっていたときのままの姿勢で両手を空に掲げていた。目が苦痛に曇り、内側に吊りあがった眉の下でなかば閉じかけている。やわらかな、濡れた唇がわなないた。

スペードは、荒々しい、短い笑い声をあげ、淡黄色のカーテンが降りた窓際に向かった。女に背を向けて立ち、女が近づいて来るまで、カーテン越しに裏庭を見つめていた。そしてくるっと向きを変え、自分の机に向かった。椅子に坐り、机の上に両肘をついて、両拳に顎をのせ、女をじっと見すえる。黄ばんだ目が狭まって光った。

「そのすばらしい思いつきを、だれに吹きこまれたんだ」冷たい声。

「ただ、ふっと……」片手を口にあて、また涙で目を濡らした。黒い靴はとても小さく、踵はとても高いのに彼女は優雅な、確かな足どりですっと近づいて来ると、机のわきに立った。「怒らないで、サム」おずおずとした口調だった。

スペードは目を光らせたまま、女を笑った。「あの人を殺したのね、サム、怒らないで、か」彼は手を打ち鳴らし、「いいかげんにしてくれ」

アイヴァは声をあげて泣きだし、白いハンカチを顔に押しあてた。

スペードは立って、女のうしろに近づいた。両腕で抱き、女の耳とコートとの間に唇をあてた。「さ、アイヴァ、泣くな」顔色も変えずにいった。女が泣きやむと、唇を耳に押しあてて、ささやいた。「きょうは、ここに来ちゃいけなかったんだ、ダーリン。考えがなさすぎる。いつまでもここにいちゃいけない。家でじっとしてるんだ」

女は男の腕の中で向きを変えていった。「今夜、来てくれるわね」

スペードはやさしく首を振った。「今夜はだめだ」

「でも、早くね」

「ああ」

「どれくらい」

「行けるようになったら、すぐにだ」

スペードは女の唇にキスをして、戸口まで送り、ドアを開け、「さよなら、アイヴァ」といって、会釈して送りだすと、ドアを閉め、机に戻った。

彼はチョッキのポケットから刻み煙草の袋と巻紙をとりだしたが、巻こうとはしない。片手に紙を、もう一方の手に袋を持ち、死んだ相棒の机を、じっと見つめている。

エフィ・ペリンがドアを開け、中に入って来た。茶色の目は不安げで、声はうわずっている。「どうだったの」

スペードはこたえない。相棒の机を凝視したままだった。

彼女は眉を寄せ、まわりこんでスペードのわきに立った。「どうだった」声が大きくなっている。「できたてほやほやの後家さんと、どう折り合いをつけたの」

「おれがマイルズを撃ったと思ってる」こたえたが、動いたのは唇だけだった。

「あの女と結婚するためにね」

これにはこたえない。

彼女はスペードの頭から帽子をとり、机に置いた。手を伸ばし、相手の力のない指から、煙草の袋と巻紙をとる。

「警察はおれがサーズビーを撃ったと思ってる」

「だれ、その人」巻紙を一枚むしりとり、刻み煙草を移しながらたずねた。

「きみはおれがだれを撃ったと思うんだ」

彼女がとりあわないので、スペードは先をつづけた。「サーズビーってのは、マイルズが、あのワンダリーとかいう女のために尾行することになってた男だ」

彼女の細い指が煙草を巻き終えた。巻紙を舐め、形を整え、両端をひねり、唇にはさんでやる。「ありがとよ、ハニー」スペードはほっそりした女の腰に腕をまわし、くたびれたように片頬を腰のでっぱりにあてがい、目を閉じた。

「アイヴァと結婚するのね」男の薄い茶色の髪を見おろしながら、彼女がたずねた。

「バカいうな」くぐもった声。火のついていない煙草が、唇の動きにつれて上下に揺れた。

「あの女《ひと》はバカなことだとは思ってないわよ。だってそうでしょ、あなただって、あんなに楽しそうに破目《はめ》をはずしてたじゃないの」

スペードはため息をついた。「あんな女に出会わなきゃよかった」

「後の祭りよ」かすかに意地悪な口調になっている。「いい時もあったんでしょ」

「破目をはずすしか、女とのつき合い方を知らないんだ」うなるような声だった。「それに、おれは好きじゃなかったんだ、マイルズのやつが」

「そんなの口実よ、サム。あたしがあの女をどう思ってるか、知ってるわね。性悪女よ。だけど、あんなからだつきをしてれば、あたしだって性悪女になってたわ」

スペードは苛立ちながら女の腰に顔をこすりつけていたが、なにもいわなかった。

エフィ・ペリンは唇を嚙みしめ、額に皺を寄せ、スペードの顔をよく見ようとかがみこんだ。「あの女が殺したとは思わないの」

スペードは坐ったまま背を伸ばし、女の腰から腕を放した。笑いかける。ただおもしろがっているような笑みだった。ライターをとりだし、火をつけ、煙草の端に近づける。

「いい子だよ、きみは」煙草の煙越しに、スペードはやさしく声をかけた。「頭のからっぽな、素敵な天使だ」

彼女はいくぶん意地の悪い笑みを返した。「そうかしら。夜中の三時に、悪い報《し》らせを告げにいったとき、あなたのアイヴァが外出から帰ったばかりだったといったら、どうする」

「ほんとか」目が光ったが、口元にはまだ笑みをたたえている。

「服を脱ぎ終えるまで、あの女、あたしを中に入れてくれなかった。椅子に脱ぎ捨てられた服を見てしまったわ。服の下に、帽子とコート。上にのっていた下着にはまだぬくもりがあった。眠っていたといったけど、そんなはずないわ。わざとベッドに皺をつけたんでしょうけど、へこみのない浅いひだしかついてなかったわ」

スペードは女の手をとり、軽くたたいた。「たいした探偵さんだよ、きみは。だが……」首を振って、「あの女は亭主を殺しはしなかった」

エフィ・ペリンは手を振りきって、「あの性悪女はあなたと結婚したがってるのよ、サム」と苦々しげにいってのけた。

スペードは、頭と片方の手で、苛立った仕草をしてみせた。

彼女は顔をしかめ、詰問した。「きのうの夜、あの女に会ったんでしょ」

「いや」

「ほんとに」

「ほんとだとも。ダンディの真似は願いさげた。きみらしくない」

「ダンディに目をつけられてるのね」

「ああ。朝の四時に、トム・ポルハウスを連れて、おれのところに一杯飲みにやってき

「このなんとかという男を、ほんとにあなたが撃ち殺したと思ってるのかしら」

「名前はサーズビーだ」ぎりぎりまで喫った煙草を真鍮の灰皿に落とし、スペードはまた新しく煙草を巻きはじめた。

「どうなの」彼女は問いつめた。

「知るもんか」目は、巻きかけの煙草に向けられたままだった。「そんな口ぶりだった。話してわかる連中じゃない」

「こっちを見て、サム」

スペードは相手を見つめ、笑い声をあげた。心配げな女の顔にちらっと笑みがまじった。「気をもませるのね」また深刻な顔色にもどっている。「なんでも心得てるつもりでしょうけど、うまく立ちまわりすぎて逆に思い知らされることになるわよ。いずれ、きっと」からかうような吐息をつき、スペードは女の腕に頬をすりつけた。「ダンディもそういっている。とにかく、アイヴァをおれに近づけさせないでくれ。ほかの厄介事はなんとか切り抜けられる」スペードは立ちあがり、帽子をかぶった。「ドアのスペード&アーチャーを消して、サミュエル・スペードに直させておいてくれ。一時間ほど出かけてくる。帰

れないときは電話をかける」

スペードはセント・マーク・ホテルの紫色の長いロビーを抜けてフロントに近づき、ミス・ワンダリーが在室か否か、赤毛の洒落男にたずねた。赤毛の洒落男は背を向け、首を振りながら正面に向き直った。「けさ、チェック・アウトされましたよ、ミスター・スペード」

「ありがとう」

スペードはフロントを通り抜け、ロビーのはずれの小部屋に近づいた。平たいマホガニーのデスクの前に、くすんだ服を着た、中年にさしかかる小太りの男が坐っていた。ロビーに面して、デスクの縁に、ミスター・フリードと刻まれた、マホガニーと真鍮で出来た三角柱の名札が置いてある。

ぽっちゃりした男は立ちあがると、手をつきだして、デスクをまわりこんできた。

「アーチャーのことは聞いた。とんだことだったな、スペード」いつでも控え目に悔みの言葉が出るように訓練されている口調だった。「いま、『コール』で読んだばかりだ。知ってるだろうが、アーチャーは、昨夜ここにいたんだ」

「どうも、フリード。で、彼と話したのか」

「いいや。夕方、わたしが来たとき、ロビーに坐っていた。邪魔はしなかった。仕事中だろうと思ってね。おまえさん方は、仕事中にかまわれると迷惑するんだろう。その件で、あんなことに……」

「そうじゃないと思うが、まだわからない。とにかくよほどのことでもないかぎり、ここを巻きぞえにはしない」

「そりゃどうも」

「おたがいさまだ。ここの泊り客のことでちょっと知りたいんだが。おれが訊いたことは、すぐ忘れてくれるな」

「野暮はいうな」

「けさチェック・アウトしたワンダリーという女のことだ。くわしいことを知りたい」

「なにがわかるか、一緒に見てみよう」

スペードは頭を振って動かなかった。「人目につきたくない」

フリードはうなずき、小部屋を出たが、ロビーで急に足をとめ、逆戻りしてきた。

「昨夜は、ハリマンがここの警備に当っていた。アーチャーを見かけたはずだ。口封じが必要か」

スペードは目のすみでフリードを見つめた。「それには及ばない。ワンダリーという女が無関係なら、騒ぎ立ててもはじまらんからな。ハリマンはまっとうなやつだが、しゃべりたがるかもしれない。表にだせない話があるらしいなどと、余計なことは考えさせないほうがいいだろう」

フリードはもう一度うなずき、歩み去った。十五分後に戻ってくると、

「ニューヨークからここに着いたのは火曜日。バッグはいくつか持っていたが、トランクはなし。部屋から電話はかけていない。郵便も多くはうけとっていない。数えるほどだろう。誰かと一緒のところを見られているのは一人だけ。三十六、七の、背の高い、浅黒い男だ。今朝九時半にいったんここを出て、一時間後に戻り、料金を払い、バッグを車に運ばせた。バッグを運んだボーイの話では、ナッシュのツーリング・カーで、ハイヤーだったらしい。郵便の転送先は、ロサンジェルスのアンバサダー・ホテル」

「いろいろありがとう、フリード」そういってスペードは、セント・マークを出た。

スペードがオフィスに戻ると、エフィ・ペリンは手紙を打つ手を休めて告げた。「お友だちのダンディさんが、のぞいていったわ。あなたの拳銃を見たいといって」

「それで、どうした」

「あなたがいるときに出直してほしいといってやった」

「いい子だ。またきたら、見せてやれ」

「それから、ミス・ワンダリーから電話があったけど」

「かかってくる頃だと思っていた。なんだって」

「会いたいそうよ」机から紙きれをつまみあげ、鉛筆の走り書きを読みあげた。「カリフォルニア通りのコロネットにいるそうよ。一〇〇一号室。ミス・ルブランの名前で訪ねてきてほしいとか」

「それをくれ」スペードは手をつきだした。彼女がメモの紙きれを渡すと、スペードはライターをとりだし、火をつけ、紙きれに近づけ、最後の一隅が縮れあがった黒い灰になるまで持ちつづけ、リノリウムの床に落とし、靴底で踏みつぶした。

彼女は、とがめるような目つきで見守っていた。

スペードはにやりと笑い、「いいんだ、これで」といって、またオフィスを出て行った。

4　黒い鳥

ベルトのついた緑色の薄いシルク・ドレス姿のミス・ワンダリーが、コロネットの一〇〇一号室のドアを開けた。女の顔に赤みがさした。左で分けた濃い赤髪はウェーヴが乱れ、右のこめかみにかかっている。

スペードは帽子をとって、声をかけた。「おはよう」

スペードの微笑にあわせて、女の顔にもかすかな笑みが浮かんだ。だが、菫色《すみれ》といってもいい青い目から不安げな色は失せない。頭を下げ、おずおずしたかすれ声でこたえた。

「お入りください、スペードさん」

台所、浴室、寝室の開けっぱなしのドアの前を通って、女はスペードを赤と淡黄色を配した居間に案内した。とりちらかした部屋のことを詫びるように、「ひどいありさまでしょ。まだ、荷物もそのままなんです」

女はスペードの帽子をテーブルに置き、くるみ材の小さな長椅子に坐った。スペードは紋織りの卵形の背のついた椅子に向きあって腰をおろした。

もじもじさせている自分の手を見やりながら、女はいった。「スペードさん、とても恥ずかしいのですが、打ち明けねばならないことがあります」

スペードは鷹揚な笑みを見せた。女が目をあげようとしないので、口はとざしたままだった。

「きのうお話ししたことですが、あれは作り話でした」どもって、顔をあげ、おびえた哀れな目でスペードを見た。

「ああ、あれか」スペードは軽くうけながした。「おれたちは、あなたの話を真にうけたわけじゃない」

「というと……」おびえと哀れっぽさに、当惑の色が加わった。

「あなたにもらった二百ドルは真にうけたがね」

「というと……」意味がのみこめないらしい。

「あの話がほんとなら、二百ドルは払いすぎだ」あけすけな口調だった。「話がほんとじゃなくてもかまわないくらいの大金だったがね」

女の目がきゅうに光った。長椅子からわずかに腰を浮かせ、坐り直してスカートのひだを伸ばすと、身をのりだして、真剣な口調で切りだした。「それでも、まだあなたは……」

スペードは掌を上に片手を伸ばし、女の話をさえぎった。顔の上半分はしかめっ面、下半分は笑っている。「話によりけりだ。いったいどうなってるんです。あなたの名前はワンダリーなのか、ルブランなのか」

女は頰を染め、口ごもった。「ほんとうの名前はオショーネシー……ブリジッド・オショーネシーです」

「厄介なことになってるんだ、ミス・オショーネシー。二つも殺しが……」その言葉に、女は眉をひそめた。「こんな具合に殺人がつづくと、みんな落ち着かなくなるし、警察は躍起になる。だれもが扱いにくく、おまけにケチなカネではらちがあかなくなる。つまり……」

相手が聞くのをやめ、話が終るのを待ちかねているので、スペードは言葉をとぎらせた。

「スペードさん、正直におっしゃってください」ヒステリー寸前のふるえ声だった。追いつめられた目つきをして、けわしい表情になっている。「わたしのせいなのでしょうか……昨夜のことは」

スペードは首を横に振った。「ほかにもおれの知らないことがあるんなら、話は別だがね。あなたは、サーズビーが危険な男だと警告してくれた。妹の一件はもちろんでまかせだったが、それはどうでもよかった。どうせ真にうけてはいなかったんだから」スペードはなだらかな肩をすくめた。「あなたのせいだとは思っていない」

「ありがとう」小さな声でこたえ、首を反対の向きにかしげた。「でも、このさき自分を責めることになるわ」喉に手をあてがった。「アーチャーさんは……きのうはあんなに生き生きとしていらっしゃったのに。とてもお元気で、愉しそうで……」

「もういい」スペードが制した。「自分のやっていることは心得ていたんだ。おれたちは危険を承知の上でこの仕事をやっている」

「あの方、結婚は」

「していた。生命保険は一万ドル、子供はいない。女房はやつが嫌いだった」

「そんなふうにいわないで」かすれ声だった。

　スペードはまた肩をすくめ、「ありのままをいったまでさ」とこたえ、腕時計に目を走らせ、立ちあがって、女のわきに腰を移した。「ごたごたいってるひまはない」やさしいがきっぱりとした口調だった。「おまわりや地方検事局の連中やブン屋どもが、群をなして嗅ぎまわっているんだ。どうしたいのかいってくれ」

「わたしを助けてください。巻きこまれたくないのです」ふるえ声でこたえ、おずおずとスペードの腕に手を添えた。「わたしもめんどうなことになっているんでしょうか」

「まだ大丈夫だ。だから、先に会っておきたかった」

「あなたのところに作り話をもちこんだことが知れたら、どんなふうに思われるかしら」

「怪しまれるだろうね。あなたに会うまで時間稼ぎをしていたのはそのためだ。ぜんぶは教えないほうが得策だと思っていた。どうしても話さねばならなくなったら、連中が安心して眠れるようなお伽話を用意してやればいい」

「わたしが、殺人とかかわりがあるとお思いなんですか」

スペードはにやっと笑って、「それを訊き忘れていた。かかわりがあったのかね」

「いいえ」

「それならいい。では、警察にはどんな説明を」

女は長椅子の端に身をすくめた。濃いまつ毛の下の目がたじろぎ、逃れようとして、またスペードの目を見つめ返した。かぼそく、年端《としは》もいかず、うちひしがれた姿だった。

「わたしのことを、どうしても警察に教えねばならないのですか……いっそ、死んだほうがましです、スペードさん。いまはわけを説明できませんが、なんとかしてわたしを表にださないでください。警察にあれこれ訊かれたくありません。とても尋問に耐えられそうもないのです。死んだほうがましです。なんとかしていただけませんか、スペードさん」

「すっかり話してくれたら考えてみよう」

女はスペードの足元にひざまずき、両手をきつく結び、緊張に青ざめた、おびえた顔をあげた。「まともな人生じゃなかったの」泣きわめくように声をはりあげた。「悪い女だった、あなたが想像するよりずっと悪い女……だけど、芯まで腐ってるわけじゃない。わたしを見て、スペードさん。性根まで腐ってるようには見えないわね。わかってくれるでしょ。わからなくても、少しは信じてくださるわね。わたしはひとりぼっちで、おびえきっている。この世にあなたしか助けてくれるひとはいない。信じてもいない相手に、自分を信じてくれなどと頼む資格はないことぐらいわかってる。わたしは、あなたを信じています。でも、話すことはできません。いまはまだ話せません。時がきたら、きっと話します。こわいんです、スペードさん。あなたを信頼しきってしまうのがこわいの。いえ、そうじゃない。信頼はしてるんです。だけどわたしは、ほかにだれもいなかったので、フロイドを信じてしまって……だれもいないんです、スペードさん。お願い、力になって。助けられるとおっしゃったわね。助けてくださると信じていなかったら、連絡などせずに逃げだしていました。ほかに助けてくれるひとがいれば、こんな格好をしてあなたにすがったりしません。一方的な話だということはわかっているんです。すべてを打ち明けないからといって、責めないでください、スペードさん。あなたは強いし、頭もいい。勇敢な方です。その力と頭と勇気を、少しだけわたしに恵んでください。助けていただきたいのです、スペードさん。わたしにはどうしても助けが必要なのです。あなたに断わられたら、ほかにわたしを助けられるひとは、どんなにあがいても見つけることはできません。あなたしかいない。わけもいわずに助けてくれなどといえる筋合いでないことはわかっています。でも、おすがりするしかありません。お慈悲です、スペードさん。あなたなら、わたしを助けることができるのです。おねがい、助けてください」

女がしゃべっているあいだ、ほとんど息をつめていたスペードは、きつく結んだ唇のすきまから長い吐息を洩らして、肺を空にした。「あんたに、人の助けがいるとは思わないね。たいしたもんだ。おみごとだよ。なんといってもその目がいい。〝お慈悲です、スペードさん〟なんていうときの声のふるわせ方も堂に入ったもんだ」

女はいきなり立ちあがった。つらそうに顔を真赤にしているが、頭をきっともたげ、スペードをじっと見つめた。

「どんなにいわれようと、仕方ありません。だけど、ほんとうにあなたの助けが必要なんです。助けていただきたいのです。ほんとうに必要なんです。お話ししたことではなく、話し方で嘘をついていたのです」顔をそむけた女の体から力がぬけていた。「まだ信じていただけないのは、わたしが悪いんですのね」

スペードの顔が赤味を帯び、つぶやきながら床に目を落とした。「かなわんね」

ブリジッド・オショーネシーは、テーブルに歩みよって、スペードの帽子を手にとった。元の場所に戻ってくると、帽子を手にスペードの真前に立ったが、手渡そうとはせず、受けとるかどうかを相手にまかせた。顔はかぼそく、青白い。

スペードは帽子を見つめながら、たずねた。「きのうの夜、なにがあったんだ」

「フロイドは九時にホテルに来ました。一緒に外に出ました。そうすればフロイドを確認できると、アーチャーさんに話しておいたのです。わたしたちは、たしかゲイリー通りにあるレストランに立ち寄り、食事とダンスのあと、十二時半頃にホテルに戻りました。ホテルの入口でフロイドと別れ、わたしはホテルの中から、アーチャーさんが通りの向こう側を下ってフロイドの後をつけていくのを見送りました」

「下ってというと、マーケット通りのほうにか」

「はい」

「アーチャーが撃たれたブッシュ通りとストックトン通りとの角のあたりで、二人はなにをしていたんだろう」

「フロイドが住んでいた近くでしょうか」

「ちがう。もしフロイドがホテルから自分の住んでいるところに向かっていたとしたら、十二ブロックほども遠まわりしたことになる。ところで、二人が去ったあと、あんたはなにを」

「ベッドに入りました。けさ、朝食をとろうと外に出たとき、新聞の大見出しに気がついて、事件のことを読んだのです。そのあとユニオン・スクウェアに行きました。ハイヤーの営業所があると知っていたので、一台雇って、荷物をとりにホテルに戻りました。きのう、部屋が荒らされていることに気づいたので、引っ越したほうがいいと考えたのです。きのうここは、きのうの午後見つけました。それで、こっちに移って、あなたのオフィスに電話をかけました」

「セント・マークの部屋を荒らされたというのか」

「ええ。あなたのオフィスを訪ねていた留守のあいだに」そういってブリジッドは唇を嚙んだ。「いまのこと、話すつもりではありませんでした」

「訊いちゃいけなかったということか」

女はひっそりとうなずいた。

スペードは眉に皺を寄せた。

女が手の中で帽子をわずかに動かした。

スペードは苛立った笑い声をあげ、「目の前で帽子を振るのはやめてくれ。できるだけのことをやってみるといっただろう」

女は悔むような笑みをみせ、帽子をテーブルに戻し、また長椅子に並んで坐った。

「無条件であんたを信じるわけにはいかないな。なにがどうなってるのか納得がいかなければ、どうせたいしたことはしてやれない。まずはフロイド・サーズビーとかいう男の話をもう少し詳しく知りたいね」

「あの男とは東洋で知り合いました」二人をへだてている長椅子のすきまに伸ばした指先で8の字を何度も描きながら、ゆっくりと話した。「一緒にホンコンから、先週ここに来ました。あの男は、わたしを助けてくれると約束したんです。そして、あの男にすがるしかない弱みにつけこみ、わたしを裏切りました」

「どんなふうに」

女は首を振り、沈黙を守った。

苛立ちに眉をひそめ、スペードがたずねた。

「なぜあの男を尾行させたんだ」

「動きを確かめたかったのです。宿泊先さえ教えてくれませんでした。なにをやっているのか、だれと会っているのか、そんなことを知りたかったのです」

「あいつがアーチャーを殺したのか」

女は驚いたようにスペードを見つめ、「ええ。まちがいないわ」とこたえた。

「フロイドのホルスターにはルガーがおさまっていた。アーチャーはルガーで撃たれたんじゃない」

「オーバーのポケットにはリヴォルヴァーが入っていました」

「見たのか」

「ええ、何度も。いつもそこに入れていたわ。きのうの夜は確かめなかったけど、オーバーを着ているときは必ずポケットに」

「なぜそんなに何梃も拳銃が必要だったんだ」

「拳銃渡世っていうのかしら。ホンコンで聞いた話だけど、アメリカを追われたある賭博師のボディガードとして東洋に渡ったとか。その賭博師は、その後行方不明。フロイドが裏のいきさつを知っているにちがいないという噂がありました。ほんとかどうか知らないけど。わたしが知っているのは、いつも彼が完全武装をしていて、眠るときは必ずベッドのまわりにくしゃくしゃの新聞紙を敷きつめていたってこと。だれも、こっそりしのびこめないように」

「けっこうなお相手を選んだもんだ」

「そういう男しか、わたしの助けにならなかったってことよ」あっさりといってのけた。

「わたしにさえ誠実であってくれたらそれでいい」

「裏切りさえしなければか」スペードは指で下唇をつまみ、暗い目で女を見つめた。鼻の上の縦皺がいっそう深く刻まれ、両の眉の間隔が狭まる。「それでいま、どれくらい悪い事態にはまりこんでいるんだ」

「最悪よ」

「危害を加えられそうなのか」

「強がってもはじまらないわ。死より悪いことがあるかしら」

「つまり、そういうことか」

「そういうことよ。いまここに、こうして二人でいるのと同じほど確かなことなの」女は身をふるわせた。「あなたが助けてくれなければ……」

スペードは口から指を放し、髪を撫でつけた。「おれはキリスト様じゃない」いらいらした喋り方だった。「なんにもないところから奇蹟は生みだせない」時計に目をやった。

「時間は刻々と過ぎていくのに、あんたはヒントもくれない。サーズビーを殺したのはだれなんだ」

女は皺になったハンカチを口元に当て、「知らないわ」とハンカチ越しにこたえた。

「あんたの敵に殺されたのか。それともやつの敵にか」

「わからない。あの男の敵に殺されたのならいいんだけど、もしかすると……」

「やつは、あんたになにをしてくれるはずだったんだ。ホンコンから一緒に来たわけは」

女はおびえた目でスペードを見つめ、黙って首を横に振った。やつれた顔が哀れなほど頑なだった。

スペードは立ちあがり、両手を上衣のポケットにつっこみ、怒った目で女を見おろした。

「らちがあかない」荒々しい口調だった。「これじゃ、どうしようもない。なにをしてほしいのかもわからない。自分でもわかっていないんじゃないのか」

女はうなだれ、泣きはじめた。

喉の奥でけものの吠えるような音を立て、スペードはテーブルの帽子に近づいた。

「まさかあなたは……」顔はあげずに、小さなかすれた声を洩らした。「警察に行くのではないんでしょ」

「行くのかだって」怒りに声を張りあげて、スペードはわめいた。「やつらは、朝の四時からおれをへとへとにさせてきた。おまけにこっちは危い橋を渡りつづけだ。なんのためだと思う。あんたの助けになれるかもしれないという、いかれた思いつきのためさ。だが、とても力にはなれないね。その気もなくなった」帽子を頭にのせ、目深に引きおろす。「警察に行くのかだと。じっと立っていれば、あっちから押しかけてくるさ。知ってることは全部しゃべっちまう。あとはあんたの運しだいってわけだ」

女は長椅子から立ちあがり、スペードの真前にすっと立ったが、両膝はふるえていた。おびえてひきつった青白い顔を上に向けているが、口元と顎のわななきは抑えようもない。

「よく我慢してくださったわね。あなたは、わたしを助けてくださろうとなさった。でも、その望みはない、どうにもならない。そういうことなんでしょ」右手をまっすぐ伸ばした。「あなたがしてくださったことに感謝します……あとは、運にまかせるしかないのですね」

もう一度あのうなり声を喉の奥で発し、スペードは長椅子に戻った。「カネはいくらあるんだ」

その問いは女を驚かせた。下唇を噛みしめ、口ごもるようにこたえた。「あと五百ドル」

「それをよこせ」

女はためらい、おずおずとスペードを見つめた。スペードは、口、眉、手、肩で怒りを示した。彼女は寝室に入り、すぐに紙幣の薄い束を片手に持って戻ってきた。

スペードは女からカネを受けとり、かぞえた。「ここには四百しかない」

「当座のおカネも少しぐらいは残しておかないと」女は胸元に手をあてがって、哀れな声をだした。

「もっとカネを算段できないのか」

「できないわ」

「質草ぐらいあるだろう」スペードは食いさがった。

「指輪がいくつか、それと宝石が少し」

「それを質に入れろ」そういってスペードは手をつきだした。「リメディアル質店がいい。ミッション通りと五丁目通りとの角にある」

女の目が懇願するようにスペードに向けられた。スペードの黄ばんだ灰色の目は、険しく、とりつく島もない。彼女はドレスの胸元にゆっくり手をさしいれ、細く巻いた紙幣をとりだし、待ちかねているスペードの手にのせた。

スペードは紙幣を伸ばしてかぞえた。二十ドル札が四枚、十ドル札が四枚、五ドル札が一枚。その中から、十ドル札二枚と五ドル札を返し、残りをポケットに入れると、立ちあがって、「なにをしてやれるか、様子を見に出かけてくる。できるだけいい報《し》らせをもって、なるべく早く戻ってくるつもりだ。呼鈴を長く、短く、長く、短く、四度鳴らす。それが合図だ。送らなくていい。勝手に出て行く」

青い目を呆然とさせ、部屋の中央に立って後を見送る女を残して、スペードは出て行った。

スペードがワイズ、メリカン&ワイズとドアに刻まれた応接室に入ると、交換台の赤毛が声をかけてきた。「こんにちは、ミスター・スペード」

「ああ、きみか。シドはいるかい」

赤毛がプラグを差しこみ、送話口にしゃべりかけているあいだ、スペードはそばに立って娘のぽっちゃりした肩に手をかけていた。

「ミスター・スペードがいらっしゃっています、ミスター・ワイズ」娘はスペードを見あげていった。「どうぞお入りください」

スペードはわかったというふうに赤毛の肩にかけた手に力をこめ、応接室を抜けて、薄暗い内側の廊下を、つき当りのくもりガラスのドアまで進んだ。そのドアを開け、オフィスの中に入ると、浅黒い肌をした小柄な男が待っていた。書類を積みあげた大きな机の前に坐り、くたびれた卵形の顔をして、薄い黒髪はふけだらけだった。

小男は火の消えた葉巻をスペードに向けてきざな手つきで振ってみせた。「椅子をひっぱってこい。ゆうべ、とうとうマイルズのやつがくたばりやがったな」くたびれた顔にも、いくぶん甲高い声にも、感情はこもっていない。

「ああ。その件で来たんだ」スペードは眉を寄せ、のどにしめりをくれた。「検死官にくそくらえといってやるつもりだ。牧師や弁護士がやるように、おれも依頼人の秘密や身元は明かせない、と逃げを打てるだろうか」

シド・ワイズは肩をそびやかし、口をへの字に結んだ。「かまわんさ。検死審問は裁判じゃない。まあ、やってみることだな。もっと危い橋も渡ってきたじゃないか、おまえさんは」

「ああ。ところがダンディのやつがごり押しをしやがるんだ。しめつけがきつくなるかもしれない。帽子をかぶれよ、シド。うまく始末してくれる人間に会いに行くんだ。尻尾をおさえられたくない」

シド・ワイズは机の書類の山を見やり、うなり声をあげたが、立ちあがって、窓際のクロゼットに歩み寄った。「おまえさんは、まったくたいした玉だぜ、サミー」フックから帽子をとって、シドはいった。

その日の夕方、五時十分すぎに、スペードはオフィスに戻った。エフィ・ペリンはスペードの机の前に坐って『タイム』を読んでいた。スペードは机の上に腰をおろした。「なにかあったか」

「こちらは平穏無事よ。ご満悦なご様子ね」

スペードはにんまり笑った。「やっと少しひらけてきた。マイルズのやつがどこかでくたばってくれたら、ここもなんとかやりくりしていけると思っていたんだ。かわりに花を届けてくれたろうな」

「ええ」

「気がきくね、あいかわらず。本日の女の直感ってやつはどんな具合だい」

「なぜ知りたいの」

「ワンダリーという女をどう思う」

「わたしは、あのひとの味方よ」ためらわずにこたえた。

「名前がいっぱいありすぎる」スペードは考えこんだ。「ワンダリー、ルブラン、きょうはオショーネシー」

「電話帳にのってる名前を全部使っても、わたしの考えは変らないわ。あのひとは信用できる。わかってるんでしょ」

「さて、どうかな」スペードはエフィ・ペリンを見て、眠たげに目をしばたたかせ、ふくみ笑いをした。「とにかくこの二日で、七百ドル吐きだしている。そのカネのほうは信じられるさ」

エフィ・ペリンは背中を伸ばした。「サム。困っているあのひとをみすてたり、弱みにつけこんでしぼりとったりしたら、絶対にゆるさないわよ。あなたをくずだと、一生思いつづけてやるわ」

スペードはぎごちない笑みを浮かべ、眉根に皺を寄せた。その皺もぎごちなかった。ロをあけてしゃべりかけたが、ちょうどそのとき、廊下に通じるドアのほうで物音がしたので、口をとざした。

エフィ・ペリンは立ちあがって、おもてのオフィスに向かった。スペードは帽子をとり、椅子に坐った。彼女が彫り文字の名刺を持って戻ってきた。「ミスター・ジョエル・カイロ」とある。

「変な感じの男よ」

「中に入れてくれ」スペードはいった。

ミスター・ジョエル・カイロは、中背の、なよなよした、色の浅黒い男だった。濃い髪はすべすべと艶があり、レヴァント人特有の顔立ちをしていた。両側に細長く四つのダイヤモンドを配した四角いルビーが、ネクタイの濃い緑色に映えている。なで肩にあわせた黒っぽい上衣の裾が、わずかに肉のつきすぎた尻のちょっと上にひるがえっている。最新流行のものより細めで、丸みを帯びた脚をぴったりくるんだズボン。合成皮革の靴の上部は、くるぶしまで届く茶色がかった淡黄色のスパッツに隠れている。男はセーム革の手袋をはめた手に黒のダービー・ハットを持ち、気どった、ひょこひょこした足どりで近づいて来た。白檀の香りが漂ってくる。
スペードは頭を訪問者に向けて傾け、ついで椅子に向かってかしげた。「お坐りくださ
い、ミスター・カイロ」
カイロは、手にした帽子に届くほどもったいぶって頭を垂れ、「これはかたじけない」
と細く甲高い声でこたえ、取り澄まして腰をおろした。足首を組みあわせ、帽子を膝にの
せ、黄色い手袋を脱ぎはじめる。
スペードは体を揺らして、椅子の背にもたれた。「どのようなご用件でしょうか、ミス
ター・カイロ」愛想はいいがなげやりな口調と椅子に坐った仕草は、どちらも前日、ブリ
ジッド・オショーネシーに同じ質問をしたときとまったく同じだった。
カイロは帽子をひっくり返し、その中に手袋を落とし、そのまま机の上に置いた。左手
の中指と小指でダイヤが光り、右手の薬指には、ネクタイ・ピンとおそろいのルビー。こ
っちもダイヤがまわりを飾っている。手入れの行き届いたやわらかな手。大きくはないが、
たるんだ、なまくらな感じで、いかにも無器用そうに見える。カイロはもみ手をして、か
すかな音を立てさせながら、話しかけた。「さしでがましいとは思いますが、亡くなられ
たお仲間のご不運にお悔みをいわせていただけますでしょうか」
「どうも、これは」
「お伺いしたいのですが、スペードさん。新聞にもちらと載っていましたが、お仲間のご

不幸な出来事と、その直後に起こったサーズビーという男の死とには、その、なにか関連があるのでしょうか」

スペードは顔色ひとつ変えず、こたえる素振りも示さなかった。

カイロは腰をあげ、頭を垂れた。「失礼いたしました」といって腰をおろし、机の端に掌を下にして両手を並べた。「くだらぬ好奇心からおたずねしたのではありません、スペードさん。わたしは、その、誤った持主の手に渡ったある装飾品を取り戻したいのです。あなたなら、きっと力になってくださるだろうと、当てにしていました」

スペードは眉を上下させて話を聞いていることを示した。

「その装飾品というのは彫像なのです」言葉を慎重に選び、慎重に発音しながら、カイロは先をつづけた。「黒い鳥の彫像です」

おざなりの関心を示して、スペードはまたうなずいた。

「もしそれを取り戻してくださったら、正当な所有者にかわって、五千ドルお支払いする用意があります」カイロは片手を机の端からあげ、不格好な人差指の大きな爪の先を中空の一点にとめた。「お約束します。こちらではなんといいましたか、そう、面倒ごとは一切ありません」カイロは、もう一方のわきに手をおろし、そろえた両手越しに私立探偵に目をやって、間の抜けた笑みを浮かべた。

「五千ドルといえば大金だ」スペードはしげしげと男を見やりながら、「そいつは……」

ドアを軽くたたく指の音がした。

「どうぞ」スペードが声をかけると、エフィ・ペリンが、頭と肩をのぞかせてドアを開けた。黒い小さなフェルト帽をかぶり、灰色の毛皮の襟のついた黒っぽいコートを着ている。

「ほかになにかご用は」

「もういい。おやすみ。でしなにドアに鍵をかけていってくれないか」

「おやすみなさい」彼女の姿が、閉めたドアの向こうに消えた。

スペードは坐ったまま、カイロのほうにまた向き直り、先をつづけた。「そいつは、気をそそられる金額だ」

廊下に通じるドアを閉める音が二人の男の耳に届いた。

カイロは笑みを浮かべ、内ポケットから、銃身の短い、平たい小さな拳銃をとりだした。

「おそれいりますが、両手を首のうしろで組んでいただけますか」

5　レヴァント人

スペードは拳銃に目をやろうともしなかった。両腕をあげ、椅子の背にもたれかかり、首のうしろで両手の指を組み合わせる。どんな感情も示していない目が、カイロの浅黒い顔を見つめている。

カイロは詫びるように小さく咳きこみ、いくぶん赤味の失せた唇を神経質そうにゆがめて、微笑を浮かべた。潤んだおずおずした目は真剣そのものだった。「この部屋で捜し物をしたいのです、ミスター・スペード。警告しておきますが、邪魔立てをなされば、ためらわずにあなたを撃ちます」

「勝手にしろ」顔つきと同じように、スペードの口調には感情がこもっていない。

「立っていただけますか」拳銃を手にした男は相手の厚い胸板にそれをつきつけて指示した。「あなたが武器を持っていないことを確かめねばなりません」

スペードはふくらはぎで椅子をうしろに押しやり、脚を伸ばして立ちあがった。

カイロが背後にまわりこんだ。拳銃を右手から左手に移し、スペードの上衣の裾を持ちあげて、腰に目をやった。相手の背中のすぐ近くで拳銃を構え、右手をまわし、スペードの胸のあたりを軽くたたく。レヴァント人の顔は、スペードの背後、挙げた右肘の六インチほど下にあった。

スペードはくるりと右に体をひねり、肘を打ち落とした。カイロは顔をのけぞらせたが、それほど遠くまでは逃げられなかった。スペードの靴の右踵が、振りおろした肘の軌跡の中に小男の靴をしっかりと押さえつけている。肘が相手の頬骨を打ち、小男はよろめいたが、足をスペードの靴に押さえつけられていたので倒れはしなかった。スペードの肘は驚いている浅黒い顔に命中し、拳銃を手で殴りおろしたときには、まっすぐ伸びていた。スペードの指がかかったとたんに、カイロは拳銃を放した。拳銃は、スペードの手の中で小さく見えた。

スペードは足を離してくるりと向き直った。左手で男の上衣の襟をわしづかみにし——ルビーのダイヤが光る緑色のネクタイが拳の上でねじれた——右手が、とりあげた拳銃を上着のポケットにおさめた。黄ばんだ灰色の目は陰うつな色合いを帯びている。顔は板のように無表情で、口元だけがわずかに不快げにゆがんでいた。

カイロの顔は、苦痛とくやしさにねじれていた。黒い目に涙を浮かべている。肘の一撃をうけた頬の赤味をのぞいて、顔は磨いた鉛色をしていた。

スペードはレヴァント人の襟元をつかんだ手に力をこめ、ゆっくりと相手の向きを変えさせ、さっきまで坐っていた椅子の前に押し戻して立たせた。鉛色の顔に、苦痛にかわって当惑げな表情が浮かんだ。そのとき、スペードが薄い笑みを見せた。やさしげな、夢見るような笑みだった。右肩が数インチあがった。それにつれて、折り曲げた右腕ももちあげられた。拳、手首、前腕部、曲げた肘、上腕部が固いひとかたまりになり、柔軟な肩に動きをあたえた。拳がカイロの顔に強く当った。片顎、口の隅、頬骨と顎のあいだの頬の部分だった。

カイロは目を閉じ、意識を失った。

スペードはぐったりした男の体を椅子にのせた。カイロは手足を伸ばし、頭を椅子の背にもたせかけ、口を開いている。

気絶した男のポケットを、スペードは手際よく空にしていった。弛緩した男の体をときどき動かし、ポケットの中身がデスクに積まれていく。最後のポケットを空にすると、スペードは自分の椅子に戻って煙草を巻き、獲物を調べはじめた。急がずに、慎重に、念を入れて。

ふくらんだ、黒っぽい、柔らかな革の財布。数種類のサイズの合衆国紙幣で三百六十五ドル。五ポンド紙幣が三枚。カイロの名前と写真があるギリシアのパスポートにはあちこちの国の査証が押されている。アラビア語らしきものが書きこまれた、折りたたんだ桃色の半透明の薄紙が五枚。アーチャーとサーズビーの死体が発見されたことを報じているギザギザに破りとられた新聞の切り抜き。挑むような激しい目つきと、やわらかそうな受け唇をした浅黒い女の絵葉書大の写真が一枚。大きな絹ハンカチは、古びて黄ばみ、折りめが破れかけている。彫り文字でミスター・ジョエル・カイロと刷られた名刺の薄い束。そして、ゲイリー劇場の当夜の特等席の切符が一枚。

財布とその中身のほかに、白檀の香りのする派手な絹ハンカチが三枚。プラチナのロンジンの時計についた、プラチナと赤味がかった金細工のチェーンには、一方の端に小さな梨型の、白っぽい金属製のペンダントがついている。合衆国、イギリス、フランス、中国のコインがひと握り。鍵輪には鍵が五つ、六つ。銀と縞瑪瑙《めのう》の万年筆。革ケース入りの金属製のくし。同じく爪やすり。サンフランシスコの薄い案内地図。サザン・パシフィック鉄道の手荷物預りの半券。菫《すみれ》の香りのする粒菓子が半分ほど入った小さな缶。上海の保険代理店の名刺。ホテル・ベルヴェデールの用箋が四枚。そのうちの一枚には、サミュエル・スペードの名前と、オフィスおよびアパートメントの住所が、小ぎれいな小さな文字で書きこまれていた。

これらの品物を注意深く調べ終えると——なにか隠されていないか、時計入れの裏側まで開けてみた——スペードはかがみこんで、気絶している男の手首、親指と人差指とのあいだの下方に触れて脈を確かめた。男の手首を放し、自分の椅子に深く坐り、新しい煙草を巻いて火をつける。煙草を喫っているときのスペードの顔は、ときたま下唇をわずかに意味もなく動かすだけで、間の抜けたように見えるほど、考え深げに静止していた。が、ほどなくカイロがうめき声をあげ、瞼をしばたたかせると、スペードの顔におだやかな表情が戻り、目と口元に親しげな笑みが浮かんだ。

ジョエル・カイロはゆっくりと意識をとりもどした。まず目を開けたが、天井のどこかにはっきり焦点を合わせるまでに丸々一分かかった。ついで口を閉じ、生唾を飲みこみ、そのあと鼻から深く息を吐いた。片方の足を引き寄せ、腿の上で片方の手をひっくりかえし、椅子の背から頭をもたげ、とまどったように部屋中を見渡し、スペードに目をとめ、上体を起こした。なにかしゃべろうと口を開きかけ、驚いて、片手で顔の一部を軽く打った。スペードの拳が当った部分だった。そこが赤い傷痕になっている。

痛みをこらえるようにして、カイロは歯のすきまから声を洩らした。「その気になれば撃つこともできたのですよ、ミスター・スペード」

「試すことぐらいできたろうな」スペードが同意した。

「そうはしませんでした」

「わかってる」

「では、丸腰のわたしをなぜ殴ったのですか」

「わるかったかな」スペードは奥歯までのぞかせて、狼のような薄笑いを見せた。「五千ドルが与太話だと知ったときのくやしさもわかってくれ」

「それは誤解です、ミスター・スペード。あの話はほんとうでした。いまも同じです」

「おやおや」スペードの驚きはほんものだった。

「彫像を取り戻してくださったら、いつでも五千ドルお支払いしましょう」カイロは傷を負った顔から手を離し、取り澄ました格好で坐り直すと、また取引きの話をはじめた。

「彫像をお持ちですか」

「いや」

「ここにないのなら」疑っていることをやんわりとにおわせる口調だった。「身の危険まで冒して、なぜわたしが捜そうとするのを邪魔立てなさったのですか」

「人を勝手に部屋に入らせ、強盗の真似事まで黙ってさせておけばよかったというのか」

スペードは指を振って、デスクの上のカイロの持物を示した。「おれの住まいのほうの住所も知ってるようだな。あっちにはもう行ってきたのか」

「そうです、ミスター・スペード。彫像に五千ドル払う用意はありますが、持主のためにできることならその支出を節約しようとするのは当然でしょう」

「持主というのはだれだ」

カイロは首を振って微笑んだ。「おゆるしください。あいにくですがそのご質問にはおこたえしかねます」

「ゆるさなきゃいけないのかね」スペードは口元を引き締め、笑みを見せて、身をのりだした。「おまえの首ねっこを押さえてるんだぞ、カイロ。おまえはのこのこやってきて、昨夜の殺しとなにか関係があることをわざわざ教えてくれた。警察につきだせば、やつらは大喜びする。それよりは、おれと取引きするほうがいいんじゃないのか」

カイロはまじめくさった笑みを見せていた。警戒する気配もない。「事を起こすまえに、あなたについては充分に調べておいたのです。そして、確信をもちました。ほかにどんな理由があろうと、金儲けの話を優先させる物わかりのいい方だということがわかったのです」

スペードは肩をすくめた。「カネはどこにあるんだ」

「わたしは、五千ドル差しあげるといいました。それは……」

スペードは指の背でカイロの財布をはじいた。「ここには五千ドルなんて大金はない。高見の見物のつもりかね。のこのこやってきて、紫色の象を見つけてくれたら百万ドル進呈するとほざくのは簡単だ。だが、だれが真にうけると思う」

「わかりました。よくわかりました」カイロは目を細め、考え深げにいった。「嘘いつわりのないことをどうやって請けあうのかとおっしゃるのですね」指の先で赤い下唇をこすった。「手付金で、その保証になるでしょうか」

「けっこうだね」

カイロは財布に手を伸ばしかけ、一瞬ためらって元にもどした。「百ドルでいかがでしょうか」

スペードは財布をつまみあげ、百ドルとりだし、眉を寄せた。「二百ドルにしとこう」そして言葉どおりにした。

カイロは黙っていた。

「その鳥をおれが持っている、とまずおまえは考えた」二百ドルをポケットにおさめ、財布をデスクに放り投げると、スペードはきびきびした口調でたずねた。「それは当てはずれだった。おつぎの推理をきかせてもらおう」

「あなたは、あれがどこにあるかを知っていらっしゃる。たとえそうでないとしても、どこで手に入れられるかを」

スペードはカイロの推測を否定も肯定もしなかった。聞いてさえいないようだった。

「おまえがいっている男が正当な持主だという証拠を見せられるのか」

「残念ながら証拠はほんのわずかしかありません。しかし、こうはいえます。ほかのだれも、所有権を示す確かな証拠は持っていないということです。わたしが想像しているのと同じほど、あなたがこの件についてご存じなら……だからこそ、ここにお伺いしたのですが……あの彫像がどのような手段で持主から奪われたかという経緯《いきさつ》が、そもそもほかのだれよりも正当な所有者であることを明白にしていると思いませんか。サーズビーなど、論外です」

「あの男の娘のほうはどうなんだ」スペードがかまをかけた。

カイロの目と口が興奮のあまり大きく開き、顔が紅潮し、声が甲高くなった。「あの男は持主じゃない」

「そう」スペードは、あいまいに、おだやかにこたえた。

「あの男は、いま、サンフランシスコに来てるんですか」少しは鎮まったが、あいかわらず興奮した声でカイロはたずねた。

スペードは眠たげに目ばたきし、「テーブルにおたがいの持札をひろげたほうが話が早いんじゃないのか」ともちかけた。

小さく体をふるわせたカイロは平静さを取り戻した。「そんなことをしてもいいことはありません」物やわらかな口調だった。「もしあなたがわたしより多く知っているとしたら、そのぶんだけわたしが得をさせてもらって、五千ドル以上かからずにすむことになります。もしあなたの情報がわたしより少なければ、そもそもここに伺ったのが過ちということになります。その場合は、あなたの提案に応じれば過ちがいっそう大きくなってしまいます」

スペードはどうでもいいというようにうなずき、デスクの所持品に向かって腕を振り、「おまえのだよ」と声をかけた。カイロがそっくりポケットにしまい直すと、「この黒い鳥を捜しているあいだの経費を払ってくれて、取り戻したときに五千ドルくれるということだな」

「そうです、ミスター・スペード。手付金の額は差し引かせていただきますが、総額は五千ドルです」

「よかろう。合法的な取引きなんだな」スペードは目尻の皺をのぞいて、まじめくさった顔つきをした。「殺人とか窃盗のために雇われたのではなく、出来得ればまっとうに、法律に従って取り戻せばいいわけだ」

「出来得れば、そうしてください」同意したカイロの顔も、目元をのぞいてまじめくさったものだった。「いずれにしろ、内密に事を運んでください」立ちあがって、帽子を手にとった。「連絡の必要があるときは、ホテル・ベルヴェデールにお願いします。六三五号室です。わたしたちが手を組むことによって、おたがいに大きな利益を得られるよう心から期待しています、ミスター・スペード」カイロはちらっとためらったあと、「拳銃をお返し願えませんか」とつけくわえた。

「いいとも。うっかり忘れていた」

スペードは上衣のポケットから拳銃をとりだし、カイロに手渡した。

カイロはその拳銃をスペードの胸につきつけた。

「両手をデスクに置いていただけないでしょうか」真剣な口ぶりだった。「この部屋で捜し物をしたいのです」

「なんてことだ」そういってスペードは喉の奥で声をあげて笑った。「いいとも。やってくれ。止めだてはしない」

6 チビの尾行者

ジョエル・カイロが帰っていった三十分後、スペードは顔をしかめながらデスクに向かって坐っていた。「いいだろう、カネを払ってるのはやつらなんだから」と、めんどうごとをわきにやるようにつぶやき、デスクの抽き出しからマンハッタンのカクテルの瓶と紙コップをとりだした。スペードはコップに三分の二注いで飲み干し、瓶を抽き出しに戻し、コップをくずかごに投げ棄て、帽子とオーバーを身につけ、明かりを消し、夜の町に降りていった。

こぎれいな灰色のキャップを頭にのせ、オーバーに身をくるんだ二十歳《はたち》そこそこの小柄な若い男が、街角でぶらぶらしていた。

スペードはサッター通りをカーニー通りに向かって歩み、そこの角の煙草屋に入って、ブル・ダラムを二袋買った。店を出たとき、例の若い男は、向かい側の角で市電を待っている四人の中にまじっていた。

パウエル通りのハーバート・グリルで夕食をとり、八時十五分前にスペードが店を出ると、若い男は近くにある男物の服飾品店のショーウィンドウをのぞいていた。

スペードはホテル・ベルヴェデールに入り、カイロ氏に会いたいとフロントに告げた。カイロは不在だった。若い男はロビーの隅の椅子に坐っていた。

ゲイリー劇場に足をのばしたが、ロビーには見当らないので、劇場の正面の歩道際に陣どってカイロを待った。若い男は下手《しもて》にあるマルカール・レストランの前を、通行人にまじってぶらついている。

八時十分すぎ、カイロはひょこひょこした小股の気どった足どりで、ゲイリー通りをやってきた。私立探偵に肩をたたかれるまで気づかなかったらしい。一瞬だが、かなり驚いたようだった。「ああ、なるほど。わたしの切符をご覧になったのですね」

「まあな。見せたいものがある」開演を待つ客の群から少し離れ、スペードはカイロを縁石の近くまでさがらせた。「下手《しもて》のマルカールの店のそばにいるキャップをかぶったガキだ」

「わかりました」カイロはつぶやき、腕時計に目をやり、顔をあげ、通りの上手《かみて》に目を向ける。ついで真前の劇場の看板を見つめた。『ヴェニスの商人』のシャイロックに扮したジョージ・アーリスの姿がある。それから、カイロの黒い目が眼窩の中でゆっくりと横に移動し、キャップをかぶった若い男の、伏せた目を隠す反《そ》ったまつ毛と冷ややかな青白い顔をとらえた。

「やつを知ってるか」スペードが訊いた。

カイロはスペードを見あげ、笑みをのぞかせた。「知りません」

「町中おれの後をつけまわしている」

カイロは下唇にしめりをくれ、たずね返した。「とすると、わたしたちが一緒のところを見せてしまったのは賢明ではなかったのではありませんか」

「そんなこと知るもんか。どっちみちもう見られちまったんだ」

カイロは帽子をとり、手袋をはめた手で髪を撫でつけた。慎重に帽子をかぶり直し、あふれんばかりの率直な口ぶりで、「あんな男は絶対に知らないと誓います、ミスター・スペード。なんのかかわりもありません。あなたのほかには、だれの助力も仰いでいません。名誉にかけて誓います」

「すると競争相手の一人というわけか」

「たぶん」

「お荷物になるようなら、痛い目にあわせてやることになる。だから訊いたまでだ」

「最善だとお考えになる手段を選んでください。あの男はわたしの仲間ではありません」

「わかった。さあ、開演のベルが鳴ってるぞ。おやすみ」そういってスペードは、西行きの市電に乗ろうと通りを横切った。

キャップの若い男も同じ電車に乗った。

スペードはハイド通りで市電を降り、自分のアパートメントに向かった。それほど荒らされていなかったが、家捜しの跡は歴然だった。スペードは顔を洗い、新しいシャツとカラーをつけるとまた外に出て、サッター通りまで歩き、西行きの市電をつかまえた。若い男も一緒に乗りこんできた。

コロネットの六ブロックほど手前でスペードは電車を降り、高い茶色のアパートメントのロビー入口に立った。呼鈴を三つ同時に押すと、ドア・ロックの一つが鳴った。スペードは中に入り、エレベーターと階段の前を通り過ぎ、長い黄色い壁の廊下を抜けて建物の裏手まで歩き、エール錠のかかった通用口を見つけ、そこを通り抜けて狭い裏庭に出た。裏庭は暗い路地に通じていた。二ブロック歩いて、道を横切り、カリフォルニア通りに出ると、まっすぐコロネットに向かう。九時半にはなっていなかった。

スペードの来訪をそれほど当てにできずにいたのか、ブリジッド・オショーネシーはひときわうれしそうに出迎えた。玉髄《ぎよくずい》色の肩紐のついた流行のアルトワ風と呼ばれる青いサテンのガウンを着け、靴下も靴もアルトワ風だった。

赤と淡黄色の居間はきちんと整理され、黒と銀色のずんぐりした陶器の花瓶に活けられた生花が室内を生き生きとさせている。暖炉では樹皮のついたままの薪が三本燃えさかっている。女が帽子とオーバーを片づけているあいだ、スペードは燃える薪を見つめていた。

「なにかよい報《し》らせを持ってきてくださったの」部屋に戻ってきた女がたずねた。不安げな笑みをたたえ、息をつめる。

「これまでに世間に知られたこと以外は、いっさい表沙汰にしないですむようになった」

「ではわたしは、警察沙汰にならずにすむのね」

「そうだ」

うれしそうな吐息を洩らし、女はくるみ材の小さな長椅子に坐った。顔つきも、体もくつろいでいる。顔をあげ、感嘆するような目で笑いかけた。

「たいへんだったのでしょうね」好奇心というより驚嘆の口ぶりだった。

「サンフランシスコでは、たいていのものが金で買える。あるいは手に入る」

「そして、めんどうな立場にも立たずにすむのね。どうぞお坐りになって」女は長椅子の上で体をずらした。

「少しぐらいのめんどうごとなどへっちゃらさ」いくぶんうぬぼれた口調だった。

スペードは暖炉のわきに立って、観察し、秤《はかり》にかけ、値をつける目つきで女を見つめた。観察し、秤にかけ、値踏みしていることを隠そうとしない目つきだった。あけすけな凝視に女はかすかに頬を染めたが、前よりは自信を取り戻しているようだった。しかし、目にはまた羞じらいが浮かんだ。横に坐ってもいいという誘いを無視したことをはっきりさせたあと、スペードは長椅子に近づいた。

「そんなふうに見せかけてはいるが、あんたはほんとうはそんな女じゃないんだろう」長椅子に坐ると、スペードはたずねた。

「どういう意味かしら」かすれた声で訊き返し、とまどったような目でスペードを見つめる。

「女学生みたいに、口ごもったり、顔を赤らめたりってことだ」

女は顔を赤らめ、相手を見ずに早口でこたえた。「あなたが想像なさるよりずっと悪い女だったということは、きょうの午後話したでしょう」

「そこだよ。たしかにきょうの午後、そのことを、同じ言葉、同じ口調で話してくれた。習い性ってやつかね」

泣きださんばかりの困惑の一瞬のあと、女は声をあげて笑った。「よくわかったわ、ミスター・スペード。わたしは、見かけどおりの人間ではありません。ほんとうは八十歳になる邪悪な老婆で、商売は鋳型工……お芝居だとおっしゃるけど、わたしはそういうふうに振舞うよう育てられたのです。いっぺんにやめろといわれても、無理なの」

「いや、かまわんよ」スペードは請けあった。「もっとも、かけねなしにそうなんなら、大いにかまうだろうがね。こんなことをいってもらちがあかない」

「いい子ぶったりはしないわ」胸に手を当てて約束した。

「今夜、ジョエル・カイロと会った」さりげない口ぶりでスペードがいった。

女の顔から明るさが消えた。男の横顔を食いいるように見つめる目におびえた色が走り、ついで警戒する目つきにかわった。スペードは伸ばしていた両脚の先で組んだ足を見つめている。なにを考えているのかまったくわからない表情だった。

長い間合いのあと、女がおずおずとたずねた。「あなた、あの男を知ってるの」

「今夜、会った」スペードは顔をあげず、軽い話しぶりも変らない。「ジョージ・アーリスの芝居を観に行くところだった」

「話をしたということかしら」

「一、二分、開演のベルが鳴るまでね」

女は立ちあがり、暖炉に近づいて火をかきたてた。暖炉棚の装飾品の位置をわずかに変え、部屋を横切って隅のテーブルから煙草の箱をとり、カーテンのひだを伸ばし、長椅子に戻ってきた。なにも心配をしていない、つるんとした顔つきをしている。

スペードは横目で女を見て、にやりと笑った。「たいした演技だ。ほんとにたいしたもんだよ」

女は顔色を変えず、ひっそりとたずねた。「あの男、なんといったの」

「なんについてだい」

「わたしのことを……」口ごもった。

「べつに、なにも」スペードは女の煙草にライターを近づけた。無表情な悪魔の顔の目だけが光っている。

「じゃ、どんな話を」ふざけ半分の不機嫌な声だった。

「黒い鳥を取り戻してくれたら五千ドル払うといわれたよ」

はっとした女が、煙草の端を嚙み、警戒するようにちらっとスペードを見て、目をそらした。

「また、暖炉の火をかきたてたり、部屋の中を片づけたりしはじめるんじゃないだろうね」ものうげにスペードがたずねた。

女は澄んだ、愉しげな笑い声をあげ、ぼろぼろになった煙草を灰皿に落とし、澄んだ、愉しげな目でスペードを見つめた。「もうしないわ」と約束して、「それで、あなたはなんとこたえたの」

「五千ドルといえば大金だ、とね」

女は笑みを浮かべたが、スペードに真顔でじっと見つめられると、かすかに当惑した表情に変り、やがて笑みが消えた。かわりに、傷ついたような、驚いたような表情がのぞく。

「まさか本気でその取引きのことを考えてはいないんでしょ」

「いけないかね。五千ドルといえば大金だ」

「だけど、スペードさん。わたしを助けてくださると約束なさったはずです」女は両手で男の腕にすがりついた。「あなたを信じているのです。まさかあなたが……」言葉をとぎらせ、男の腕から放した両手をすりあわせるようにした。

スペードは困惑しきっている女の目をのぞきこんで、いった。「あんたがおれをどれくらい信じているかを確かめあうのはやめておこう。助けてやる約束はもちろんしたが、黒い鳥とかのことはなにも聞かされなかった」

「ご存じだったんでしょう……わたしに話したからには、そうにちがいないわ。とにかく、もうご存じなのね。いまさらわたしを……そんな……まさか、そんなことを」女の目は紺青色の数珠玉だった。

「五千ドルといえば」スペードは三度目の同じ台詞を口にした。「大金だ」

女は両方の肩と手をあげ、敗北をうけいれる仕草で下におろした。「確かに」まのびした小さな声で認めた。「わたしが差しあげられるお金よりずっと多いわ。あなたを味方にするためにお金で競りあわねばならないのなら」

スペードは笑い声をあげた。短い、苦い笑い声だった。「あんたの口からでると、いまのはなかなかいい台詞だ。じゃ、金のほかになにをくれたのかね。秘密を明かしてくれたか。事実をひとかけらでも教えてくれたか。あんたを助けるのに役立つことをなにかしてもらったかな。味方につけるために、金以外になにをくれたっていうんだ。おれが身売り稼業をやっているとしたら、高い値段をつけたほうに走ってなにがわるい」

「持っているお金は全部差しあげたわ」白目が丸く輪になり、涙が光った。しわがれて、わななくような声だった。「あなたのお慈悲にすがって身を託したのです。あなたの助けがなければ途方に暮れてしまうこともお話ししました。ほかになにがあるとおっしゃるのです」いきなり身をすり寄せ、怒り狂ったようにわめいた。「わたしの体で、あなたを買うことができるのですか」

二人の顔は数インチと離れていなかった。スペードは両手で女の顔をはさみ、荒々しく、蔑むように唇にキスをした。そして、坐り直すと、「考えておこう」とこたえた。きびしい顔が怒りに満ちている。

女は、男の手がつかんでいた、感覚を失った頰を手で押さえている。

スペードは立ちあがって、いった。「くそっ。なんでこんなことを」暖炉に二歩足を踏みだし、立ちどまり、歯をきしらせながら、燃えさかる薪をにらみつけた。

女は身じろぎもしない。

スペードは顔だけ振り向いて、女を見た。鼻の上の二本の縦皺が、赤い畝《うね》のあいだに深く刻まれている。「きみがどれくらい正直かなんてことはどうでもいい」つとめて声を鎮めようとしながら、スペードはいいきかせた。「なにをたくらんでいるのか、どんな秘密を持っているのか、それもどうでもいい。自分がなにをやっているのか、それをちゃんと心得ているのかどうかだけを、具体的に知っておきたいだけだ」

「心得ています。それは信じてください。それがいちばんいいのです。そして……」

「証拠を見せてくれ」スペードは命じた。「きみを助けてやりたい。これまでも、できるだけのことはやってきた。必要とあれば、目隠しをして突っ走ってもいい。だが、いま以上にきみを信じられる証拠がなければそれも無理だ。この一件のからくりをきみが知っていることを、おれが信じられなければどうにもならない。当推量と神頼みで、しまいにはきっと良くなることをただ祈りながら、きみが時間つぶしをやってるんじゃないってことを」

「あと少し、このままわたしを信じてもらえないの」

「どれくらい少しだ。なにを待っているんだ」

女は唇を嚙み、目を伏せた。「ジョエル・カイロと話をしてから」ほとんど聞きとれない小さな声だった。

「今夜、会える」スペードは腕時計に目をやった。「あいつの観ている芝居がもうすぐ終る。ホテルに電話をかければつかまえられる」

女は訝るように目をあげた。「だけど、ここはまずいわ。わたしの居場所を教えるわけにはいかない。こわいの」

「おれの部屋にしようか」スペードがもちかけた。

女は口をふるわせてためらい、問いかけた。「あなたの部屋にやってくるかしら」

スペードはうなずいた。

「いいわ」きっぱりといって、勢いよく立ちあがった。見開いた目が光っている。「さあ、行きましょう」

女は隣室に入った。スペードは隅のテーブルに近づき、音を立てずに抽き出しを引いた。中には、トランプのカードが二組、ブリッジの得点記入表、真鍮の栓ぬき、赤い紐がひと巻きと金色の鉛筆が入っていた。抽き出しを閉め、煙草に火をつけたとき、女があらわれた。スペードの帽子とオーバーを持ち、小さな黒い帽子と灰色の小山羊のコートを身につけていた。

二人を乗せたタクシーは、スペードのアパートメントの正面入口の真前に駐車中の、黒っぽいセダンのうしろにとまった。アイヴァ・アーチャーが、ひとりで運転席に坐っている。スペードは彼女のほうに帽子をあげてみせ、ブリジッド・オショーネシーと建物の中に入った。ロビーのベンチのそばで足をとめ、「ちょっと待ってくれないか。すぐ戻る」「どうぞ、おかまいなく」ブリジッド・オショーネシーはベンチに坐ってこたえた。「ごゆっくり、どうぞ」

スペードはおもてのセダンに近づいていった。車のドアを開けると、早口でアイヴァが声をかけた。「話があるの、サム。部屋にあがってもいいかしら」青白い、不安げな顔をしている。

「いまはだめだ」

アイヴァは歯を鳴らし、鋭い声で訊いた。「あの女はだれなの」

「時間がないんだ、アイヴァ」スペードは辛抱づよくいった。「なにを話したい」

「あの女はだれなのよ」正面入口に首を振りながら繰りかえした。

スペードは女から目をそらし、通りを見た。次の角の修理工場の前に、こぎれいな灰色のキャップをかぶり、オーバーを着た例の若い男が、壁にもたれて所在なげにしている。スペードは顔をしかめ、彼女のきつい顔に視線を戻した。「どうかしたのか。なにかあったのか。夜のこんな時間に、ここに来るのはまずい」

「やっとわかってきたわ」アイヴァは不平を鳴らした。「オフィスに顔をだすなといって、こんどはここにも来ちゃいけないというのね。後を追いかけまわすなといいたいんでしょ。そうならそうと、はっきりいったらどうなの」

「いいか、アイヴァ。自分を何様だと思ってるんだ」

「そんなことといえた筋合いじゃないのはわかってる。あなたとのことでは、あたしにはなにもいう資格はないってことなのね。思いちがいだったんだわ。あなたが、あたしを愛しているようなふりをしたんで、てっきり……」

スペードはやれやれといった口調で、「いまは、そのことを話し合う時じゃない、ダーリン。おれになんの用事があったんだ」

「ここじゃ話せないわ、サム。あがってもいいでしょ」

「いまはだめだ」

「どうしてなの」

スペードはこたえなかった。

アイヴァは口をきつく結び、ハンドルのまうしろで身をすくめると、怒り狂った目で前方を凝視し、エンジンをかけた。

車が動きだすと、スペードは「おやすみ、アイヴァ」と声をかけてドアを閉め、車が走り去るまで、帽子を手に縁石に立っていた。やがてスペードは、建物の中に戻った。

ブリジッド・オショーネシーはうれしそうにベンチから立ちあがり、二人はスペードの部屋にあがって行った。

7　宙に描かれたG

ベッドを壁にあげ、寝室から居間に転じた部屋で、スペードはブリジッド・オショーネシーの帽子とコートを預り、パッド入りの背もたれのついた揺り椅子に坐らせてから、ベルヴェデールに電話をかけた。カイロはまだ劇場から戻っていなかった。帰りしだい電話をかけるよう伝言を頼み、スペードは相手に自分の電話番号を告げた。

テーブルのわきの肘かけ椅子に腰をおろすと、スペードはなんの前触れも前置きもなしに、いきなりある話を女に聞かせはじめた。数年前に北西部で起こった実際の事件だった。ときどき、ある一節をわずかにいいまわしを変えて繰りかえすことがあったが、ある点を誇張したり、息つぎをしたりということはまったくなしに、スペードは淡々とした口調で話した。細かな点まで事実どおり正確に伝えることが、非常に重要だといわんばかりの喋り方だった。

はじめのうちブリジッド・オショーネシーは、生半可に耳を傾けていた。話の内容に惹かれるというより、スペードが物語を語りはじめたことに驚いているのは明らかだった。

話そのものより、スペードがなぜそんなことをはじめたのかに好奇心を抱いたようだ。ところが、話が進むにつれてだんだんと物語の中にのめりこみ、じっと聞き耳を立てはじめた。

ある日タコマで、フリットクラフトという男が、昼食をとりに自分のやっている不動産屋のオフィスを出たまま、それっきり帰らなかった。仕事のあと、夕方の四時からやる予定だったゴルフの約束もすっぽかした。昼食に出かけるほんの三十分前に、自分から先に立っておぜん立てしたゴルフの約束だった。女房と子供たちは、その後一度もこの男に会うことはなかった。夫婦仲はかなりうまくいっていたらしい。二人の子供はどちらも男の子で、五歳と三歳だった。フリットクラフトは、タコマ郊外に自分の家を持ち、車は新車のパッカード、成功したアメリカン・ライフにつきもののもろもろの物もすべてそろっていた。

フリットクラフトは父親から七万ドルの遺産を相続し、不動産業でも成功をおさめ、蒸発時には資産二十万ドル前後とみなされていた男だった。商売はきちんと切り盛りされていた。とはいえ、蒸発する準備を整えていたとはけっしていえない未決済の仕事もかなりあった。たとえば、かなりの儲けが見込まれていたある取引きは、蒸発した日の翌日に完了する予定になっていた。姿を消したとき、手持ちの金を五、六十ドル以上持っていたことを示す痕跡はなにもなかった。ここ数カ月の生活ぶりからは、いかなる悪事にかかわっていた気配もうかがわれなかった。ほかに女がいる可能性も皆無だった。どちらもまったくありえないことではなかったのだが。

「その男は、そんな具合にパッといなくなってしまったんだ。手をひろげたときの握り拳のようにね」

スペードの話がそこまでさしかかったとき、電話が鳴った。

「もしもし」スペードは送話口にしゃべりかけた。「カイロか……スペードだ。こっちに来てくれないか……ポスト通りのほうだ……そう、すぐに……ああ、そうだ」スペードは女を見て、口を結び、ついで早口でつけくわえた。「ミス・オショーネシーがここにいる。おまえに会いたいそうだ」

ブリジッド・オショーネシーは眉を寄せ、椅子の中で身じろぎしたが、なにもいわなかった。

スペードは受話器を置き、女に話しかけた。「カイロはすぐに来るそうだ。ところでさっきのつづきだが、事件があったのは一九二二年。一九二七年に、おれはシアトルにある大きな私立探偵社で働いていた。そこにフリットクラフト夫人がやって来て、夫にとてもよく似た男をスポケンで見かけたものがいるというんだ。おれは出かけて行った。確かにフリットクラフトだった。ファースト・ネームは同じチャールズだが、ピアスと名乗って、数年間スポケンで暮していた。年間収益が二万か二万五千ドルの自動車関係の仕事をやっていて、女房と赤ん坊が一人、スポケン郊外に家を構え、ゴルフ・シーズンには午後四時に仕事を切りあげてプレイに出かけるという生活を送っていた」

スペードは、フリットクラフトを見つけたあとどう対処すべきかはっきりした指示をうけていなかった。二人はスペードの滞在していたダヴェンポートのホテルで話しあった。フリットクラフトはうしろめたさを感じていなかった。元の家庭には充分なものをのこしてきたし、自分のやったことは完全に理に適っていると考えていたようだった。ひとつだけ気にしていたのは、その理屈をスペードにはっきり理解してもらえるかどうかということだった。その話をするのは初めてだったので、その理屈を明確にせねばならなくなったのも当然初めてのことだったのだ。とにかく、男は試してみた。

「おれには、よくわかる話だった」スペードはブリジッド・オショーネシーにいった。「だが、フリットクラフト夫人はとうとうしまいまで理解できなかった。そんな馬鹿なことがあるかというのだ。確かにそのとおりかもしれない。まあ、いずれにしろ、うまく話は片づいた。夫人はスキャンダルを望まず、そんな手で自分をだました夫に戻って来てほしいとも願わなかった。とにかく、かみさんはそう解釈したんだ。で、二人はいざこざなしに離婚し、なにもかも円満に片づいたというわけだ。

フリットクラフトになにが起こったのか、話してやろう。昼食に出かける途中、やっこさんは建設中の、骨組だけのオフィス・ビルの下を通りかかった。八階か十階あたりから鉄の梁かなにかが落ちてきて、すぐわきの歩道にぶち当った。鼻先をかすめて落ちてきたのだが、体にはまったく触れなかった。粉々になった舗石のかけらがはねとび、頬に当り、肉をほんの少しそぎとっただけだった。おれが会ったときも、その傷跡がのこっていた。話しながら、いとおしげにその古傷を指で撫でさすっていたよ。フリットクラフトがいうには、もちろん身がちぢむほどおびえたそうだが、こわかったというより、ショックのほうが大きかった。だれかが、自分の人生の蓋を開け、そのからくりを覗かせられたような感じだったそうだ」

その出来事までのフリットクラフトは、外からの圧迫によってではなく、周囲に同調することで最も安らぎが得られるタイプの人間だったという単純な理由から、良き市民であり、良き父であり、良き夫であるような男だった。そんなふうに育てられ、まわりの人間もみんなそうだった。それまで知っていた人生というのは、汚れなく秩序の保たれた、まっとうで、理に適ったものだった。ところが、天から降ってきた一本の鉄梁が、人生は根源的にそんなもんじゃない、ということを垣間見させてしまった。良き市民であり、夫であり、父親である自分も、オフィスからレストランに行く道で、落ちてきた鉄梁にぶち当ってこの世から消されてしまうこともある。人間は、そんなふうなでたらめの偶然によって死んでいく。無差別に、そんな偶然から逃れていられるあいだだけ、生きのびられる。そんなことが、わかってしまったのだ。

もっぱらその運命の不公平さに、フリットクラフトは心を悩まされたのではなかった。そのことは、ショックが去ったあと、現実としてうけとめることができた。身のまわりのことを秩序だててしっかりやってきたのに、人生との足並みをそろえるどころか、不調和になってしまったという発見によって、心をかき乱されたのだ。フリットクラフトは、落下した鉄の梁から二十フィートと離れぬまえに、垣間見てしまったこの新しい人生のほんとうの姿に自分自身を適応させる以外に、二度と心の安らぎは得られないだろうと悟ってしまったそうだ。そして、昼食を食べ終えたときには、この適応の手段を考えついていた。人生なんてものは、落ちてくる鉄梁によって、無差別に終止符を打たされてしまうものだ。ということは、ひょいと姿を消すだけで、行きあたりばったりに人生を変えることだってできる。フリットクラフトは人並みに家族を愛していたが、充分なものをあとに残してきたのだし、自分がいなくなることが家族に苦痛を与えるほどの愛ではないことも知っていたという。

「その日、やっこさんはシアトルに向かった」スペードは先をつづけた。「そこから船でサンフランシスコに行った。数年間あちこち放浪し、やがてまた北西部に流れつき、スポケンに腰をすえて、結婚した。二人めの女房は、最初のかみさんとは似ていなかった。だが、まるっきりちがっているというよりは、むしろ似ているといえた。よくいるだろう、ゴルフやブリッジの腕前もそこそこで、サラダの新しい調理法が大好きなタイプの女だ。

った。フリックラフトは自分のやったことを悔いていなかった。やっこさんにとっては理に適ったことだったらしい。タコマに棄ててきたものと同じ生活の溝にはまりこんでしまったことにさえ気づいていなかったようだ。だがそこんところが、おれはいつも気にいっている。やっこさんは、天から降ってくる鉄梁のたぐいに備えていたが、それ以上降りかからなくなると、こんどは降りかかってこないほうの人生にわが身を適応させたんだ」

「ほんとに興味深いお話ね」ブリジッド・オショーネシーはそういって椅子から離れ、スペードの真前にぴったり近づいて立った。目は大きく見開かれ、深みをたたえている。「カイロがここに来たら、あなたはその気になればいくらでもわたしを不利な立場に立たせられるわ。いうまでもないことだけど」

スペードは唇を結んだまま、かすかに微笑んだ。「いうまでもないことだ」

「あなたを心から信じていなければ、わたしもこんな立場に身を置いたりは絶対にしないわ。それもご存じね」女の親指と人差指が、スペードの青い上衣についている黒いボタンをひねりまわした。

「またそれか」勘弁してくれといわんばかりの口調だった。

「でも、ほんとにそうよ」女はいい張った。

「いや、そうかどうかはわからんね」スペードはボタンにひねりをくれている手を軽くたたいた。「なぜおれが、きみを信じなきゃならないのか、そのわけをたずねたのが、そもそも話の始まりだった。おたがいに勘ちがいはやめよう。なにもおれを信じなくていいんだ。おれがきみを信じられるように納得させてくれさえすれば」

女は男の顔をまじまじと見つめた。鼻孔がふるえた。

スペードが声をあげて笑った。もう一度女の手を軽くたたき、「心配は後まわしにするんだな。カイロがもうすぐ来る。きみが話をすませたあと、どう対処すべきか検討しよう」

「わたしのやり方で、カイロと話をつけさせてくれるの」

「もちろん」

女が手を返し、スペードの手の下に差しのべ、指が触れあった。「素晴しい方ね、あなたって」やさしい声音だった。

「やりすぎじゃないのか」スペードが応じた。

笑みを見せながらも、女はとがめるような目をスペードに向け、背当てのついた揺り椅子に戻った。

ジョエル・カイロは、取り乱していた。黒い目が全部虹彩になったように見え、スペードがドアを半分も開けぬうちに、甲高い、細い声が喉からころがりでてきた。

「例の坊やが、外でこの建物を見張っていますよ、ミスター・スペード。劇場の前で、あなたがわたしに見させた、というか、わたしを相手に見させた、例の若い男です。これはどういうことですか、ミスター・スペード。わたしは信じきってここを訪ねました。ぺてんや罠のことなど念頭にもなかったのですよ」

「それはけっこうだ」スペードは考えこむように眉を寄せ、「しかし、やつがあらわれることは見当をつけておいてもよかったようだ。ここに入るところを見られたのか」

「仕方ありません。通り過ぎてもよかったのですが、わたしたちが一緒のところをすでに見られてしまったのですから、そんなことをやっても無意味なことでした」

ブリジッド・オショーネシーが、ホールに姿をみせ、スペードの背後に立って心配げにたずねた。「坊やって、だれなの。いったい、なんの話かしら」

カイロは黒い帽子をとり、ぎごちなく会釈し、もったいぶった声で、「ご存じなければ、ミスター・スペードにおたずねください。わたしも、直接はなにも知りません」

「今夜ずっと、町中おれの後をつけまわしていたガキのことだ」顔は向けず、スペードは肩越しに投げやりな口調で声をかけた。「入ったらどうだ、カイロ。立話を隣近所に聞かせてもはじまらない」

ブリジッド・オショーネシーはスペードの肘のちょっと上をきつくつかみ、問いつめた。

「その男に、わたしのホテルまで尾《つ》けられたの、あなたは」

「いや、そのまえにまいてやった。振り出しに戻って、おれをつかまえようと、ここにやって来たんだろう」

黒い帽子を腹のまえに、両手で持っていたカイロがホールに足を踏み入れた。スペードがドアを後ろで閉め、居間に移った。その部屋でカイロは、帽子を腹に当てがい、もう一度うなずいた。「またお目にかかれて光栄です、ミス・オショーネシー」

「わたしにまた会えてよろこぶのはわかっていたわ、ジョー」そうこたえ、手を差しのべた。

カイロはその手をとって儀礼的に頭を垂れ、さっと手を放した。

女はそれまで坐っていた揺り椅子に腰をおろした。カイロはテーブルのわきの肘かけ椅子に。スペードはカイロの帽子とオーバーをクロゼットにかけてから、窓に面した長椅子の端に腰かけ、煙草を巻きはじめた。

ブリジッド・オショーネシーがカイロにたずねた。「鷹の報酬としてあなたが示した金額を、サムに聞いたわ。お金はすぐに用意できるのかしら」

カイロの眉がひきつり、笑みをみせた。「用意できます」そういったあともしばらく笑みは消えなかった。そしてカイロは目をスペードに向けた。

スペードは煙草を巻いていた。平静な顔つきをしている。

「現金なの」女がたずねた。

「ええ、もちろん」カイロがこたえた。

女は眉を寄せ、舌を唇にはさみ、またひっこめて、たずねた。「わたしたちが鷹を渡したら、すぐに五千ドル払ってくれるというのね」

カイロは片手をあげ、くねくねさせた。「これは申しわけない。話し方がまずかったようです。その金を、いまポケットに持っているという意味ではありません。しかし、銀行が開いている間なら、ほんのちょっと時間をいただければすぐに用意します」

「あら、そうなの」女はスペードに視線を向けた。

スペードはチョッキに向かって煙を吐きだし、「いまの話はほんとだろう。きょうの午後、ポケットの中身を調べたときは、数百ドルしか持っていなかった」

女が目を丸くすると、スペードはにやりと笑った。

レヴァント人は坐ったまま身をかがめた。目の色と声が、隠そうとしても熱っぽさを隠せずにいる。「金なら、そうですね、朝の十時半には用意できます。どうですか」

ブリジッド・オショーネシーはにっこり笑って、「あいにくわたしは、まだ鷹を持っていないの」

カイロの顔を不快な色がよぎり、顔色が険悪になった。不細工な手を椅子の肘にかけ、きゃしゃな小さな体を、じっとまっすぐにさせている。黒い目が怒りのかたまりになっている。口はきかなかった。

女は、小馬鹿にしたような、なだめるような顔をしてみせた。「だけど、どんなにかか

って も一週間で手に入れられる」

「どこにあるんです、いま」カイロは疑惑の色を隠さぬ、おだやかな口調でたずねた。

「フロイドが隠したところよ」

「フロイドというのは、サーズビーのことですか」

女はうなずいた。

「どこにあるか、知ってるんですね」

「と思うけど」

「ではなぜ、一週間も待たねばならないんですか」

「丸一週間はかからないと思うわ。だれのために、あれを買い戻そうとしてるのかしら、ジョー」

カイロは眉を吊りあげた。「ミスター・スペードに話しました。正当な持主のためにです」

女の顔に驚きの色が走った。「じゃ、あなたは、あのあとあの男のところに戻ったのね」

「もちろん戻りましたよ」

女はのどの奥で小さな笑い声をあげ、「さぞや観物だったでしょうね」

カイロは肩をすくめた。「当然の成り行きだったんです」そういって、一方の手の甲をもう一方の掌で撫でた。上瞼が垂れ、目が隠れる。「よろしければこちらからもおたずねしたいのですが、いったいあなたは、あれを売ってくださるおつもりなのですか」

「さあ、どうかしら」そっけなくこたえた。「フロイドがあんな目にあったし。ここに持っていないのもそのためよ。持っているのがこわいの。手に入れたらすぐに人に渡してしまいたい」

長椅子に片肘をついていたスペードは、二人を交互に見つめながら耳を傾けていた。くつろいだ体と、のんびりと落ち着いた顔つきは、好奇心も苛立ちも示していない。

「いったいフロイドになにがあったのですか」カイロが低い声でたずねた。

ブリジッド・オショーネシーの右の人差指が、宙に素早く大文字のGを描いた。

「なるほど」カイロはこたえたが、笑った顔には疑いの色があった。「あの男はこの町にいるのですか」

「知らないわ」女は苛立っていた。「どっちにしたって、ちがいはないでしょ」

カイロの笑みにひそむ疑惑の色が深まった。「大ちがいかもしれない」意識してかどうか、両手を膝の上で置き換えたので、ずんぐりした人差指がスペードを指している。

その指先にちらっと目を走らせ、女はいらいらしたように首を動かした。「わたしも、あなたもね」

「まさにそのとおり。外には坊やもいるし」

「そうね」女は同意し、声をあげて笑った。「その若い男が、コンスタンチノープルであなたが仲良くした坊やなら話は別だけど」

とつぜんカイロの顔が赤く斑になり、甲高い怒り声でわめきたてた。「おまえがものにしそこなった男のことをいってるのか」

ブリジッド・オショーネシーはやにわに椅子から跳ね起きた。下唇を噛みしめ、こわばった白い顔をして、黒い目を見開いている。女は素早く二歩カイロに近づいた。カイロは立ちあがろうとした。女の右手が伸び、男の頰を鋭く打ち、指の跡がのこった。

カイロは不快な声でうめき、女の頰に平手打ちを返した。女は横によろけ、押し殺した短い悲鳴をあげた。

スペードは顔色も変えずに長椅子から身を起こし、二人に近づくと、カイロの喉首をつかみ、左右に振りまわした。カイロは喉の奥を鳴らし、内ポケットに手を伸ばした。スペードはレヴァント人の手首をきつくつかんで、上衣からもぎとり、横にまっすぐ伸ばさせ、ねじりをくれた。無器用な力のない指が開き、黒い拳銃が床のじゅうたんに落ちた。

ブリジッド・オショーネシーがさっと拳銃を拾いあげた。

指で喉を絞められているカイロが、声をふりしぼった。「わたしの体に手をかけたのは、これで二度めだぞ」喉を絞めつけられ、目の玉がとびだしている。冷酷で、険悪な目の色をしていた。

「そうだったな」スペードはうなった。「顔を張られたら、喜んでおとなしく受けいれるべきなんだ」スペードはカイロの手首を放し、ごつい平手で相手の横面を容赦なく三度殴った。

カイロはスペードの顔に唾を吐きかけようとしたが、口の中が渇ききっているので、怒りの仕草にしかならなかった。スペードが口に平手打ちをくわせ、下唇が切れた。

ドアの呼鈴が鳴った。

カイロの目が廊下のドアに通じるホールに向けられ、焦点を合わすように細くなった。怒りの色が失せ、警戒するような目つきになっている。女も息をのみ、ホールを見ていた。おびえきった顔をしている。スペードは、カイロの唇から滴り落ちる血を不快げにしばらく見ていたが、うしろにさがって、レヴァント人の喉から手を放した。

「だれかしら」女はささやくようにいってスペードに寄り添った。ぐいと向けられたカイロの目も同じ質問をしている。

「知るもんか」スペードは苛立った口ぶりでこたえた。

呼鈴がまた、しつこく鳴った。

「おとなしくしてるんだぞ」そういってスペードは、後ろでドアを閉めて、部屋を出て行った。

スペードはホールの明かりをつけ、廊下に通じるドアを開けた。ダンディ警部補とトム・ポルハウスが立っていた。

「やあ、サム」とトム。「まだ寝てないと思ってね」

ダンディもこくりとあいさつをしたが、なにもいわない。

スペードは愛想よくこたえた。「やあ。いつもすごい時間に訪ねてくるんだな。今夜はなんだね」

ダンディが物静かに口火を切った。「話がある、スペード」

「そうかい」スペードは戸口に立ちふさがっていた。「じゃ、さっさとしゃべったらどうだ」

トム・ポルハウスが体をのりだして、「ここで立話もできんだろうに」

スペードは戸口をふさいだままだった。「中には入れられない」ほんのわずか、すまながっている口ぶりだった。

スペードと同じ背丈のあるトムのがっしりした顔に、友人同士がみせるとがめるような色が浮かんだが、小さな鋭い目はきらきら光っていた。「どうしたっていうんだ、サム」

不平を鳴らし、大きな手をスペードの胸にふざけるように当てた。

スペードは体ごとその手を押し戻し、にやりと狼のように笑った。「力ずくにでようってのか、トム」

めた。

トムは低いうなり声をあげ、「へえっ、なんてことをいうんだ」といって、手をひっこめた。

ダンディは歯を鳴らし、そのすきまから声を発した。「中に入れろ」

スペードの唇がひきつり、犬歯がのぞいた。「中に入れるわけにはいかん。さあ、どうする。無理押しする気かね。それともここで話すか。さもなきゃ、くたばっちまえ」

トムがうなった。

ダンディは、あいかわらず歯のすきまから声をだしている。「おれたちにもう少し調子を合わせるほうが身のためだぞ、スペード。あれやこれやうまくすり抜けているつもりだろうが、いつまでも持ちこたえることはできない」

「できるんなら止めだてしてみろ」スペードは横柄にこたえた。

「ああ、やってやろう」ダンディは両手をうしろにまわし、私立探偵のほうに顔をつきあげた。「おまえとアーチャーの女房がこそこそくっついていたというもっぱらの噂がある」

スペードは高笑いした。「勘ぐってるのはあんたじゃないのか」

「根も葉もないことだというのか」

「そのとおり」

「噂では、おまえとくっつきたくて、あの女は亭主と別れようとしてたんだが、やつが承知しなかったって話だ。その点はどうだ」

「お呼びじゃないね」

「こんな噂もある」ダンディはそっけなくつづけた。「やつが殺されたのは、そのためだとな」

スペードはいくぶんおもしろがっているように見えた。「そうがつがつするな。殺人の濡れ衣は、一度に一つにしといてくれ。おれがサーズビーを殺ったのは、やつがマイルズを殺した仇討ちだったというあんたの最初の思いつきが台無しになっちまうぜ。おれがマイルズも殺したとなれば」

「おまえがだれかを殺したなどとは、おれはいわなかった」ダンディが応じた。「おまえのほうが、そういいつづけてるだけだ。まあ、おれもいったとしよう。おまえは、二人とも片づけた。それにはそれなりの推理が立てられるさ」

「ほう。女房を手に入れるためにマイルズを片づけ、マイルズ殺しをおっかぶせるためにサーズビーを殺したというんだろう。なかなかの名推理だ。だが、おれがだれかを殺して、サーズビーに罪を着せ、首を吊ってやることもできたんだぞ。こんなことを、いつまでおれにつづけさせる気なんだ。これからサンフランシスコで起こる殺人事件をすべておれになすりつけようっていうのか」

「おふざけはやめとけよ、サム」とトム。「あんただけじゃなく、こんなことはこっちもうれしがってるわけじゃない。それは百も承知だろう。これも仕事なんだ」

「真夜中に押しかけて来て、くだらない質問をしてまわる以外に仕事はないのか」

「おまけに、嘘ばかり聞かされてな」ダンディが言葉を選んでつけたした。

「口を慎めよ」スペードが警告を発した。

ダンディはスペードを上から下まで眺めまわし、まっすぐ目を見つめた。「アーチャーの女房とのあいだになにもなかったといい張る気なら、おまえは嘘つき野郎だ。はっきりいってやる」

トムの小さな目に驚きの色が浮かんだ。

スペードは舌の先で唇にしめりをくれ、「この時間にここに押しかけて来たのは、その最新のネタのためだったのか」

「それも一つある」

「ほかには、どんな」

ダンディは口をへの字に結んだ。「中に入れろ」スペードが立ちはだかっている戸口に、意味ありげに顎をしゃくった。

スペードは渋い顔をして首を振った。

ダンディの口の端が吊りあがり、満足げなきびしい笑みが浮かんだ。「どうやら図星だったようだな」

トムは一方の足から他方の足に重心を移し、どちらの男も見ずに、口ごもった。「さあ、どうですかね」

「なにをやってる。ジェスチャー・ゲームか」スペードが訊いた。

「よし、スペード。引きあげるとしよう」ダンディはオーバーのボタンをかけた。「これからもちょくちょく会いに来る。おれたちにつっかかるのは、おまえの勝手だが、よく考えておくことだな」

「ああ、まあな」スペードはにやっと笑いながらこたえた。「よろこんでお出迎えしましょう、警部補。ひまなときは、部屋の中にもお通しします」

居間から悲鳴が聞こえた。「助けてくれ。警察を呼んでくれ。助けて……」甲高い細い声は、ジョエル・カイロだった。

踵を返しかけていたダンディ警部補が、またスペードの前に立ちはだかり、きっぱりした声音で告げた。「中に入るぞ」

短くもみあう音、殴る音、押し殺した悲鳴がした。

うれしがっている色もないねじれた笑みがスペードの顔に浮かんだ。「そういうことになりそうだ」スペードは道を譲った。

刑事たちが中に入ると、スペードはドアを閉め、後を追って居間に向かった。

8 茶番劇

ブリジッド・オショーネシーは、テーブルのわきの肘かけ椅子で身をすくませていた。両腕で頬をはさみ、顔の下半分が隠れるまで膝小僧を抱きかかえている。おびえて、白目が丸く輪になっていた。

ジョエル・カイロは、彼女の真前に立ちはだかっていた。手には、スペードがさっきもぎとった拳銃が握られている。もう一方の手は額をおさえていた。指の間から血が流れ落ち、目まで達している。切れた唇から滴り落ちた血は、顎に三本の曲線を描いていた。

カイロは刑事たちを見向きもしなかった。目の前で体をちぢこまらせている女を睨みつけている。唇がひきつったが、意味のわかる言葉は聞きとれない。

最初に居間に入ったダンディが、素早くカイロのかたわらに近づき、片手を自分のオーバーの下の腰に当てがい、一方の手をレヴァント人の手首にかけて、うなるようにいった。

「ここで何をしようというんだ」

カイロは血まみれの手を額から放し、きざな手つきで警部補の顔に近づけた。それまで隠れていた額に、三インチほどのぎざぎざの傷跡があった。「この女の仕業です。よく見てください」カイロはわめいた。

女は足を床におろし、カイロの手首をつかんでいるダンディ、そのすぐうしろにひかえたトム・ポルハウス、ドアのわき柱によりかかっているスペードを、順に用心深く見つめた。スペードの顔は平静そのものだった。女と視線が合うと、黄ばんだ灰色の目が、ちらっと意地悪っぽく輝き、また無表情になった。

「あんたがやったのかね」カイロの切れた額を顎で示しながら、ダンディが女に訊いた。

彼女はまた訴えかけるような目でスペードを見つめた。なんの反応もかえってこない。スペードはドアのわき柱によりかかったまま、無関心な見物人をきめこんで、のほほんと他人事のように室内の男女を見守っている。

彼女は視線をダンディの目に移した。女の濃い色の目は大きく見開かれ、真剣になっている。「やむを得なかったのです」低くふるえる声だった。「この男が襲ってきたとき、ほかにはだれもいませんでした。できなかったんです……近づかせないようにやってみたのですが……撃つことはできなかったんです」

「嘘つきめ」カイロが叫び、ダンディにつかまれている拳銃を持った腕を懸命にふりほどこうとした。「薄汚い嘘つきめ」身をひねってダンディに向きあい、「この女はひどい嘘をついています。信用してここを訪ねると、この二人に襲われました。あなた方がいらっしゃったので、そいつは拳銃を女に預け、戸口に向かいました。あなた方が帰ったら、わたしを殺すつもりだと女が脅したので、助けを求めて叫んだのです。そうすれば、わたしが殺されるのをあなた方が放っておかないだろうと考えたからです。そのとき、この女に拳銃で殴られました」

「よしよし、渡してもらおう」そういってダンディは、カイロの手から拳銃をもぎとった。

「話の筋道をつけてくれないか。あなたはどんな用件でここに来たんだね」

「そいつに呼ばれたんです」カイロは首をひねり、スペードに挑むような視線を向けた。

「電話をかけてきて、ここに来るようにいいました」

スペードはレヴァント人に眠たげな目ばたきを返し、黙りこくっている。

「どんな用件で呼ばれたんだ」ダンディがたずねた。

カイロは、薄紫色の縞柄の絹ハンカチで、額と顎の血を拭い終えるまで返事をのばした。そのときには、怒りのかわりに警戒心が物腰にあらわれていた。「そいつは……この二人は、わたしに会いたいといいました。どんな用件かは知りません」

トム・ポルハウスが首を垂れ、血を拭ったハンカチから漂う白檀の匂いを嗅ぎ、頭をまわし、詰問するようにスペードを見た。スペードはウィンクを返し、煙草を巻きつづけている。

「よし。そのあと、何があったんだね」ダンディがたずねた。

「わたしに襲いかかりました。はじめ女がわたしを殴り、そのあとそいつが喉を絞めてわたしのポケットから拳銃を奪いました。折よくあなた方がいらっしゃらなかったら、つぎに二人がわたしに何をしていたかはわかりません。あのとき、その場でわたしを殺していたのではないでしょうか。見張らせるために拳銃を女に預け、そいつは戸口に向かいました」

ブリジッド・オショーネシーがわめきながら、肘かけ椅子から跳ね起きた。「なんで、この男に本当のことをしゃべらせないの」そういって、カイロの頬に平手打ちをくわせた。

カイロは言葉にならない声をあげてわめいた。

ダンディは、片手でレヴァント人の腕をつかんだまま、空いた手で女を椅子に押し戻し、うなり声を発した。「いい加減にしろ」

スペードは煙草に火をつけ、煙越しににんまりと笑って、トムに話しかけた。「カッとするたちなんだ」

「そうらしい」トムが相槌を打った。

ダンディは渋い顔をして女を見おろし、「なにがほんとうだと、われわれに信じさせたいのかね」

「この男のいってることじゃないのは確かよ」女はこたえた。「ひとつだって本当のことをいってないわ」そういって、スペードに顔を向けた。「そうでしょ」

「おれは知らんね」スペードがこたえた。「騒ぎがあったとき、台所でオムレツを作ってたんだ。そうだったろ」

女は額に皺を寄せ、曇った目で当惑げにスペードを見つめた。

トムが不快なうめき声をあげた。

ダンディは女からきびしい目を離さず、スペードの与太話を無視して、たずねた。「この男が本当のことをいっていないとしたら、なぜ救いを求めてわめいたりしたのかね。あなたじゃなしに」

「わたしに殴られて、死ぬほどおびえたんでしょう」女は、蔑むようにレヴァント人を見やって、こたえた。

カイロの顔の、血にまみれていない部分が紅潮した。「なんとなんと。また新手の嘘をほざいている」カイロは叫んだ。

女がカイロの脚を蹴った。青い靴の高い踵が、脛に当った。ダンディがカイロを引き戻し、トムが女の近くに立って、どら声で命じた。「お行儀よくするんだ、ねえちゃん。そんなことをしちゃいけない」

「じゃ、こいつにほんとのことをしゃべらせなさいよ」女がつっかかった。

「よし、そうしよう」トムが請けあった。「だから、行儀よくしてくれ」

ダンディが、きびしい緑色の目を光らせ、満足げにスペードを見つめながら、部下に話しかけた。「なあ、トム。こいつら全員を引っぱっても悪くなさそうな雲行きだと思わんか」

トムはむっつりとうなずいた。

スペードはドアを離れ、部屋の中央に歩み寄り、通りすがりにテーブルの上の灰皿に煙草を棄てた。微笑も物腰も、落ち着いて愛想がよかった。「あわてなさんな。全部説明はつく」

「そうだろうとも」ダンディが、あざけるように認めた。

スペードは女のほうに頭をさげ、「ミス・オショーネシー、ダンディ警部補とポルハウス部長刑事をご紹介します」ついでダンディに向かって会釈し、「ミス・オショーネシーは、うちの調査員だ」

ジョエル・カイロが憤然とした声で、「そんなはずがない。その女は……」

スペードは、愛想のよさを残したまま大声で割って入り、「ごく最近、つまりきのう、正式に雇ったんだ。で、こちらはミスター・カイロ……サーズビーの友人というか、知り合いといったらいいか。きょうの午後、おれに会いに来て、殺されたときサーズビーが持っていた品物を見つけるために、おれを雇おうとした。話しっぷりがきな臭かったので、おれは敬遠させてもらった。するといきなり拳銃を引っこぬいた……まあその件は、おたがいに訴えっこをはじめるまでおいておこう。とにかく、ミス・オショーネシーと話しあった結果、マイルズとサーズビーの殺しの件で何か探れそうだと考え、ここに呼んだわけだ。訊き方が少しばかり手荒だったかもしれないが、たいしたけがじゃないし、助けを求めるほどのことじゃなかった。最初のときもそうだったが、またしてもこいつの拳銃を取りあげざるを得なかったんだ」

スペードが話しているうちに、カイロの赤味を帯びた顔に不安の影がさした。目をひきつるように上下させ、視線をスペードの温和な顔と床の間に落ち着かなげに移動させた。

ダンディがカイロの前に立ち、ぶっきらぼうに訊いた。「いまの話について、何かいいたいことはないかね」

警部補の胸を見すえたまま、丸々一分間近くカイロは沈黙を守った。やがて上を向いた目には、おずおずした警戒の色が浮かんでいた。

「何と申しあげたらいいか、わかりかねます」カイロは口ごもった。心からとまどっている。

「事実を話したらどうかね」ダンディが助け舟をだした。

「事実ですか」カイロの目はそわそわと落ち着きがなかったが、警部補から目をそらしたわけでもなかった。「その事実を信じていただける保証はあるのでしょうか」

「時間稼ぎはやめるんだ。この二人に襲われたと宣誓供述書に署名すればそれでいい。そうすれば逮捕状がでて、こいつらをわれわれの手でぶちこんでやれる」

スペードが面白がっているような口ぶりで言葉をはさんだ。「そうしろよ、カイロ。よろこばせてやれ。いわれたとおりにやると返事をしてやるんだ。そしたらこっちも、おまえを訴えてやる。それで全員がぶた箱入りだ」

カイロは喉にしめりをくれ、だれの目ものぞきこまずに、部屋中をおどおどと見まわした。

ダンディは荒い息をおさえめに鼻から洩らした。「よし、行こうか」

不安と不審の色を浮かべたカイロの目が、スペードの小馬鹿にしたような目を見た。スペードは片目をつむり、背張りのついた揺り椅子の肘に腰かけた。「まあまあ、聞いてもらおうか」レヴァント人と女ににやりと笑いかけ、その笑みにも声音にも愉しげな感じだけをたたえて、スペードはいった。「どうやらお芝居は大成功だったようだ」

ダンディのいかめしい角張った顔にほんのわずか曇りがさした。もう一度横柄にくりかえした。「さあ、行こうか」

スペードは薄い笑みを警部補に向け、椅子の肘にいっそう居心地よさそうに体を丸め、ものうげにたずねた。「かつがれてることに気がつかないのかね」

トム・ポルハウスの顔に赤味がさし、ぱっと明るくなった。

ダンディの曇り顔は無表情で、こわばった唇だけが動いた。「気がつかんね。その話は本署で聞かせてもらおう」

スペードは立ちあがって、ズボンのポケットに両手をつっこんだ。警部補を精一杯見おろせるように、背筋を伸ばす。薄い笑みにはあざけりの色がこめられ、気どった仕草のすべてに自信が満ちていた。

「おれたち全員をしょっぴいてみるのも面白いかもしれないな、ダンディ。そうなったら、サンフランシスコ中の新聞で、あんたを笑いものにしてやる。まさか本気で、おれたちがおたがいに訴えっこをやるなんて信じてるんじゃあるまいな。目を覚ませよ。一杯くわされたんだ。戸口で呼鈴が鳴ったとき、おれはミス・オショーネシーとカイロに、こういったんだ。『また、あのろくでなしのデカどもだ。うるさくってたまらない。やつらをかついでやろう。やつらが帰りかけたら、どっちかが悲鳴をあげるんだ。そのあと、やつらがお芝居に気づくまで、どこまでだませるかやってみよう』とね。そして……」

ブリジッド・オショーネシーが椅子に坐ったままかがみこみ、ヒステリックな笑い声をあげはじめた。

カイロはぎくっとして、笑みを浮かべた。その笑みには力がなかったが、そのまま顔にはりついていた。

トムが、低くうなり声をあげ、鼻を鳴らした。「いい加減にしないか、サム」

スペードはくすくす笑い、「だが、まさにそのとおりだったのさ。おれたちは……」

「じゃ、この男の額と口の傷はどうしたんだ」ダンディがなじるように訊いた。

「訊いてみろよ」スペードが水を向けた。「ひげを剃っていて、切ったのかもしれない」

訊かれるまえにカイロは早口でしゃべりはじめた。しゃべりながら、笑みを浮かべつつづけていようとけなげに努めているので、顔の筋肉がひきつっている。「転んだのです。あなた方が部屋に入ってきたとき、拳銃を奪いあってもみあっているという筋書きだったのですが、わたしが転んでしまいました。争っているうちにじゅうたんの縁に足をとられて倒れてしまったのです」

「茶番劇だ」とダンディ。

「信じようと信じまいと、かまわんよ、ダンディ」とスペード。「肝心なのは、いまのがおれたちの言い分だってことだ。変える気は毛頭ない。新聞は、信じようと信じまいとそれを記事にしてくれる。どっちにしろ面白い話になるだろう。本当か嘘かわからないからなおのことだ。どうするね。おまわりをからかっても罪にはならんだろう。ここには証拠もなければ証人もいない。あんたにしゃべったことはみんな冗談の一部だったのさ。さて、どうするね」

ダンディはスペードに背を向け、カイロの両肩をつかんだ。「おまえは言い逃れできん」レヴァント人の体を揺さぶりながら、うなり声をあげた。「おまえは、助けを求めて叫んだな。つべこべはいわせんぞ」

「とんでもない」カイロは早口でまくしたてた。「冗談だったのです。あなた方は友達だから、冗談をわかってくれるといわれましてね」

スペードが笑い声をあげた。

ダンディはカイロを引き寄せて乱暴に向きを変えさせ、手首と首筋を押さえつけた。

「いずれにしろおまえを、銃器不法所持で連行する。この冗談を聞いて笑うやつがいるか確かめるために、そっちの二人も連れていってやろう」

不安げなカイロの視線がぐいと横に走り、スペードの顔に焦点を合わせた。

スペードはいった。「笑いものにされたいのか、ダンディ。その拳銃も小道具だったのさ。そいつはおれのだ」笑いながら、あとをつづけた。「三二口径だったのはおあいにくさまだな。さもなければ、サーズビーとマイルズを殺した拳銃かどうか確かめられたのに」

ダンディはカイロを放し、くるりと踵で向きを変え、右の拳がスペードの顎を殴った。

ブリジッド・オショーネシーが短い悲鳴をあげた。

殴られた瞬間、スペードの笑みが失せたが、すぐに夢見るような微笑がもどった。一歩短く後退して体勢をたてなおし、上衣の下で厚いなで肩がぴくりとした。スペードが拳を繰りだすまえにトムが割ってはいった。向きあって、ビヤ樽腹と両腕をぴったり相手に押しつけ、スペードの腕の動きを制した。

「やめろ。やめておけったら」頼みこむような口調だった。

しばらく静止していたスペードの筋肉がゆるんだ。「それなら、こいつを早く外に連れていけ」また笑みが失せ、不機嫌で、いくぶん青白い顔になった。

スペードの前に立ちふさがったトムは、相手の腕に腕を押しつけたまま、首をひねってダンディを見やった。トムの小さな目は責めているようだった。

ダンディは体の前方で両手を握りしめ、両足を少し開いてしっかりと立った。猛々しい顔つきは、緑色の虹彩と上瞼とのあいだに細く白い縁をつくって、いくぶん和らいだ。

「こいつらの名前と住所を調べておけ」ダンディが命じた。

トムが目をやると、カイロが間髪をいれずにこたえた。「ジョエル・カイロ、ベルヴェデールに宿泊中だ」

スペードはトムが女に質問するのを制し、「ミス・オショーネシーなら、おれを通していつでも連絡がつく」とこたえた。

トムがダンディを見た。警部補はうなった。「女の住所を確認しておけ」

「おれのオフィス気付でいい」とスペード。

ダンディは一歩進み、女の前に立ってたずねた。「どこに泊っているんだ」

スペードがトムにいった。「こいつを外に連れだしてくれ。もうごり押しはたくさんだ」

トムは、険しく光るスペードの目を見つめ、口の中でぶつぶついった。「まあ、落ち着け」そういってオーバーのボタンをかけ、ダンディのほうを見、さりげなさを装った口調でたずねた。「芝居は終ったんだろう」そして、ドアに向かって一歩踏みだした。

ダンディの渋面に、腹をきめかねている表情がうかがえる。

とつぜんカイロが、戸口に向かいかけた。「わたしもご一緒します。よろしければ、ミスター・スペード、オーバーと帽子をお願いしたいのですが」

「なにをあたふたしてるんだ」スペードがたずねた。

ダンディが怒った声で、「なにもかも芝居だったんだろう。それなのに、後にとり残されるのがこわいのかね」

「こわくなどありません」レヴァント人は、どちらの男にも目を向けずにそわそわした。「時間もたいへん遅いし、このあたりで失礼したいのです。よろしければ、そこまでお伴します」

ダンディは唇をきつく結び、黙っていた。緑色の目に映る光がきらめいた。

スペードはホールのクロゼットに近づき、カイロのオーバーと帽子をつかんだ。顔には何の表情もない。声も同じだった。レヴァント人がオーバーを着るのに手も貸さずに後ずさり、トムに向かっていった。「拳銃を置いていくようにいってくれ」

ダンディはオーバーのポケットからカイロの拳銃をとりだし、テーブルに置いた。自分が先に立ち、カイロを従えて一足先に出ていった。トムはスペードの目の前で足をとめ、つぶやくようにいった。「何をやってるのか、自分で承知してるんだろうな」何の反応も得られず、トムは吐息を洩らし、二人の後を追った。スペードはホールの角まで見送り、廊下に通じるドアをトムが閉めるまで立ちつくしていた。

9　ブリジッド

スペードは居間に戻り、長椅子の端に坐って肘を膝にのせ、頬杖をつき、床を見つめた。肘かけ椅子に坐って弱々しい笑みを送ってくるブリジッド・オショーネシーのほうを見ようともしない。熱っぽい目、眉間に刻まれた深い皺。息をするたびに、鼻孔が外に内に動く。

相手が自分を見あげようとしないことがはっきりすると、ブリジッド・オショーネシーはほほえむのをやめ、ますます落ち着かなげにスペードを見つめた。

顔をいきなり怒りで紅潮させたスペードが、耳ざわりなしわがれ声でしゃべりはじめた。怒り狂った顔を両手で支え、床を睨《ね》めつけ、一息もつかずに五分間、ダンディを罵りつづけた。耳ざわりなしわがれ声が、卑猥で無作法な悪態を繰りかえし繰りかえし吐きだした。やがて顔から手を放し、女を見つめ、スペードはおずおずとした薄い笑みを浮かべた。

「大人げなかったか。わかっちゃいるんだが、殴られっぱなしっていうのは我慢がならないんだ」指でそっと顎に触れた。「たいした一撃じゃなかったさ」スペードは高笑いし、脚を組んでゆったりと長椅子に背をもたせかけた。「勝つためには、あれっくらいは仕方がない」眉を寄せ、ちらと渋面をつくった。「だが、忘れやしないぞ」

女はまた笑みを見せ、席を立ってスペードのわきに坐った。「あなたみたいな荒くれものは初めてよ。いつもこんなに高飛車なの」

「やつに殴られっぱなしになったんだぜ」

「それはそうだけど、相手は刑事よ」

「だから殴らせたんじゃない」スペードはわけを話した。「やつは、頭に血がのぼり、おれを殴ることで、手の内をさらけだしてしまった。おれがやり返していたら、やつはひっこみがつかなくなっていたろう。とことんやらなきゃならない。そうなればこっちも、本署に連れて行かれて、馬鹿げた話を繰りかえさなきゃならなくなる」スペードは考えこむようにじっと女を見つめて訊いた。「カイロに何をしたんだ」

「べつに」女は顔を赤らめた。「刑事たちが引きあげるまで、おとなしくさせておこうと思って脅しをかけたら、すっかりおびえてしまったのか、頑なになって、わめきだしてしまったの」

「で、殴ったのか、拳銃で」

「仕方なかった。襲いかかってきたから」

「わかってるのか、自分のやってることを」スペードの笑みは不快さを隠しきれない。

「おれがいったとおりだ。きみは、当推量と運まかせでへまばかりやっている」

「わたしが悪かったわ、サム」後悔の念が、顔と声にあらわれた。

「そのとおり」スペードは刻み煙草と巻紙をポケットからとりだし、煙草を巻きはじめた。「カイロとの話し合いはすんだんだろう。こんどはおれに話す番だ」

彼女は口に指の先を当て、目を見開き、何を見るともなしに部屋の奥を見つめ、細めた目をちらっとスペードに走らせた。スペードは煙草を巻くのに没頭している。「ああ、そうだったわね」女はしゃべりはじめ、口から指を放し、青いドレスの膝のあたりの皺を伸ばした。顔をしかめて、自分の膝を見つめる。

スペードは巻紙にしめりをくれ、糊づけをしてから、「それで」と訊き、ライターを捜した。

「だけど、わたし……」慎重に言葉を選ぼうといったん言葉をとぎらせ、先をつづけた。「カイロとまだ話がすんでなかったの」膝を見つめるしかめ面をやめ、女は、澄んだあけすけな目でスペードを見つめた。「話を始めるまえに邪魔が入ってしまって」

スペードは煙草に火をつけ、煙を吐きながら声をあげて笑った。「電話をかけて呼び戻してやろうか」

女は笑みも見せずに首を振った。相手の目に焦点を合わせようと、首を振りながら目の位置を調節している。相手の胸の内を読みとろうとする目つきだった。

スペードは腕を女の背にまわし、いっぱいにのばして、すべすべしたむきだしの白い肩を掌にくるんだ。女は男の腕に背中をあずけた。「さあ、聞かせてもらおう」スペードがうながした。

女は首をひねり、顔をあげてにっこり笑い、ふざけた偉そうな口ぶりで訊いた。「話を聞くのに、手をそこにまわしておかなきゃいけないのかしら」

「いいや」スペードは女の肩から手を放し、背中のうしろに腕をおろした。

「何をするか予測のつかない人ね、あなたって」ブリジッドがつぶやいた。

スペードはうなずき、やんわりといった。「さあ、聞かせてもらおう」

「まあ、もうこんな時間なの」ブリジッドは声を張りあげ、テーブルの上の本を危うげにまたいでいる目覚し時計に指を振ってみせた。不格好な針が二時五十分を指している。

「そうらしいな。忙しい夜だったから」

「帰らなくちゃ」女は長椅子から立ちあがった。「たいへんだわ」

スペードは腰をあげず、首を振って、「話がすむまで、帰れない」

「でも、この時間よ」女はいい返した。「話を始めたら、何時間もかかるわ」

「べつにかまわんよ」

「わたし、囚人なのかしら」たのしげな口ぶりだった。

「それに、おもてにはあの若造がいる。まだ家に帰って眠っちゃいないと思うがね」

女の陽気さが消えた。「まだおもてにいるっていうの」

「たぶんな」

女は身をふるわせた。「確かじゃないのね」

「通りに出て、確かめてこようか」

「まあっ、ほんとに」

スペードは女の不安げな顔をしばらくじっと見つめ、長椅子から立ちあがった。「いいとも」帽子とオーバーをクロゼットからとりだした。「十分で戻ってくる」

「気をつけてね」廊下に通じるドアまで後を追った女が、訴えかけるように声をかけた。

「そうしよう」スペードはこたえ、部屋を出た。

スペードの姿があらわれたとき、ポスト通りに人影はなかった。東に一ブロック歩いて道を渡り、通りの反対側を西に二ブロック歩いて渡りなおし、元の建物の前に戻った。修理工場で車の整備をやっている二人の整備工のほかには、だれも目に入らなかった。

スペードが部屋のドアを開けると、ブリジッド・オショーネシーがホールの角に立っていた。カイロの拳銃をわきにまっすぐさげている。

「やっぱりいたよ」スペードが声をかけた。

女は唇の裏側を噛み、ゆっくり向きを変えて居間に戻った。スペードは後を追い、帽子とオーバーを椅子にのせた。「これで話をする時間ができた」そういって、台所に入っていった。

女が台所のドアに近づくと、スペードはこんろにコーヒー・ポットをかけ、細いフランスパンを薄切りにしていた。女は、戸口に立って憑かれたような目でスペードを見守った。左手の指が、右手に握られたままの拳銃の胴部と銃身をものうげに撫でさすっている。「テーブルクロスはそこだ」スペードは、朝食用のスペースとの仕切りになっている食器棚をパン切りナイフで指し示した。

女が食卓の準備をし、スペードは薄切りにした小さな楕円形のパンにレバー入りソーセージをのせ、冷たいコーンビーフをはさみこんだ。ついで、コーヒーを注ぎ、ずんぐりした瓶からブランディを加え、二人はテーブルについた。背もたれのない椅子に並んで坐り、女は、椅子の端に拳銃を置いた。

「さあ、話をはじめてくれ。食べながら」

女は顔をしかめ、不満げに、「ほんとにしつこい人ね」といって、サンドウィッチにかぶりついた。

「そのとおりだ。おまけに荒くれもので、何をしでかすか予測のつかない男さ。鳥だか、鷹だか知らんが、どいつもこいつもお熱をあげてる代物ってのは何なんだ」

女はコーンビーフとパンをもぐもぐやりながら、飲みこんで、サンドウィッチの端に残った小さな三日月形をじっと見つめた。「話さないといったらどうするの。一言も話さないといったら。どうする、あなた」

「鳥のことをかい」

「なにもかもよ」

「べつに驚かんね」スペードはにやりと笑い、奥歯までのぞかせた。「そのときはそのときだ」

「どうするのかしら」サンドウィッチからスペードに視線を移した。「教えて。そのときはどうするの」

スペードは首を振った。

あざけりが、小さな笑みになって、女の顔に小皺をつくった。「なにか荒っぽいことか、予測もつかないことをしでかすのかしら」

「かもしれんね。だが、いまさら隠し立てしたところで、何の得にもならんと思うよ。いずれにしろ、いろんなことが少しずつわかりかけてきている。知らないこともいっぱいあるが、知ってることもあるし、見当がつくこともある。こんな具合にあと一日たてば、きみの知らないことまでわかってしまうんじゃないかな」

「もうそうなってるわよ」またサンドウィッチに目をやった。真顔になっている。「だけど、だけど……もうこんなこといやになったわ。話をするのもいや。もう少しのばしてもらえないかしら。あなたがいうように、自然にわかっていけばそれでいいんじゃないの」

スペードは声をあげて笑った。「さあね。自分で決めればいいさ。おれは、荒っぽい、予測もつかない自在スパナを機械の装置に投げこんで、その混乱の結果から何かを知ることにしている。飛び散る部品に襲われない自信があるんなら、話さなくてもこっちはかまわんよ」

女は肌をあらわにした両肩を不安げに揺らしたが、一言もこたえなかった。しばらく二人は黙って食べつづけた。スペードはなんの感情も示さずに、女は考え深げに。やがて女が、かすれ声でいった。「あなたが怖いわ。ほんとよ」

「ほんとうじゃない」

「ほんとよ」前と同じ低い声でいい張った。「わたしには怖い男が二人いる。二人とも、今夜会ったわ」

「カイロを怖がるのはわかる。きみの手が届かないところにいるからな」

「あなたはちがうっていうの」

「手の届くところにはいる」スペードはにやりとした。

女は顔を赤らめた。灰色のレバー・ソーセージをのせたパンの一切れをとり、自分の皿に運んだ。白い額に皺を寄せ、彼女はいった。「知ってのとおり、黒い影像よ。すべすべして艶光りする鳥の彫像……鷹だか、隼《はやぶさ》だかのね。丈はこれくらい」両手を一フィートほど離してみせる。

「なぜそんなもののことで騒ぐんだ」

女はブランディ入りのコーヒーをすすり、首を振った。「知らないわ。だれも教えてくれなかった。手に入れる手助けをしたら、五百ポンドのお礼をくれると彼らは約束してくれた。カイロと別れたあと、フロイドは、七百五十ポンドに値をつりあげたわ」

「つまり、七千五百ドル以上の価値があるということだな」

「とんでもない、もっとずっとよ。わたしと山分けする気じゃないことを、二人とも隠しもしなかった。わたしは、手助けに雇われただけ」

「どうやってだ」

女はまたカップを口に近づけた。黄ばんだ灰色の傲慢な目で女を見つめたまま、スペードは煙草を巻きはじめた。二人の背後で、パーコレーターが沸き立っている。

「彫像を持っていた男から奪う手助けをしたの」カップを置きながらゆっくりとこたえた。

「ケミドフというロシア人よ」

「どうやってだ」

「手段は、どうでもいいでしょ」女はさからった。「聞いても仕様がないことだし」ひらきなおった笑みがのぞいた。「それに、あなたの知ったことじゃないわ」

「コンスタンチノープルでのことか」

女はためらい、うなずいて、「マルマラ海だったわ」

スペードは女に向かって煙草を振ってみせ、「で、その先は。なにがあったんだ」

「それで終りよ。話したでしょ。二人は、仕事を手伝わせて五百ポンドくれると約束し、わたしがそのとおりにやったあと、カイロが鷹をひとりで持ち逃げし、こっちには何もよこさないつもりだということがわかったの。そこで先手を打って、カイロがやろうとしたのと同じことを、こっちがやったのよ。だけど、そんなことをしても少しもよくはならなかった。サーズビーは、約束した七百五十ポンドをわたしに払う気など毛頭なかったからよ。ここに来たとき、そのことがはっきりしたの。ニューヨークに行って、そこで売りさばき、わたしの取り分をくれるといったけど、本心だとは思えなかった」怒りが目に翳りをあたえ、紫色に変えた。「それで、鷹がどこにあるかつきとめる手助けをしてもらおうと、あなたの事務所を訪ねたの」

「もし手に入れたら、その先はどうするつもりだったんだ」

「フロイド・サーズビーと条件を話し合える立場に立っていたでしょうね」

スペードは目を細めて女を見た。「やつがくれるといっていた金額より高く売りさばく相手の見当もついてなかったんだろう。やつが当てにしていた大金を手に入れる当てでもあったのか」

「当てはなかったわ」

スペードは自分の皿に落ちた煙草の灰を見て顔をしかめた。「その彫像になんでそんなに高値がつくんだね。なにか思い当ることはないのか。当推量でもいい」スペードは問いただした。

「見当もつかないわ」

スペードは女に渋面を向けた。「何から出来ているんだ」

「磁器か黒い石だと思うけど、よくわからない。一度も触らなかったの。一度数分間、見ただけ。手に入れたとき、フロイドが見せてくれたわ」

スペードは自分の皿に煙草の端を押しつけ、カップのブランディ入りコーヒーを一口飲んだ。しかめっ面が消えている。ナプキンで口を拭い、丸めてテーブルに落とし、さりげない口調でいった。「きみは嘘つきだ」

女はつと立ちあがり、テーブルの端のところに立って、スペードを見おろした。顔にはほんのり赤味がさし、翳りを帯びた目が羞じている。「わたしは嘘つき。ずっとそうだったわ」

「つまらんことを自慢するな。大人げないぞ」まろやかな声だった。スペードは、テーブルと椅子のあいだから出ると、「いまの作り話に、いくらかでも事実がふくまれているのか」

女はうなだれた。濡れた黒いまつ毛が光った。「いくらかは……」ささやき声だった。

「どれくらい」

「そうね……たいしてないけど」

スペードは相手の顎に手をかけ、頭を起こさせた。濡れた目に向かって笑い声をあげ、「時間は一晩中ある。おかわりのコーヒーにブランディを注ぎたしたら、また一からやり直しだ」

女の瞼が垂れた。「お願い、くたびれきってるの」声をふるわせた。「あらゆることにくたびれたの。自分自身にも、嘘をつくことにも、嘘を考えることにも、なにが嘘でなにが本当かわからなくなってしまったことにもよ。もう、わたし……」

女は両手をあげてスペードの頬をはさみ、開いた唇をスペードの口にはげしく押しつけ、体をぴったりと重ねあわせた。

スペードの腕が女を抱き寄せた。青い上衣の袖にくるまれた腕の筋肉が盛りあがり、片方の手が女の頭をかかえて揺すり、指は赤髪の中に半分ほどもぐっている。もう一方の手の指は、すらりとした女の背中をまさぐっている。目は黄色く燃えていた。

10 ベルヴェデールのロビー

スペードが上体を起こすと、夜の闇は明け方の煙った薄明かりに変っていた。かたわらのブリジッド・オショーネシーは、規則正しい安らかな寝息をたてて眠りこけている。スペードはベッドから降り、寝室を出、寝室のドアを閉めた。浴室で着替えをすませ、眠っている女の衣服を調べ、コートのポケットから平たい真鍮の鍵をとりだすと、外に出た。

コロネットに着くと、スペードは鍵を使って建物に入り、ブリジッドの部屋にしのびこんだ。こそこそした態度は他人目《はた》にはまったくうかがわれない。中に入る物音もまったく気づかれなかった。できるだけ音を立てぬようにしていた。

部屋に入ると、スペードはすべての明かりをつけ、部屋中を限なく調べた。目と太い指が動きまわる。とりたてて急《せ》いてはいない。一カ所に長くとどまったり、もたついたり、やり直したりもしない。一インチずつ念を入れ、手馴れた自信をもって、捜しまわり、吟味し、確かめていく。抽き出し、戸棚、小簞笥、箱、袋、トランク（施錠してあるものもしてないものも）が一つのこらず開けられ、中身が目と指で確かめられていく。衣服は一枚もあまさず指によって明らかなふくらみを確かめられ、指に押さえられた紙のかさこそとした音が耳によってふるいわけられていく。敷物の下や家具の底にも目を走らせる。何かを巻きあげて隠していないかを確かめようと、ブラインドを引きおろす。吊り下げられているものがないか、窓の外に首を伸ばす。化粧台の白粉やクリームの容器の中にフォークを突き立てる。噴霧器や瓶のたぐいを光にかざす。皿、フライパン、食料品、食品入れも調べる。ひろげた新聞紙の上に缶の生ゴミをまきちらす。洗面所の水洗装置の上ぶたを開け、水を流し、中をのぞきこむ。浴槽の排水口をおおう金網、洗面台、流し、洗濯用のタブも吟味する。

スペードは黒い鳥を発見できなかった。黒い鳥に関連のありそうなものも、なにひとつ見つからなかった。書きつけのたぐいは、一週間前にブリジッド・オショーネシーが支払った一カ月分の部屋代の領収書のみ。目を通すあいだしばらく手を休めるだけの興味を惹いたものといえば、鍵のかかった化粧台兼テーブルの抽き出しに入っていた多色塗りの箱の中の、かなり上物の宝石類二すくい分だけだった。

家捜しを終えると、スペードはコーヒーをいれて飲んだ。そのあと、台所の窓の錠をはずし、錠前の端に小型ナイフで小さなひっかき傷をのこし、非常口に通じる窓を開け、居間の小さな長椅子から帽子とオーバーをとり、入ったときと同じように建物を出た。

帰り道に、寒そうにふるえている、腫れぼったい目をした丸ぽちゃの主人が店を開けかけている食料品屋に寄って、オレンジ、卵、ロールパン、バター、クリームを買った。

スペードはひっそりと部屋に戻ったが、廊下に通じるドアを閉め終えるまえに、ブリジッド・オショーネシーが「だれなの」と大声をあげた。

「朝食をとくに用意しに行って来たスペードくんだ」

「まあっ、おどかさないで」

閉めておいた寝室のドアが開いていた。女はベッドの端に坐ってふるえている。右手が枕の下に隠れていた。

スペードは買物の包みを台所のテーブルに置き、寝室に入った。ベッドの女のわきに腰をおろし、すべすべした肩にキスをして、「あの若造がまだ勤務中かどうか確かめておきたかったんだ。朝飯の用意もあったし」

「まだいるの、あの男」

「いや」

女はほっと息をつき、スペードに体をもたせかけた。「目を覚ますと、あなたの姿がなかった。そのとき、だれか入ってくる気配がしたので、びくついてしまったの」

スペードは女の顔にかかる赤毛を指で梳きあげ、「ごめんよ。ぐっすり眠っていて、気づかれないと思ったんだ。一晩中、枕の下に拳銃をしのばせておいたのかい」

「ちがうわ。知ってるくせに。おびえて跳ね起きたとき、手にとったの」

スペードは朝食をつくり、女が浴室をつかい、着替えているあいだに、平たい真鍮の鍵をコートのポケットに戻した。

彼女は『エン・キューバ』を口笛で吹きながら浴室から出て来た。「ベッドを直しとこうかしら」

「それはありがたい。卵にあと二、三分かかるんでね」

女が台所に戻ると、朝食が出来あがっていた。前の晩と同じ場所に坐って、二人はもりもりと食べはじめた。

「さて、例の鳥の話だが……」やがてスペードが、食べながら切りだした。

女はフォークを置き、スペードを睨んだ。眉を寄せ、口をきつくすぼめて、「わたしたちの初めての朝だというのに、そんなことを訊くなんてひどいでしょ」つっかかるような口ぶりだった。「しゃべらされないわよ。しゃべるもんですか」

「手に負えない頑固で小生意気な女だな」スペードは悲しそうにつぶやき、ロールパンのかけらを口に放りこんだ。

スペードとブリジッド・オショーネシーが客待ちのタクシーに向かって路地を渡ったとき、若い尾行者の姿は見えなかった。タクシーも後をつけられなかった。タクシーがコロネットに着いたときにも、あたりをぶらついている人影はひとつもなかった。

ブリジッド・オショーネシーはスペードを建物の中に入れようとしなかった。「こんな時間にイヴニング・ドレスを着て朝帰りするだけでも大事《おおごと》だというのに、おまけに男の連れと一緒だったりしたらたいへんでしょ。人に会わずにすめばいいんだけど」

「今夜、夕食を一緒にどうだい」

「いいわよ」

キスを交し、彼女はコロネットに入って行った。スペードは運転手に行き先を告げた。

「ホテル・ベルヴェデール」

ベルヴェデールに着くと、エレベーターを見張れる、ロビーの壁際の背のない長椅子に、若い尾行者が坐っていた。新聞を読んでいますという風情だ。

スペードはカイロが戻っていないことをフロントで教えられた。眉を寄せ、下唇を嚙み、目の中で黄色い光の点が踊りはじめた。「ありがとう」スペードは物やわらかな声でフロント係に礼をいい、踵を返した。

スペードは、エレベーターを見張れる壁際の長椅子に向かってぶらぶらとロビーを横切り、新聞を読んでいる若い男のわきに、一フィートと離れずに腰をおろした。

若い男は読んでいる新聞から目をあげなかった。これだけ近づくと二十歳《はたち》にもなっていないように見える。背丈に合わせて顔は小さく、並みの面立ち。色白の肌。ほとんどひげもなく、血の気も薄いので頰の青白さがきわだっている。着ているものは新しくもないし、とりたてて上等でもないが、着こなしとあいまって、こわもてのする男っぽい小ぎれいさを誇示していた。

反らした茶色の巻紙に刻み煙草を振り落としながら、スペードはさりげなく、「やつはどこにいる」とたずねかけた。

若い男は新聞をおろし、あたりに目をやった。身についた敏捷さを抑えた、わざとらしいゆっくりとした動きだった。いくぶん長めの反ったまつ毛の下の淡い褐色の目が、スペードの胸元をじっと見つめた。「なんだって」その若い顔と同じ、色合いのない、落ち着きはらった冷たい声だった。

「やつはどこだ」スペードは煙草を巻くのに専念している。

「だれのことだ」

「おカマちゃんさ」

淡褐色の目がスペードの胸元をわずかに見あげ、栗色のネクタイに注がれ、静止した。

「なんの真似だ、おっさん。からかってるのか」詰問口調だった。

「からかうときは教えてやる」スペードは巻紙を舐め、愛想よく笑いかけた。「ニューヨークっ子かい」

若い男はスペードのネクタイを見つめたまま、こたえなかった。相手が認めたかのようにスペードはうなずき、さらにたずねた。「ボームズ法（ニューヨーク州の常習犯取締法）に追いだされた口か」

若い男はしばらくスペードのネクタイに目をやっていたが、すぐに新聞をあげ、そっちに視線を集中した。「消えちまいな」口の端から声をだした。

スペードは煙草に火をつけ、くつろいで壁に背中をあずけ、人当りのいい邪気のない喋り方で話しかけた。「へまをやりたくなければ、おまえたちはまずおれに話をつける必要があるんだ、坊や。おまえはどうでもいいが、おれがそういったと、Gに伝えろ」

若い男はさっと新聞をさげ、スペードと向きあい、陰気な淡褐色の目で相手のネクタイを見つめた。広げた小さな手を両方とも下腹にぴったり押しあてている。「あとひとつでも下手なことを仕掛けると痛い目を見ることになるぞ、たっぷりとな」脅すような、抑揚のない低い声だった。「失せろといったんだ。とっとと失せろ」

スペードは、眼鏡をかけた小太りの男と脚の細い金髪の女が、会話の聞こえないところまで通り過ぎるのを待った。そして、くすくす笑い、「いまのは、七番街あたりでなら大受けしただろう。だが、ここはロームヴィル（ニューヨーク市）じゃない。おれの町なんだ」スペードは煙草の煙を吸いこみ、長く、薄く吐きだした。「さあ、やつはどこだ」

若い男は単語を二つ口にした。一つは、しわがれ声の短い動詞、二つめは「おまえ《ユー》」だった。

「そういう口をきくと、歯をへし折られるぞ」スペードの声音は依然として愛想がよかったが、顔つきは板のように無表情になった。「この町にいたければ、上品に振舞え」

若い男は同じ二つの単語を繰り返した。

スペードは長椅子のわきの、丈の高い灰皿用の石壺に煙草を捨て、片手を挙げ、煙草売場の端に立っている男にしばらく合図を送っていた。気づいた男がうなずいて、近寄って来た。中背の中年男で、土気色の丸顔、引き締まった体つきをして、くすんだ色合いの服を小ぎれいに着こなしている。

「やあ、サム」近づいて来た男が声をかけた。

「やあ、ルーク」

握手を交し、ルークがいった。「マイルズは気の毒だったな」

「ああ、ツイてなかった」スペードはぐいと首をひねり、かたわらに坐っている若い男を示した。「こんなチンピラの拳銃つかいを、どうしてあんたのところのロビーにうろつかせておくんだね。お道具で、服がふくらんでるぜ」

「ほう」ルークはとたんに顔を引き締め、ずる賢い茶色の目で若い男を吟味した。「おい、ここに何の用だ」

若い男は立ちあがった。スペードも立った。若い男は二人の男のネクタイに、順に目をやった。ルークのネクタイは黒。二人の前の若い男は、先生の前に立たされた生徒のようだった。

ルークが命じた。「たいした用事がないんなら、ここから出て行け。二度と来るなよ」

「おまえらの顔を忘れないぞ」若い男は捨て台詞を吐いて、出て行った。

二人はその後ろ姿を見送った。スペードが帽子をとり、ハンカチで額の汗を拭った。

「なにごとだ」ホテルの雇われ探偵が訊いた。

「知るもんか」とスペード。「たまたま目にとまっただけだ。六三五号室のジョエル・カイロのことで、何か知らないか」

「ああ、あいつか」ホテルの探偵は陰険な横目づかいをした。

「いつから泊ってるんだ」

「四日前。きょうで五日めになる」

「何かあやしいことは」

「隠したりはしてないぜ、サム。見た目が気にくわないだけで、べつに含むところはない」

「きのうの夜、ここに戻ったかどうか調べてくれないか」

「やってみよう」ホテルの探偵はそう約束して歩み去った。相手が戻って来るまで、スペードは長椅子に坐って待った。「戻らなかったようだ」ルークが結果をしらせた。「部屋で寝ていない。何が起きてるんだ」

「べつに、何も」

「隠すなよ。口の固いことは知ってるだろ。何かきな臭いことがあるんなら、宿泊費を踏み倒されないように知っておかねばならない」

「その心配はない」スペードは請けあった。「じつをいうと、あの男のために、ちょっとした仕事をやっている。きな臭いことがあったら教えるとも」

「そうしてくれ。やつを見張ってやろうか」

「そいつはありがたい、ルーク。助かるよ。近頃は、雇い主のこともさっぱりつかめないことが多い」

ジョエル・カイロがおもてから入って来たとき、エレベーターのドアの上にかかった時計の針は十一時二十一分を指していた。額に包帯を巻いている。服は、長時間着つづけたためにくたびれて皺が寄っていた。口と瞼が垂れ、青白い顔をしていた。

スペードはデスクの前でカイロを迎え、「おはよう」と気さくに声をかけた。

カイロはくたびれた体をしゃんとさせ、顔のたるみを引き締めた。「おはよう」声に熱がこもっていない。

会話がとぎれた。

「どこか話のできるところに行こう」とスペード。

カイロは顎をあげた。「申しわけありませんが、あのような話し合いをこれ以上つづけるのはどうも好ましくないようです。不躾けなことをいうようですが、本当のことを申しあげているのです」

「きのうの晩のことかね」スペードは両手と頭で苛立った仕草をした。「あれしか仕様がなかったろう。おまえにもわかったはずだ。おまえが女と争ったり、女に争わせたりしたら、こっちは女の味方につくしかない。あの鳥だかなんだかがどこにあるのか、おれは知らない。おまえも同じだ。だが、あの女は知っている。おれがあの女に調子を合わせなければ、おれたちは手に入れられないんだ」

カイロはためらい、疑るようにたずねた。「あなたは、いつも、すらすらと調子のいい言いわけを用意していらっしゃいますね」

スペードは顔をしかめた。「どうしろというんだ。つっかえる練習でもしろというのか。よし、ここで話をしよう」スペードは長椅子に向かった。並んで腰をおろし、「ダンディに本署に連れて行かれたんだな」

「はい」

「いつまでしぼられた」

「つい先刻まで。不都合千万なことでした」苦痛と憤りが、カイロの顔と声にいりまじっている。「ギリシア領事館と弁護士に話をもちこんでやるつもりです」

「勝手にしろ。そんなことをしても一文の得にもならんぞ。警察で何をしゃべらされたんだ」

カイロの微笑には、とり澄ました満足げな色がこめられていた。「一言もしゃべりはしなかった。あのとき、あなたが説明したとおりの話に固執しました」微笑が消えた。「もう少し筋道の通った話をつくってくだされればよかったとは思いますが。あの話を繰りかえしているうちに馬鹿馬鹿しくなってきました」

スペードはあざけるように、にやりと笑った。「そうだろうよ。だが、でたらめだからこそ通用したんだ。ほんとうに何もしゃべらなかったんだろうな」

「その点は信用してください、ミスター・スペード」

スペードは二人のあいだの革張りの長椅子を指で弾いた。「ダンディがまた何かいってくるかもしれない。だんまりをきめこんでさえいれば安心だ。あの話のでたらめさ加減を気にすることはない。まともな話をしたら、おれたちはそろってぶた箱入りだ」スペードは立ちあがった。「一晩中、警察でしぼられて白《しら》を切りつづけてたんなら、ぐっすり眠りたいだろう。また後で会おう」

スペードがオフィスのおもての部屋に入ると、エフィ・ペリンが電話口に向かって、「いいえ、まだ帰っていません」としゃべりかけていた。彼女は振り向いてスペードを見ると、声にはださずに唇の形で「アイヴァ」と伝えた。スペードは首を振った。「戻りしだい、そちらに電話をかけるように伝えます」そういって受話器を架台に戻した。「けさ、三度めの電話よ」

スペードは苛立った低いうなり声を発した。

彼女は茶色の目で、奥の部屋を示した。「ミス・オショーネシーが中でお待ちかね。九時ちょっとすぎからずっとよ」

予期していたかのようにうなずいて、スペードはたずねた。「ほかには」

「ポルハウス部長刑事から電話があったわ。伝言はなかったけど」

「電話をつないでくれ」

「Gからも電話があったわよ」

スペードの目が光った。「だれだって」

「Gよ。そういったわ」この件についてはまったく無関心といいたげな口ぶりだった。

「あなたが来ていないと伝えると、『顔をだしたら、伝言をもらったのでGが電話をかけた。また連絡する』といってたわ」

スペードは好物を味見するように唇を動かした。「ありがとう、ダーリン。トム・ポルハウスをつかまえてくれ」スペードは奥の部屋のドアを開け、後ろでドアを閉めて私室に入った。

初めての時と同じ装いのブリジッド・オショーネシーが、デスクのわきの椅子から立ちあがり、足早に近づいて来た。「だれかがわたしの部屋に入ったの」声がうわずっている。

「隅から隅までめちゃめちゃにされてたわ」

スペードはさほど驚いた色も見せずに訊いた。「なにか奪《と》られていたかい」

「そうは思わないけど、わからないわ。あそこにいるのが怖かった。大急ぎで着替えて、ここに来てしまったの。あなた、あの若い男にきっと後をつけられたんだわ」

スペードは首を振った。「そんなことはないさ、ダーリン」ポケットから早版の夕刊をとりだし、ページを開き、「泥棒に悲鳴」という見出しのついた小さな記事を見せた。

サッター通りのアパートメントで独り暮しをしているキャロリン・ビールという若い女性が、午前四時に、寝室の中の人の気配に驚いて目を覚ました。悲鳴をあげると、相手は逃げ去った。同じ建物に住んでいるやはり独り暮しの女性が二人、後になって、泥棒に入られていた痕跡を発見した。三人とも、奪われたものはなにもなかった。

「あの若造をまいてやった建物だ」スペードがわけを話した。「この建物に入って、裏口から抜けたのさ。泥棒に入られた三人がみんな独り暮しの女だったのはそのためだ。ホールの案内板に名前がでている女の部屋を軒なみに捜し、偽名をつかっているにちがいないきみをつかまえようとしたんだろう」

「だけどあの男は、わたしたちがあなたの部屋にいた夜、見張っていたんでしょう」女がいい返した。

スペードは肩をすくめ、「やつはひとりで行動しているとはかぎらない。きみが、おれのところで一晩過ごしそうだと知って、サッター通りのほうへ出かけて行ったのかもしれない。可能性はいろいろあるが、コロネットまでやつを案内しなかったことだけは確かだ」

女はまだ納得がいかないというふうに、「だけど、見つけられてしまったのよ。あの男にじゃないにしても」

「だろうな」スペードは眉を寄せて、女の足元を見た。「カイロかもしれない。きのうの夜はホテルにいなかった。帰って来たのはちょっと前だった。警察でしぼられて夜明かしをしたといっていたが、事実じゃないのかもしれない」スペードは向きを変え、ドアを開け、エフィ・ペリンに声をかけた。「トムはまだか」

「署にいないの。少ししたら、またかけてみるわ」

「頼むよ」スペードはドアを閉め、ブリジッド・オショーネシーと向きあった。

彼女は、目をくもらせてスペードを見つめた。「ジョーに会いに行ったのね」

「ああ」

「何のためだったの」ためらいがちな口調だった。

「何のためかって」スペードは笑みを浮かべて、女の顔を見おろした。「このわけのわからん事件で、いつになったら物事の表と裏の区別がつくようになるのか、糸のほぐれた部分から目を離せないんでね、ダーリン」スペードは女の肩に腕をまわし、デスクの前の回転椅子に誘った。女の鼻の頭に軽くキスをし、椅子に坐らせ、自分は向きあってデスクに腰かけた。「きみの新しい住まいを見つけなきゃならないな」

女は強くうなずいた。「あそこには帰れないわ」

スペードは腿のわきのデスクの表面を平手で軽くたたき、思案深げな顔をした。「いい手がある。ちょっと待ってくれ」そういうと、スペードはおもての部屋に戻ってドアを閉めた。

エフィ・ペリンが受話器に手を伸ばした。「もう一度かけてみるわ」

「後でいい。きみの女の直感ってやつに伺いたいんだがね、あの女はいまでも聖母マリア様かなにかだと思うかい」

彼女はきっとなってスペードを睨んだ。「どんな厄介事に巻きこまれているにせよ、あのひとはまちがいのないひとよ。それを知りたかったんでしょ」

「そうだ。手を貸してやれるほど信用してるのか」

「手を貸すって」

「二、三日、置いてやってくれないか」

「わたしの家にってことなの」

「そうだ。泊っていた部屋が荒らされた。今週二度めだ。ひとりにしておかないほうがいい。置いてやってくれたら大助かりなんだがね」

エフィ・ペリンは身をのりだし、熱心な口ぶりでたずねた。「あのひと、ほんとに危険にさらされているの、サム」

「そうだと思う」

彼女は爪で唇をこすった。「ママはきっとびっくりして青筋をたてそうね。ぎりぎりの瞬間まで隠しておかねばならない切札の重要証人とでもいわなくっちゃ」

「いい子だ」とスペード。「いますぐ連れて行ったほうがいい。鍵を預って、必要なものは部屋から運んでくる。そうだな、ここを出るとき、二人一緒のところは見られないほうがいい。きみは先に帰ってくれないか。タクシーをつかうんだ。後をつけられるなよ。へまはやらんだろうが、用心してくれ。少したったら、後をつけられていないことを確かめて、あの女を別のタクシーに乗せよう」

11 太った男

ブリジッド・オショーネシーをタクシーで送り、オフィスに戻ると、電話が鳴っていた。スペードは近づいて、受話器をとった。

「もしもし……はい、スペードです……ええ、伝言は聞きました。あなたの連絡をお待ちしていたんです……なんとおっしゃいました……ミスター・ガットマンですね。ええ、もちろん、かまいませんとも……そうですね、早いに越したことはないでしょう……十二階のCですか……はい、十五分後に……そうです」

スペードはデスクの角にのった電話機のわきに腰かけ、煙草を巻いた。口は、きびしく満足げなVを形づくっている。煙草を巻く指を見つめる目が、吊りあがって水平になった下瞼のうえで翳りを帯びている。

ドアが開き、アイヴァ・アーチャーが入って来た。

「やあ、ハニー」スペードの声は、きゅうに変った顔色同様に、気軽で愛想がよかった。

「ああっ、サム。ゆるして、ゆるしてちょうだい」喉につまった叫ぶような声だった。アイヴァは戸口にたたずみ、小さな手袋をはめた手で、黒い縁どりのついたハンカチを小さく丸めた。赤く腫れぼったい、おびえた目で、スペードの顔色をうかがっている。

スペードはデスクの角から腰をあげずに、「いいとも。もういいんだ。気にするな」

「だけど、サム」涙まじりの声だった。「あなたのところに刑事を行かせたのは、あたしなの。嫉妬で頭がおかしくなってたのよ。警察に電話をかけ、あなたのところに行けば、マイルズ殺しに関係のあることがわかるはずだと教えてやった」

「なぜそんなことを思ったんだ」

「口からでまかせよ。怒り狂ってたの、あなたを痛い目にあわせてやりたかった」

「おかげで、ひどく厄介なことになってしまった」スペードは、女の体に腕をまわし、引きよせた。「だが、もういい。すんだことだ。おかしな真似は二度とするな」

「しないわ、絶対に」女は約束した。「だけどあなたは、きのうの夜、やさしくしてくれなかった。冷たくて、よそよそしくて、あたしを追い払いたがってたわ。あなたに用心するようにいおうと、わざわざあそこまで行って、長いこと待ってたというのに、あなたは……」

「何を用心するんだ」

「フィルよ。フィルに勘づかれてしまったの。あなたがあたしを愛してることをね。あたしが離婚したがってたことを、マイルズが話したのよ。なぜあたしが別れたがっていたのか、あの人は気づかなかったけど、フィルは勘ぐってるわ。あたしたちが……あなたが弟を殺したんじゃないのかって。どうしてもマイルズが離婚話に応じないので、一緒になりたいばっかりにね。そう信じていると、フィルはあたしにはっきりいった。そしてきのう、その話をもって警察へ行ったわ」

「厄介なことになったな」スペードは物静かにいった。「で、きみは用心しろといいにおれのところに来た。ところが、おれが忙しくて相手にしなかったので、頭に血がのぼり、フィル・アーチャーのやつをけしかけて、ひと騒ぎ起こさせたというわけか」

「ごめんなさい」鼻声になっている。「ゆるしてもらえないのね。わるかったわ。ほんとにわるかったわ」

「確かにそのとおりだ。きみ自身にとっても、おれにとってもね。フィルがたれこんだあと、ダンディはきみに会いに来たか。それともかわりの刑事が」

「いいえ」おびえて、目を見開き、口を半開きにした。

「いずれやって来る。きみがここに来たことも、連中には知られないほうがいい。警察に電話をかけたとき、名前を教えたのか」

「教えなかったわ。あなたの部屋に行けば、あの殺人事件に関する手がかりが得られるといって、すぐに切ってしまったの」

「どこから電話をかけたんだ」

「あなたのところのちょっと先にあるドラッグストアからよ。ああ、サム。お願い、あたし……」

スペードは女の肩を軽くたたき、機嫌のいい喋り方でいった。「くだらん手をつかったもんだが、もういい。すんでしまったことだ。急いで家に帰って、警察にこたえることを考えておくんだな。連中はいずれ何かいってくる。何を訊かれても知らぬ存ぜぬで押し通すのが一番かもしれない」スペードはあらぬ方を見つめて顔をしかめた。「それとも、シド・ワイズに先に会っておくか」相手の体にかけた腕を放し、ポケットから名刺を一枚とりだして、裏に三行走り書きし、女に手渡した。「シドには洗いざらい話しても安心だ」また顔をしかめ、「まあ、話さなくてもいいこともあるがね……マイルズが撃たれた夜、きみはどこにいたんだ」

「家よ」女は間髪をいれずにこたえた。

スペードは薄く笑いながら、首を振った。

「ほんとうよ」なおもいい張った。

「いや、いなかった。どうしてもいたというんなら、べつにかまわんがね。シドに会いに行け。上手《かみて》にちょっといったところの角にある桃色の建物だ。八二七号室」

女の青い目が、相手の黄ばんだ灰色の目の奥を探るように見つめた。「あたしが家にいなかったって、どうしてわかるの」ゆっくりとした口調だった。

「いなかったからいなかったのさ」

「いたといったら、いたわよ」唇がゆがみ、目が怒りで翳りを帯びた。「エフィ・ペリンが告げ口したのね」憤然とした口ぶりだった。「あたしの服をじろじろ見たり、あたりを嗅ぎまわってたわ。あの子があたしを毛嫌いしてることは知ってるでしょ、サム。あたしに意地悪できるとわかったら、なんにでもとびつくわ。そんな子がいうことを鵜呑みにするなんて」

「いやだね、おんなは」スペードはおだやかにいって、腕の時計に目をやり、「さ、駆足だ、ダーリン。こっちも約束に遅れてる。好きにすればいいが、もしおれなら、シドには事実を告げるか、何も教えないかだ。いいたくないことはいわなくてもいいが、作り話で穴埋めはするな」

「嘘なんかついてないわ、サム」口をとがらせた。

「そうだろうとも」スペードは腰をあげた。

アイヴァは顔を相手の顔に近づけようと爪先立ちになって、「信じてないのね」とささやきかけた。

「信じてないさ」

「あのことで、あたしをゆるしてくれないのね」

「いや、ゆるすとも」スペードはかがみこんで女の口にキスをした。「あのことはもういい。さあ、急ごう」

女はスペードの体に両腕をまわしていった。「一緒に、ミスター・ワイズに会いに行ってくれないの」

「無理だ。邪魔になるし」スペードは女の腕を軽くたたき、体から放させ、手袋と袖口のあいだの左の手首にキスをした。そして相手の両肩に手を置き、ドアのほうに向きを変えさせ、体を軽くつき放した。「さあ、行けったら」スペードは命じた。


アレグザンドリア・ホテルの12Cのスイート・ルーム。マホガニー材のドアを開けたのは、ベルヴェデールのロビーでスペードが話しかけた例の若い男だった。「やあ」とスペードは愛想よく声をかけた。若い男は口を閉ざしたまま、開いたドアを押さえてわきに立った。

スペードは部屋に入った。太った男が出迎えに寄って来た。

体中の肉がだらりと垂れた太り方だ。丸々とした桜色の頬、唇、顎、首。胴体は柔らかな巨大な卵。腕と脚は垂れさがった大きな円錐形を成している。スペードに近寄ってくると、一歩ごとに、あちこちについた丸々とした肉片がてんでんばらばらに盛りあがり、揺れ、垂れ落ちる。ストローの先端に群がり、いまにも離れようとしているしゃぼん玉のようだ。厚ぼったい肉片の奥に小さく見える目は黒光りしている。広い頭頂を黒っぽい巻き毛が薄くおおっている。裾を斜めに切った黒い上衣、黒いチョッキ、桜色の真珠のピンにとめられた黒サテンのアスコット・タイ、灰色縞のウーステッドのズボン、エナメル革の靴。

「これはどうも、スペードさん」喉にからむごろごろした声に熱をこめ、肉のついた桃色の星のような手を差しのべた。

スペードはその手を握り、笑みを浮かべていった。「初めまして、ミスター・ガットマン」

スペードの手を握ったまま、太った男は体の向きを変え、もう一方の手をスペードの肘にあてがい、テーブルのわきに据えられた緑色のフラシ天の椅子まで、緑色の敷物の上を案内していった。テーブルには、サイフォン（炭酸水を入れる瓶）、グラスがいくつか、盆にのったジョニー・ウォーカーの瓶、コロナ・デル・リッツの葉巻箱、二種類の新聞、黄色滑石で作られた飾りけのない小箱が置かれていた。

スペードは緑色の椅子に坐った。太った男は瓶とサイフォンから二つのグラスに飲物を注ぎはじめた。部屋の三方の壁面のドアは全部閉まっている。スペードの後方、四つめの壁には、ゲイリー通りを見おろす窓が二つ開いていた。

「滑りだしは上々ですな」スペードにすすめるグラスを持って振り向いた太った男が喉を鳴らすような声を発した。「注ぐ酒の量に注文をつける男は信じないことにしています。

飲みすぎぬように用心せねばならないというのは、飲みすぎると信用ならない男だということの証しですからな」

スペードはグラスを受けとり、ほほえみながら、軽く会釈した。

太った男は自分のグラスを掲げ、窓の明かりにかざした。グラスの中を浮きあがっていく泡に向かって、感心したようにうなずき、「腹蔵のない会話と誤解のない相互理解のために乾杯しましょう」

二人は飲物を飲み、グラスをおろした。

太った男はスペードに鋭い目を走らせ、たずねかけた。「お口は固いでしょうな」

スペードは首を横に振り、「おしゃべりは好きなたちです」

「ますます結構ですな」太った男は声高にいった。「口の固い男は信じないことにしています。そういう手合いにかぎって、具合の悪いときに、具合の悪いことをしゃべってしまうものでしてね。日頃の訓練がなければ、まともな会話はできません」グラス越しに、にっこり笑った。「うまがあいそうですな。きっとあいますよ」太った男はテーブルにグラスを置き、コロナ・デル・リッツの葉巻箱をスペードに差しだした。「葉巻をいかがです」

スペードは一本とり、端を切って火をつけた。太った男は、別の緑色の椅子をスペードの椅子と向きあうように手頃な位置に引き寄せ、両方の椅子から手の届くところに脚のついた灰皿を置いた。そして、テーブルからグラスを、葉巻箱から葉巻を一本とって、椅子に身を沈めた。体のあちこちのぶよぶよした肉片が揺れるのをやめ、だらりとお定まりの位置に落ち着いた。満足げな吐息を洩らし、「さて、よろしければ話をはじめましょうか。はっきり申しあげますが、わたし自身、話すことが好きな方とお話しするのが大好きな人間です」

「結構だ、黒い鳥の話をしよう」

太った男は大声で笑い、ぼってりした肉片が、笑い声とともに揺れた。「そうしますか」と男は訊き返し、「そうしましょう」とこたえた。桜色の顔がうれしそうに輝いている。「あなたはまさに、わたし好みのお方です。わたしにぴったりです。ごまかしたりせずに、ずばりと核心をついてこられる。『黒い鳥の話をしよう』ですか。そういたしましょう。たいへん気に入りましたよ。取引きはこうでなくてはいけない。もちろん、話は黒い鳥のことです。ですがそのまえに一つだけ質問におこたえ願えませんか。無用なことだとは思いますが、はじめに誤解が生じないようにしておきたいのです。あなたはここに、ミス・オショーネシーの代理人としていらっしゃったのですか」

スペードは、太った男の頭越しに、長く、斜めに煙を吐きだした。そして、葉巻の火口の灰に思案深げな渋面を向け、慎重にこたえた。「そうだとも、そうでないともいえる。どっちにするか、まだ確かじゃない」スペードは太った男を見あげ、眉の皺を消した。

「成り行きしだいだ」

「といいますと、どんな……」

スペードは首を振り、「それがはっきりすれば、さっきの質問のこたえもでる」

太った男は口いっぱいに飲物をふくみ、飲みくだして、「ジョエル・カイロしだいという意味でしょうか」

「あるいはね」というスペードの即答には熱がこもっていなかった。スペードも飲物を口にした。

太った男は、下腹が邪魔になるまで身をかがめた。へつらうような笑みを見せ、同じような口調で喉を鳴らし、「つまり、この二人のどちらの代理人をつとめるべきか、ということですかな」

「そうもいえる」

「どちらか一方に決めるということになるのでしょうか」

「そうはいっていない」

太った男の目が光った。たずねかける声が喉にひっかかるかすれ声になった。「ほかにもだれかいるのですか」

スペードは葉巻の先を自分の胸に向け、「おれがいる」とこたえた。

太った男は椅子に深々と坐り直し、体の力を抜いた。満足しきった、長い、太い吐息が洩れた。「たいへん結構ですな」喉がごろごろ鳴った。「たいへん結構です。わたしは、自分の利益をたいせつにしていることを率直にいえる人間が好きです。だれだって同じでしょう。自分のことは二の次だなどという男は信用できません。もしその台詞が本当だとしたらなおさらのことです。そんな男は愚かものの見本ですし、愚かものというのは自然の法則に逆らうことばかりしでかすものですからな」

スペードは煙を吐いた。礼を失せぬ程度に耳を傾けているという顔つきで、「なるほど。ではそろそろ黒い鳥の話にとりかかろうか」

太った男はやさしげな笑みを浮かべ、「そうしましょう」とこたえた。目を細めたので、厚ぼったい瞼が重なったが、そのすきまから黒い輝きがのぞいている。「ミスター・スペード。あの黒い鳥の値打ちがどのくらいか見当がついているのですか」

「いや」

太った男は身をのりだし、ぼってりした桃色の手をスペードの椅子の肘にのせた。「もしわたしが、たとえ真価の半値でも口にしたら、あなたはわたしを嘘つき呼ばわりなさるかもしれない」

スペードは笑みを浮かべた。「いや、もしそう思っても口にはださない。だが、さしつかえなければ、教えてくれ。そうすれば、自分の利益を計算できる」

太った男は声をあげて笑った。「無理でしょうな。その種のことに深い経験がないかぎり、無理なことです。それに……」芝居っけたっぷりに間合いをおき、「これは、どんなものとも比較できない経験ですから」もう一度笑い声をあげると、あちこちの垂れた肉片がひしめきあい、ぶつかりあった。太った男はいきなり笑うのをやめた。笑いが消えたあと、厚ぼったい唇がだらりと半開きになった。近眼に特有な目つきでじっとスペードを見つめ、「ご存じないということですか」とたずねた。驚きのあまり声がうわずっている。

スペードは葉巻を無造作に振り、「そうとも」と軽くうけながした。「どんな形をしているかは知っている。命がかかるほどの値だということもわかっている。だが、正確な値打ちは知らない」

「あの女はいわなかったのですか」

「ミス・オショーネシーのことか」

「そうです。なかなかの美形ですな」

「まあね。教えてはくれなかった」

太った男の目は、桜色の肉のひだの奥で黒く光り、じっと獲物を待ち伏せている。あいまいな口調で、「知っているはずなのに」といい、「カイロも話してくれなかったのですか」

「あの男はずる賢くってね。買う気は大いにあるくせに、おれの知らないことは何一つ教えないように気をくばっている」

太った男は舌で唇にしめりをくれた。「いくらで買うといっているのですか」

「一万ドル」

太った男は蔑むような笑い声をあげた。「一万ですと。しかも、ポンドではなく、ドルでですか。なんとずる賢い。で、なんとこたえました」

「もし、おれの手から渡すようなことになったら、その一万ドルをもらうといってやった」

「もし、ですか。うまいいい方ですな」太った男の額がちぢみ、肉の皺が寄った。「二人とも知っているはずなんだが」半分しか声になっていない。「知っているのでしょうか、ほんとうに。あの鳥の真の価値を、二人は知っているのでしょうか。あなたはどう思います」

「おれにはなんともいえんね」スペードはためらわずにこたえた。「こたえようにも手がかりがない。カイロは、知っているともいないともいわなかった。女のほうは知らないといったが、嘘をついているのだと思う」

「それも無理からぬことですな」太った男はそうこたえたが、明らかに言葉とは裏腹のことを考えているようだった。頭を掻き、額に生々しい赤い刻み目がつくほど皺を寄せた。巨体とその巨体をのせた椅子の大きさがゆるすかぎりの仕草で、体をもじもじさせている。太った男は目を閉じ、いきなり大きく見開いて、スペードに話しかけた。「二人とも知らんのかもしれない」厚ぼったい桜色の顔から、とまどっているような皺がゆっくりと消え、かわりにえもいわれぬ嬉しげな表情がちらっと浮かんだ。「もし知らないとすれば……」大声でもう一度繰りかえした。「もし知らないとすれば、この広い、素晴しい世の中で、真の価値を知っているのはわたし一人ということになる」

スペードは唇を引き締め、こわばった笑みをつくった。「いい相手にたどりつけて、おれもうれしい」

太った男もほほえんだが、いくぶんあいまいな笑みだった。笑いつづけているが、嬉しそうな色は薄れ、警戒するような目つきにかわった。顔は、内心の思惑と相手との中間に架かった、用心深い目つきの笑みをたたえる仮面だった。目は相手の目を避け、スペードの肘のそばのグラスに移った。太った男はきゅうに顔を輝かせていった。「なんとなんと、グラスが空ではありませんか」立ちあがってテーブルに近づき、グラスとサイフォンと瓶を鳴らしながら、飲物を二つつくりはじめた。

太った男がもったいぶった会釈をし、「この薬はけっして毒にはなりませんぞ」とおどけて新しいグラスを渡してよこすまで、スペードは椅子に坐ったまま身じろぎもしなかった。グラスを受けとると、腰をあげ、太った男の真前に立ちはだかり、相手を見おろした。目はきびしく光っている。グラスをあげ、慎重な、挑むような口ぶりでいった。「腹蔵のない会話と誤解のない相互理解のために、乾杯」

　太った男はくすくす笑い、二人は飲物を飲んだ。太った男は腰をおろし、下腹のあたりでグラスを両手で持ち、笑みを浮かべてスペードを見あげた。「なんとも驚いた話ですが、どうやらあの二人が鳥の真価を知らないことは確かなようですな。しかも、この広い、素晴しい世の中で、知っているものは一人もいない。あなたの忠実な下僕である、このキャスパー・ガットマンめをのぞいては」

「そいつはいい」スペードは両脚を開いて立った。片手をズボンのポケットに、もう一方の手はグラスを掲げている。「あんたがおれに話してくれたら、知っているのは二人だけということになる」

「その計算は正しいでしょうな」太った男は目をきらきら光らせた。「しかし……」顔中が笑みになった。「あなたにお話しするかどうかは、まだ確かではありません」

「いまさら馬鹿なことをいうな」スペードは辛抱づよくいった。「あんたは本当の価値を知っている。おれは、どこにあるかを知っている。だからこうして話し合ってるんだ」

「なるほど。で、どこにあるのですか」

　スペードはその質問を無視した。

　太った男は口を結び、眉を吊りあげ、首をわずかに左にかしげた。「おわかりでしょうが」温和な声音だった。「わたしが知っていることを話しても、あなたは知っていることを話してくださらないかもしれません。それでは公平とはいえませんな。どうやら、この按配では取引きは無理なようです」

スペードの顔が青白く引き締まり、低い、怒った声でしゃべりはじめた。「もう一度、とっとと考えるんだな。へまをやりたくなければ、おれと話をつけなきゃならない。あの若造にそういっておいたはずだ。はっきりいっておこう。きょう中にしゃべらなければ、あんたはおしまいだ。時間の無駄じゃないかね。くだらない自分だけの秘密など、くそくらえだ。あの二人が虎の子のようにしている品物が何かをあんたが知ってるからといって、どうということはない。あんたなしでも、おれはやっていける。どっちでもいいんだ。そちらさんも、おれにさえかかりあわなかったら一人でやっていけただろう。だが、いまはもうそうはいかない。このサンフランシスコの町ではな。おれと手を組むか、ここを出て行くか、きょう中に決めろ」

スペードは背を向け、怒りにまかせてグラスをテーブルに放り投げた。グラスが木の表面にぶつかって割れ、飲物とガラスの光る破片がテーブルと床に飛び散った。その光景に目もくれず、耳も貸さずにスペードは、くるりと振り向いて太った男を見つめた。

スペード同様、太った男もグラスがどうなったかにまったく関心を払っていない。口を結び、眉を吊りあげ、頭をわずかに左にかしげ、スペードが怒りをぶちまけていたあいだずっと見せていた桜色の顔の温和な表情を保ちつづけている。

まだ怒りの静まらぬ声で、スペードがいいかけた。「もう一ついっておく。おれは気にくわないんだ……」

左側のドアが開き、スペードを部屋に入れた若い男が入って来た。ドアを閉め、両手をわき腹にぴたりとつけて立ち、スペードをじっと見つめている。曇りを帯びた目を見開き、瞳孔が大きくなっている。じっと見つめるその目が、スペードの肩から膝に注がれ、また上に移って、茶色の上衣の胸ポケットからのぞいているハンカチの栗色の縁どりで静止した。

「もう一ついっておく」スペードは若い男を睨めつけて、繰りかえした。「あんたが決心するまで、この稚児さんをおれに近寄らせるな。こいつは虫が好かない。いらいらさせられる。これ以上おれの邪魔立てをしたら、殺してやる。フェアにやるつもりもない。勝つ機会も与えない。まちがいなく殺してやる」

若い男の唇がゆがみ、翳りのある笑みが浮かんだ。目もあげず、口もきかなかった。

太った男が寛大な口調で、「これはこれは、これほど荒々しい気性をお持ちだとは存じませんでした」

「気性だと」スペードは狂ったような笑い声をあげた。帽子を置いた椅子に近づき、帽子を手にとり、頭にのせた。長い腕をのばし、ずんぐりした人差指を太った男の下腹につきつけ、怒声が部屋中に鳴り響いた。「もう一度よく考えろ。真剣にだぞ。五時半まで待ってやる。おれと組むか、永遠に町を出るか、二つに一つだ」スペードは腕をおろし、太った男のおだやかな顔にもう一度ちらっと渋面を向け、若い男を睨み、入って来たドアに歩んで行った。ドアを開け、振り向くときびしい声音で念を押した。「五時半が、幕の降りる時間だ」

スペードの胸元を凝視していた若い男が、ベルヴェデールのロビーで二度吐いた二つの単語を繰りかえした。大きな声ではなかった。辛辣さは増していた。

スペードは部屋を出、たたきつけるようにドアを閉めた。

12　いたちごっこ《メリーゴーラウンド》

スペードはガットマンの部屋のある階からエレベーターで下に降りた。顔は青白く汗ばんでいるのに、唇はかさかさに乾いている。顔の汗を拭おうとハンカチをとりだした手が小きざみにふるえていた。それを見てスペードはにやりと笑い、「ヒューッ」と声を洩らした。エレベーターの係員が肩越しに振り向き、「なんでしょうか」とたずねた。

スペードはゲイリー通りを下ってパレス・ホテルに向かい、そこで昼食をとった。席に着いたときには、顔の青白さも、唇の乾きも、手のふるえも消えていた。あわてずにたらふく食い、食事のあとシド・ワイズのオフィスに足を向けた。

スペードが部屋に入ると、ワイズは爪を噛みながら窓を見つめていた。口から手を放し、椅子をまわしてスペードと向きあい、「やあ、椅子を引いてこいよ」

スペードは、書類が山積みになった大きなデスクのそばに椅子を引き、腰をおろした。

「アーチャー夫人が来ただろう」

「ああ」ワイズの目がかすかに光った。「あのご婦人と結婚するのか、サミー」

スペードは苛立った吐息を鼻から吐いた。「くそっ、またその話か」低いうなり声だった。

弁護士の口の端に、つかのま、くたびれた笑みが浮かんだ。「結婚しないとなると、厄介ごとをかかえこむことになる」

スペードは巻いていた煙草から目をあげ、むっつりと、「そっちがだろう。そのために、おまえさんはこの稼業をやってるんだろうが。で、あの女は何を話していった」

「あんたのことでか」

「おれにかかわりのあることすべてについてだ」

ワイズは指で髪を梳き、ふけを肩に散らした。「マイルズと離婚しようとしていたそうだ。そうすれば……」

「それはわかってる」スペードが口をはさんだ。「その話はとばしてくれ。おれの知らないことを知りたい」

「おれにわかるか、あの女が……」

「ひきのばしはやめろ、シド」スペードはライターを煙草の先に近づけた。「あの女は、おれに何を隠したがってるんだ」

ワイズはとがめるようにスペードを見つめた。「いいか、サミー……そういう話は……」

スペードは天井に目をやり、うめき声を洩らした。「ああ、神様。この男は、わたしからしこたましぼりとっている弁護士なのです。それなのに、何かを聞きだすために、ひざまずいて、懇願せねばならないのでしょうか」そういって、ワイズに怒った顔を向けた。「あの女をここに来させたのは、何のためだと思うんだ」

ワイズは不快げな渋面をつくった。「あんたのような依頼人があと一人でも増えたら、おれは精神病院か、サン・クエンティン行きだ」ワイズは不平をこぼした。

「ほかの客もたいした違いはなかろうぜ。あの女、亭主が殺された晩、どこにいたか教えてくれたのか」

「ああ」

「どこだ」

「亭主の後をつけてたのさ」

スペードは上体をのばし、目をしばたたかせた。そして、信じられないといいたげに、「いやだね、おんなは」と大声をあげ、高笑いし、体を楽にした。「で、成果はあったのか」

ワイズは首を振った。「たいしたことはなかった。あの夜マイルズは、夕飯を食いに家に帰ってくると、セント・マーク・ホテルである女と会う約束があるといって、女房をからかった。その現場をうまくおさえれば、離婚訴訟の材料を手に入れられるかもしれないとね。初めは、自分をいらいらさせようとしているだけだと思ったらしい。女房は知ってたんだ、マイルズが……」

「あの夫婦のやりとりはわかってる」とスペード。「そこもとばして、あの女がやったことだけ教えてくれ」

「話すから、そう急《せ》かせるな。亭主が家を出たあと、女と会う約束というのはほんとうかもしれないと思いはじめた。マイルズがどんな男だったか知ってるだろう。そんなこともやりかねない……」

「マイルズの性格の話もとばしてくれ」

「いっそのこと何もしゃべらせなきゃいいだろう」と弁護士。「で、あの女は修理工場に駐《と》めてあった車をだしてセント・マークに乗りつけ、通りの向こうの車の中から見張っていた。やがて亭主がホテルから出て来て、連れだった男女の後をつけはじめた。その女は、きのうの夜、あんたと一緒だった女だそうだ。二人はマイルズより一足先にホテルを出た。で、アイヴァは、亭主が仕事中だということがわかった。かつがれたのだ。がっかりして、腹を立てたらしい。そんな口ぶりだった。連れの男女の後をつけていることをはっきり確認して、アイヴァはあんたのアパートメントに向かった。あんたはいなかった」

「それは何時頃だ」スペードが訊いた。

「あの女があんたのところに行った時間のことか。初めに行ったのは、九時半と十時のあいだだった」

「初めにというと」

「そうなんだ。三十分ほど車を走らせたあと、もう一度行ってみたそうだ。それが、そうだな、十時半頃か。あんたがまだ帰っていなかったので、ダウンタウンに引き返し、真夜中まで時間つぶしに映画を観ていた。その時間になればあんたをつかまえられるだろうと思ってね」

スペードは眉を寄せた。「十時半に映画を観に行っただと」

「アイヴァはそういっている。午前一時までやっているパウエル通りの小屋だ。マイルズが帰ってくるときに家にいたくなかったので、まだ帰りたくなかったという話だ。真夜中に帰宅して女房がいないと、マイルズはいつも腹を立てたらしい。アイヴァは、閉館時間まで映画館にいたそうだ」話し方が遅くなり、小馬鹿にするように目がきらりと光った。「その時点で、もう一度あんたのところに行くのはやめようと決めたらしい。そんなに遅い時間に押しかけられるのを、嫌がられるかもしれないと思って、エリス通りにあるティトの店に行き、そこで何か食べて、ひとりで家に帰ったといっている」ワイズは体を揺すって椅子の背にもたれかかり、スペードがしゃべるのを待った。

スペードの顔には表情がなかった。「その話を信じてるのか」

「あんたはどうなんだ」ワイズが訊きかえした。

「おれにわかるもんか。そういう話にしておこうと、おまえさんたちがしめしあわせたのかもしれないしな」

ワイズはほほえんだ。「人の小切手を現金化したことがあまりないんだろう、サミー」

「めったにないね。で、その先はどうなった。マイルズは家に帰っていなかった。午前二時にはなってたはずだ。その頃にはマイルズは死んでいた」

「マイルズが帰ってないので、アイヴァはまた腹を立てたらしい。亭主が先に帰って来て、女房がいないことに腹を立てさせようとしたのに、うまく事が運ばなかった。それで、また車を出し、もう一度あんたのところに向かった」

「ところがおれはいなかった。マイルズの死体を見に出かけていた。まったく、いたちごっこもいいところだ。で、その先は」

「アイヴァは家に帰ったが、亭主はまだ戻ってない。服を脱いでいると、亭主の死をしらせに、あんたの秘書がやってきた」

スペードは、慎重に新しい煙草を巻き、火をつけるまで黙していた。そして、「まああのお話だ。すでに知られている事実とも一致する。なんとか通用しそうな話だな」

ワイズの指がまた髪を梳き、ふけを肩にまき散らした。怪訝な目つきでスペードの顔を見つめ、「だが、あんたは信じないということか」

スペードは唇のあいだから煙草を抜きとった。「信じるも信じないもないんだ、シド。

なんにも知らないんだから」

ゆがんだ笑みが、弁護士の口元をねじまげた。くたびれたように肩を揺すり、「そのとおりだ……おれはあんたを売ることになる。正直者の弁護士を見つけるか……信じられる男を雇うんだな」

「そんなやつは死んじまってるさ」スペードは立って、不快げな目でワイズを睨んだ。「気にさわったのか。考えがたりなかったよ……これからはおまえさんには礼儀正しく振舞おう。だが、おれが何をしたっていうんだ。部屋に入るときに、ごあいさつでもし忘れたというのか」

シド・ワイズは弱々しげな笑みを浮かべた。「たいした男だよ、あんたってやつは、サミー」


スペードがオフィスに戻ると、エフィ・ペリンはおもての部屋の中央に立っていた。心配げな茶色の目でスペードを見つめ、「何があったの」とたずねかけた。

スペードの顔がこわばった。「何の話だ」問いつめる口ぶりだった。

「あのひと、どうして来なかったの」

大股で二歩近づき、スペードはエフィ・ペリンの肩をつかんだ。「きみの家に行かなかったのか」おびえた顔に向かって、怒鳴るようにいった。

彼女は首をはげしく左右に振った。「待っても待っても来なかった。電話をかけてもあなたが出ないので、ここに来てみたの」

スペードは相手の肩からぐいと手を放し、ズボンのポケットの奥深くに荒々しくつっこんだ。「ここでもいたちごっこか」怒った声を張りあげ、スペードは大股で私室に向かった。すぐに戻って来ると、「おふくろさんに電話してくれ。まだ行ってないかどうか確かめるんだ」と命じた。

彼女が電話をかけているあいだ、スペードは部屋の中を行きつ戻りつした。「まだよ」電話を切って、彼女が告げた。「あのひとをまちがいなくタクシーに乗せたんでしょうね」

もちろんだというううなり声が返った。

「確かめたんでしょうね……だれかにつけられたんじゃ……」

スペードは足をとめ、両手を腰にあてがい、相手を睨みつけた。荒々しい大声をあげ、「だれにもつけられなかった。おれをガキだと思ってるのか。タクシーに乗せるまえにも確かめたし、念をいれて数ブロック、おれも一緒に車に乗った。降りてからも、さらに数ブロック、見張りつづけたんだ」

「だけど……」

「……きみの家にはたどり着かなかった。それはもう聞いた。信じるよ。とっくに着いてるものとおれが思っていると、きみは思ってたんじゃないのか」

エフィ・ペリンは鼻をすすった。「あなたって、ほんとに手に負えないガキそっくりよ」

スペードは喉元で荒々しい音を立て、廊下に通じるドアに向かった。「出かけてくる。どぶさらいをしてでも見つけだしてやる……おれが戻るか、連絡するまでここにいてくれ。少しはまともなことをしなくちゃな」

スペードは廊下に出ると、エレベーターまで行きかけて途中で引き返した。ドアを開けると、エフィ・ペリンはデスクに向かって坐っていた。「おれがああいう喋り方をしてるときは、気にかけないでくれよ」

「あなたのことを気にかけるなんて、とんでもないわ。だけど……」腕を組み、肩に手を触れ、おぼつかなげに口元をゆがめている。「……これじゃ、二週間は肩の見える服を着られなくなりそうよ、乱暴なひとね」

スペードはぎごちなくにやりと笑い、「悪かったな、ダーリン」といって大げさに頭を垂れ、また廊下に出て行った。

スペードが足を向けた角のタクシー乗場にはイエロー・キャブが二台客待ちをしていた。立話をしている運転手にスペードは声をかけた。「昼頃にここにいた、金髪の赤ら顔の運転手を知らないか」

「仕事中だ」一人がこたえた。

「ここに戻って来るかな」

「と思うよ」

もう一人の男が、東の方角に顎をしゃくっていった。「ほら、戻って来た」

スペードは角まで行って縁石際に立ち、金髪の赤ら顔の運転手が車をとめて降りて来るのを待った。スペードは男に近づき、声をかけた。「おたくの車に、昼頃、ご婦人と一緒に乗ったのを憶えてるかな。ストックトン通りからサクラメント通りにまがり、ジョーンズ通りまで行って、おれだけ降りたんだが」

「もちろん、憶えてるとも」赤ら顔の男がこたえた。

「ご婦人を九番街のある家まで送ってくれと頼んだろう。ところが、おたくはそこには行かなかった。どこに運んだんだね」

運転手は汚れた手で頬をこすり、訝しげな目でスペードを見た。「どういうことだ、これは」

「たいしたことじゃない」スペードは請けあって、名刺を渡した。「危い橋を渡りたくないというんなら、会社まで一緒に行って、上役の許可をもらってもいい」

「まあ、かまわんだろう。フェリー・ビルまで運んで行った」

「客はあのご婦人だけか」

「そうとも」

「そこに行くまえに寄り道はしなかったか」

「いいや。こんな具合だった。あんたが降りたあと、サクラメント通りを走って、ポーク通りとの角まで行ったとき、女が仕切りのガラスをたたいて、新聞を買いたいといった。で、あっしは角で車をとめ、売り子に口笛を吹いて、新聞を一部持ってこさせたんだ」

「どの新聞だ」

「『コール』だった。そのあとサクラメント通りをしばらく走り、ヴァン・ネス通りを越したところで、女はまた仕切りのガラスをたたき、フェリー・ビルに逆戻りしてくれといったんだ」

「興奮してるようだったか」

「そうは見えなかったがね」

「フェリー・ビルに着いてから、どうした」

「料金を払ってくれたよ。それだけだ」

「女を待っていた人間は」

「いたかもしれないが、見かけなかった」

「降りてからどっちへ」

「フェリー・ビルでかい。さあね。上にあがったか、階段のほうに向かったかだろうね」

「新聞を持ってか」

「ああ。料金を払うとき、わきにかかえていた」

「薄赤色のページがおもてになっていたか、それとも、普通のページだったか、憶えていないか」

「なあ、お兄さん。そこまでは憶えちゃいないよ」

スペードは礼をいい、「煙草でも買ってくれ」と一ドル銀貨をあたえた。

スペードは『コール』紙を買い、風を避けて、近くのオフィス・ビルのロビーに入り、目を通しはじめた。

一面の大見出しに素早く目を走らせ、ついで二面、三面にうつった。四面に載っていた「贋札づくりの容疑者逮捕さる」の見出しの下にしばらく目をとめたあと、五面の「ベイ地区の若者、銃で自殺未遂」にも目をやった。六面と七面には、スペードの関心を惹く記事はなかった。八面の「撃ち合いのあと、サンフランシスコの窃盗事件で少年三人が逮捕」の記事にちょっと目をとめたが、そのあとは三十五ページまでなにもなかった。三十五ページには、天気予報、船舶出入港予定時刻表、生産高報告、金融、離婚、出産、結婚、死亡記事などが載っていた。スペードは死亡記事一覧を読み、三十六ページと三十七ページの金融情報を読みとばした。最後の三十八ページには、なにも見つからなかった。吐息を洩らし、新聞を折りたたんでポケットにつっこみ、スペードは煙草を巻きはじめた。

それから五分間、オフィス・ビルのロビーに立って煙草を喫い、何を見るでもなしにむっつりとあたりを見つめていた。そのあと、ストックトン通りまで歩いてタクシーをひろい、コロネットまで走らせた。

スペードは、預っていた鍵で建物に入り、ブリジッド・オショーネシーの部屋に足を踏みいれた。前夜着ていた青いガウンが、ベッドの端にかかっている。青いストッキングと靴は寝室の床の上、抽き出しに入っていた多色塗りの宝石箱は空っぽで、化粧テーブルに置いてある。それを見てスペードは顔をしかめ、唇を舌で舐めた。部屋を順にぶらぶらと見てまわったが、どこにも手を触れず、ほどなくコロネットを出て、またダウンタウンに向かった。

スペードは、自分のオフィスのあるビルの入口で、ガットマンの部屋で別れた若い男と鉢合わせした。若い男は、入口に立ちふさがっていた。「一緒に来い。あの人が会いたがっている」

若い男は両手をオーバーのポケットにつっこんでいた。ポケットのふくらみは、男の手のふくらみだけではなかった。

スペードはにやりと笑い、からかうように、「五時二十五分まで、おまえに会えるとは思っていなかった。ずいぶんと待たせてしまったかな」

若い男は、スペードの口元まで視線をあげ、肉体的な苦痛に耐えているかのような抑えた声でしゃべった。「おれをからかいつづけていると、いずれ手前の腹から鉛の弾をほじくりだすことになるぞ」

スペードはくすくす笑った。「チンピラほどこけおどしの台詞を吐きたがる」愉快そうな口ぶりだった。「よし、行こうか」

二人はサッター通りを並んで歩いた。若い男の手はオーバーのポケットに入ったままだった。一ブロックと少し、黙ったまま歩きつづけた。スペードがおだやかな声で、「このところ、物干しの下着泥棒はやってないのかね、坊や」

若い男は、質問が耳に入らなかったかのようにふるまった。

「やったことはないのか、おまえは……」スペードはいいかけて、口をつぐんだ。黄ばんだ目が柔らかく光りはじめ、二度と若い男にしゃべりかけようとしなかった。

アレグザンドリア・ホテルに着くと十二階まであがり、廊下をガットマンのスイートまで歩いた。廊下に人影はない。

スペードは一足遅れ、ガットマンの部屋のドアから十五フィートほど離れたところで、若い男の一フィート半うしろを歩いていた。そのときいきなり、体をわきに倒し、若い男の両肘のちょっと下をうしろから両手でつかんだ。相手の腕を力いっぱいに前に押しだすと、オーバーの中の若い男の両手が、オーバーを前方にめくりあげた。男はもがいて体をちぢめたが、大きな手につかまれて何もできなかった。うしろに蹴りあげた脚は、スペードの開いた両腕のあいだで空を切った。

スペードは相手の体を床から持ちあげ、荒っぽく下におろした。厚いカーペットに足がぶちあたる小さな音がした。その瞬間、スペードの両手がすべりおり、若い男の手首をつかみなおした。歯を嚙みあわせた男は、大きな手から逃れようと必死だったが、ふりほどくこともできず、自分の手の上を這いおりてくる動きを制止させることもできなかった。若い男は音を立てて歯ぎしりした。その音に、スペードが相手の手をつぶすように押さえつけたときの荒い息が重なった。

しばらくのあいだ二人は、体をこわばらせ、身じろぎもしなかった。やがて、若い男の腕から力が抜けた。スペードは相手の体を離し、うしろにさがった。相手のオーバーのポケットからぬけだしたスペードの両手には、一梃ずつ重いオートマティック拳銃が握られていた。

若い男は振り向いて、スペードと向きあった。顔は蒼白で、うつろだった。両手をまだオーバーのポケットにつっこんでいる。スペードの胸元を睨みすえ、一言もしゃべらなかった。

スペードは二梃の拳銃を自分のポケットに納め、あざけるような笑みを浮かべた。「さあ、行こうか。ボスがきっと喜んでくれるぞ」

二人はガットマンの部屋のドアに近づき、スペードがノックをくれた。

13　皇帝への貢物

　ガットマンがドアを開けた。太った顔に嬉しそうな笑みが走った。片手をのばし、「さあ、お入りください。おいでいただいて感謝します。さあ、どうぞ」

　スペードは相手の手を握り、中に入った。若い男が後につづいた。太った男がドアを閉めた。スペードはポケットから若い男の拳銃をとりだし、ガットマンに見せた。「ほれ。こんなものを持たせてこいつをうろつきまわらせるのは考えものだぞ。自分がけがをすることになりかねない」

　太った男は楽しそうに笑い、拳銃を受けとった。「これは、これは……どういうことなんだ」スペードから若い男に目を移した。

「足の悪い新聞売り子が」「こいつからとりあげたのさ。おれが話をつけて、返してもらったんだ」

　青白い顔をした若い男は、ガットマンの手から拳銃をうけとり、ポケットに納めた。一言も口をきかなかった。

ガットマンがまた声をあげて笑い、スペードに話しかけた。「おそれいりました。あなたというお方は、知れば知るほど、驚くべき人物でいらっしゃる。さあ、お坐りください。帽子をお預りしましょう」

若い男は、戸口の右手のドアに姿を消した。

太った男は、テーブルのわきに据えられた緑色のフラシ天の椅子にスペードを坐らせ、葉巻を差しだし、火をつけてやり、ウィスキーを炭酸水で割り、一方のグラスをスペードに手渡し、もう一方のグラスを持って、真向かいに腰をおろした。

「まずは、おゆるしをいただきたいのですが……」

「あのことは、もういい」とスペード。「黒い鳥の話をしよう」

太った男は頭を左にかしげ、やさしげな目でスペードを見つめた。「わかりました。はじめましょう」太った男は同意すると、手にしたグラスから一口すすった。「このような驚嘆すべき話は、これまで一度もお耳にされたことがないと思います。ご自分のお仕事の分野でたいへん有能なあなたのことですから、これまでに驚くべきことに何度もめぐりあってこられたことを承知のうえで申しあげるのですが」

スペードは控えめにうなずいた。

太った男は、目元を引き締めてたずねた。「エルサレムの聖ヨハネ救護騎士修道会のことをどの程度ご存じでしょうか。のちに、ロードス騎士団などとも呼ばれた結社のことですが」

スペードは葉巻を振って、「たいしたことは知らない。学校の歴史の時間に習ったことぐらいだ。十字軍か何かのところで」

「まあそんなところです。すると、一五二三年に、連中をロードス島から追放したオスマン・トルコ帝国の偉大な王、スレイマン一世のことも憶えていらっしゃらないでしょうな」

「憶えてないね」

「そういうことがあって、騎士団はクレタ島に移りました。そこに七年間、一五三〇年までとどまったあと、騎士団はスペイン王、カルロス五世皇帝に請願して……」ガットマンはぼってりした三本の指をかざし、一本ずつ数えていった。「マルタ島、ゴゾ島、トリポリの三つの下賜《かし》地を与えられました」

「そうかい」

「そうなのです。しかし下賜にあたって、次のような条件がつけられました」太った男は指を一本つき立てた。「マルタ島が依然としてスペインの領地であり、島を去るときはスペインに返還されることを了承する認《しる》しとして、毎年一羽の鷹を皇帝に献上すること。おわかりですか。皇帝は騎士団に島を与えるが、そこに住むだけで、他人に与えたり売却したりしてはならないという条件をつけたのです」

「なるほど」

太った男は肩越しに、閉まった三つのドアに目をやり、椅子をスペードのほうに数インチ近づけ、声を落とし、ささやくようなかすれ声でいった。「その当時、騎士団が所有していた、測り知れない莫大な富のことをご存じですかな」

「うろ憶えだが、かなりのものだったんだろう」とスペード。

ガットマンは寛大な笑みを浮かべた。「かなりのものというのはいささか控えめな表現ですな」ささやき声はいっそう低くなり、喉にからまった。「財宝のなかに埋まっていたというべきでしょう。どれほど莫大なものであったか、想像もつかないと思います。だれにも想像がつきません。何年ものあいだ、騎士団はサラセン人を餌食にし、おびただしい数の宝石、貴金属、絹、象牙などを奪いつづけました。まさに東方の宝物の中の宝物です。歴史とは、そういうものなのです。騎士団にとっての聖戦とは、聖堂騎士団もそうだったように、もっぱら略奪のことだったのです。

ところで、カルロス皇帝がマルタ島を下賜されたとき、形ばかりの年貢として求めたのは、ごくありふれた一羽の鳥でした。けたはずれなほど富裕な騎士団が、感謝の認しを表明する方法を捜し求めたのは当然の成り行きでした。そしてまさにそのとおりのことを思いついたのです。最初の年の貢物として、つまらない生きた鳥のかわりに、頭から足の先まで、宝物箱の中から選びぬかれた最高の宝石類で飾り立てられた輝かしい金製の鷹の彫像を贈ろうという、素晴しい思いつきが浮かんだのです。再三申しあげますが、騎士団は最高級の宝石を所有していました。アジアの最高級の宝石ぞろいでした」ガットマンは、かすれ声の説明を中断した。艶光りする黒い目が、おだやかなスペードの顔を探るように見た。太った男がたずねた。「いまの話をどう思われますか」

「なんともいえんね」

太った男は柔和な笑みを見せた。「いまの話が事実なのです。実際に起こったことです。教科書にでてくる歴史でも、H・G・ウエルズ氏の世界史でもありませんが、これも歴史であることに相違はありません」身をのりだして先をつづけた。「十二世紀以降の騎士団の古文書はマルタ島に現存しています。無傷とはいえませんがね、三つはのこっているのです」太った男は指を三本あげた。「少なくとも三カ所、この宝石に飾られた鷹に言及している箇所があるのです。J・ドラヴィル・ルルーの『聖ヨハネ騎士団縁起』に一つ。遠まわしな表現ですが、裏づけにはなるものです。それから、これは筆者の死亡時に未完だったため刊行はされませんでしたが、パオリの『聖騎士団の起源と制度』の補遺には、いまお話しした事実を明確に記した箇所があります」

「そいつはいい」とスペード。

「そいつはいい、ですか。さてそこで、騎士団総長のヴィリエ・ド・リラダンは、宝石をちりばめた高さ一フィートの鳥を、サンタンジェロ城でトルコ人奴隷たちに作らせ、スペインにいる皇帝に送ることにしました。騎士団員であるコルミエとかコルヴェールとかいうフランス人の騎士が指揮をとるガレー船に積んで送ったのです。ところが船はスペインにたどりつかなかった」太った男はふたたび声をひそめ、唇をきつく結んで笑みを浮かべ、スペードにたずねかけた。「赤ひげの異名をとったバルバロッサ・ハイレッディンをご存じでしょうか。おや、ご存じないとは。アルジェを本拠地に、当時地中海を荒らしまわっていた有名な海賊ですよ。とにかくこの男が、騎士団の船と鳥を奪ったのです。鳥はアルジェに渡りました。それは事実です。フランス人の歴史家、ピエール・ダンが、アルジェで書いた手紙の中で言及しています。鳥は、アルジェに百年以上とどまり、その後、アルジェの海賊としばらく行動を共にしていたイギリスの冒険家、フランシス・ヴァーニー卿によって持ち去られたというのです。これは事実とは反しているかもしれませんが、ピエール・ダンはそう信じています。それだけで、わたしには充分でしてな。

フランシス・ヴァーニー卿の夫人が著わした『十七世紀におけるヴァーニー家回想録』の中には、この鳥については、確かになにひとつ記載されていません。目を通してみました。一六一五年に、フランシス卿がメッシーナの病院で死んだとき、この鳥を所有していなかったことは間違いありません。卿は無一文だったのです。しかしですな、その頃鳥がシシリー島に渡っていたことはまぎれもない事実です。シシリー島に渡った鳥は、ヴィットリオ・アメデーオ二世の手に落ちていたのです。一七一三年に王位についたしばらく後のことで、退位後、シャンベリーで迎えた妃への贈物の中に加えているのです。この話は事実です。『ヴィットリオ・アメデーオ二世の治世』を著わしたカルッティがはっきりと記載しています。

アメデーオ大公とその妃は、王位への返り咲きを試みてトリノに向かったとき、鳥を一緒に持って行きました。しかしその後、この鳥は、あるスペイン人の手に渡ることになったのです。一七三四年にナポリを攻略した軍隊の一員で、カルロス三世の宰相、フロリダブランカ伯爵、ドン・ホセ・モニーニョ・イ・レドンドの父親にあたる人物です。おそらく鳥は、一八四〇年のカルロス王家の王位継承権戦争の終結まで、同家に所有されていたものと思われます。スペインを追われたカルロス主義者たちがあふれていたパリに、鳥はやがて姿を見せました。その連中の一人が、何者とはわかりませんが、鳥を持ちだしたのでしょう。しかしその人物は、鳥の真価を露ほども知らなかったのだと思います。スペインの王位継承をめぐる内戦中、この鳥はちょっと珍しい彫像程度にしか見えないように、明らかに奪われぬ用心のためペンキかエナメルを塗られていたのです。そして偽装のまま、見せかけの姿に隠された真価に気づくようすがもない愚かな所有者や古物商の手から手に、七十年余にわたってパリ近辺を転々としたわけです」

太った男は一息ついて笑みをのぞかせ、さも惜しむように首を振って先をつづけた。

「なんと七十年もですぞ。この天下の逸品が、パリの薄汚れた裏町を、さよう、まるでフットボール球のように転々としたわけです。そして一九一一年、ハーリラオス・コンスタンティニデスというギリシアの古物商が、怪しげな骨董屋でこの鳥を見つけました。この男はほどなくこの彫像の真価を見ぬき、手に入れたのです。エナメルの厚さも、この男の目と鼻をだますことはできなかった。由来を調べあげ、真の価値を確かめたのは、このハーリラオスという男だったのです。それを知ったわたしはむりやり彫像の由来をあらかた訊きただしました。わたし自身、それ以後、小さな事実をいくつかつけ加えましたがな。

ハーリラオスは、手にした宝物をすぐに現金にしようとしなかった。本物であることが歴然と証明されれば、測り知れない価値をもつこの彫像に驚嘆すべきほどの高値がつくことを見ぬいたのです。もし実現するのであれば、エルサレム聖ヨハネ・イギリス教団、プロシア・ヨハネス教団、あるいはイタリアやドイツでマルタ教団と呼ばれている、古い騎士団の直系の子孫と取引きできないものかと胸算用しおったわけだ。どれもみなたいそう富裕な結社でしてな」

太った男はグラスを掲げ、空になっているのを見て笑みを洩らし、スペードのグラスにも注ごうと腰をあげた。「少しは信じる気になられましたかな」サイフォンを手にしながら、太った男はたずねた。

「信じないとはいわなかったが」

「さよう」ガットマンはふくみ笑いをした。「しかし、信じていらっしゃらないようにお見受けしましたが」腰をおろし、たっぷりと飲み、白いハンカチで口元をたたいた。「ハーリラオスは、歴史をさかのぼる調査のあいだ、安全をはかるために鳥に再度エナメルを塗りました。現在と同じ姿に仕立てたのです。ハーリラオスが彫像を入手してからちょうど一年め、ということは、由来を訊きだしてから三カ月ほどたってからのことでしたが、わたしはロンドンで『タイムズ』を読んでいて、偶然この男の店が襲われ、本人が殺されたことを知りました。そして翌日、わたしはパリに赴きました」太った男は悲しげに首を振った。「彫像は消えていました。わたしは気も狂わんばかりでした。ほかにあの鳥の真価を知っているものがいるとは信じられなかった。ハーリラオスがわたし以外の人間に話したとも思えなかった。店からはかなりの数のものが奪われていました。そこでわたしは、盗んだ人物は鳥の真価を知らずに、ほかの略奪品と一緒についでに盗んでいったのだろうと推測しました。もし、本当の価値を知っていたのなら、まあ、宝石の王冠なら別として、わざわざほかの品物を盗んだりはしないでしょうからな」

ガットマンは目を閉じ、何か腹の中で考えているのか、にっこりと愛想よく笑った。目を開け、「それが十七年前のことでした。再度あの鳥のありかをつきとめるまでに十七年費したということです。しかし、わたしはつきとめました。なんとしても手に入れたかった。わたしは、自分の欲しいものをそうたやすく諦める人間ではありません」笑みが顔中にひろがった。「どうしても手に入れたいと思い、ついに発見したのです。いまも、どうしても欲しいし、必ず手に入れてみせるつもりです」太った男はグラスの中身を飲み干し、唇を拭き、ハンカチをポケットに戻した。「コンスタンチノープル郊外に住む、ケミドフというロシア人の将軍の手元にあることをつきとめました。将軍は、鳥の正体に気づいていなかった。エナメル塗りの黒い彫像にすぎなかったのです。ところが、ロシア人の将軍に特有な、あの生来の天邪鬼ぶりを発揮して、わたしが値をつけたとき、ケミドフは売るのをためらいました。熱心さのあまり、いささかわたしもへまをやってしまったのですな。たいしたへまではなかったのですが。まあ、それはそれとして、わたしはどうしてもあれが欲しかったし、愚かな将軍が正体を調べはじめたり、エナメルを削ったりしないか、とても心配でした。そこで、わたしは、彫像を手に入れるために、使者たちを送ったのです。ところが、その使者たちは彫像を手に入れたのに、わたしの手元には届かなかった」太った男は立ちあがって、テーブルまで空のグラスを運んだ。「しかし、必ず手に入れてみせます。あなたのグラスをどうぞ」

「すると、その鳥は、あんた方のだれのものでもないということだな」とスペード。「正当な所有者はケミドフとかいう将軍なんだろう」

「正当な所有者ですと」太った男は陽気な口ぶりでいった。「正当なということなら、あれはスペイン王のものでしょう。しかし、あれがほんとうにだれのものかということになると、権利は所有者にあるとしかいえません」太った男は雌鶏が鳴くような声をだした。

「あのような手段で人の手から人の手に渡った宝物となれば、しっかりと手にしたものが正当な所有者となるのです」

「じゃ、いまはミス・オショーネシーのものだということだな」

「それはちがいます。わたしの使者として、とはいえるでしょうが」

「なるほどね」スペードは皮肉な口調で応じた。

ガットマンは、ウィスキーの瓶の栓をじっくりと見つめながら、「あの女が持っているのは確かなのでしょうな」

「疑う余地はなさそうだ」

「どこにあるのでしょうか」

「おれも正確には知らない」

太った男は、瓶をテーブルにたたきつけるように置いて、反問した。「知っているといったはずだが」

スペードは片手を意味もなく振り、「時が来れば、どこで手に入れられるかわかっている、という意味でいっただけだ」

ガットマンの顔の桜色のだぶついた肉片が、嬉しそうに寄り集まった。「いまのもそういう意味だったのですかな」

「そうだ」

「では、どこにあるのです」

スペードはにやりと笑って、「そいつはおれにまかせといてくれ。こっちの切札だ」

「いつになるのですかな」

「おれの準備が整いしだいだ」

太った男は口をきつく結び、かすかな苛立ちを示した笑みを浮かべた。「ミスター・スペード。ミス・オショーネシーはいまどこにいるのです」

「おれの手の中さ。安全なところに隠している」

ガットマンはにっこり笑って同意の意を示した。「無理もありませんな。いまの話は信じますよ。ところで、じっくりと値段の話を始めるまえに、一つおこたえいただきたい。鷹をいつ渡してもらえるのですかな。いつその気になっていただけるのですか」

「二、三日中に」

太った男はうなずいた。「それは結構。わたしたちは……おっと、飲物を忘れていました」テーブルに向かい、ウィスキーを注ぎ、炭酸水を加え、スペードの肘の近くにグラスを置き、自分のグラスを高く掲げた。「では、わたしたちいずれにとっても、公正な取引きと充分な利益となることを祈って、乾杯」

二人は飲物を飲んだ。太った男が腰をおろすと、スペードが訊いた。「あんたのいう公正な取引きというのを聞かせてもらおう」

ガットマンはグラスを明かりにかざし、愛《いと》おしむように見つめ、さらに一口たっぷりと飲んでから、「二つの提案があります。どちらも公正な取引きといえるでしょう。お好きなほうを選んでください。第一の提案ですが、鷹をわたしに届けてくださったら、その場で二万五千ドル、わたしがニューヨークに着きしだい、さらに二万五千ドル差しあげます。さもなければ、鷹から得る利益の四分の一、つまり二十五パーセントを進呈することにしましょう。つまり、すぐに手に入る五万ドルか、さよう、数カ月以内に入手できる、はるかにけたはずれな金額か、ということです」

「はるかにというと」スペードは飲物を飲んで、たずねた。

「けたはずれの額です」太った男は繰りかえした。「どれくらいになるか、だれにも見当がつきません。十万ドルか、百万ドルの四分の一になるか。わたしの最低の見積り額を申しあげても、信じてもらえるかどうか」

「それがどうした。かまわんよ」

太った男は唇を鳴らし、低めた声は、喉の奥でごろごろいうつぶやきにかわった。「百万ドルの半分といったら、どうですか」

スペードは目を細めた。「すると、そのなんとかいう代物《ディンガス》（ペニスの意もある）に、二百万ドルの値がつくというのか」

ガットマンは静かな笑みを浮かべた。「あなたのお言葉を借りれば、それがどうした、ということですな」

スペードはグラスを空にし、テーブルに置いた。葉巻をくわえ、また手にとり、じっと見つめ、くわえなおした。黄ばんだ灰色の目がかすかに濁っている。「たいした額だな」

太った男はうなずいた。「たいした額ですとも」身をのりだし、スペードの膝を軽くたたいて、「いま申しあげたのは、ぎりぎりの最低の見積り額です。さもなければ、ハーリラオス・コンスタンティニデスは大馬鹿者ということになりますが、あの男はそうではありませんでした」

スペードはまた葉巻を口から離し、不快げに顔をしかめ、脚のついた灰皿に置いた。両目をきつく閉じ、また開く。目の濁りがひどくなっている。「それが最低の見積り額だというのか。すると、最高は……」Sの発音がまぎれもなく濁って聞こえた。

「最高額ですか」掌を上にしてガットマンは空のグラスをつきだした。「想像するのはやめておきます。気が狂っていると思われかねませんのでな。じつは、想像もつかんのですよ。どこまで高値がつくか測り知れない、というのが唯一の事実といったところでしょう」

スペードはたるみかける下唇を、上唇にひきつけようとした。苛立たしげに首を振りつづけている。目に、おびえた鋭い光が浮かび、深まっていく混濁につつみこまれた。椅子の肘に両手を支えて、スペードは立ちあがった。もう一度首を振り、おぼつかない足どりで一歩前進した。喉にからむ笑い声をあげ、「この野郎」とつぶやいた。

ガットマンは椅子を引いて、勢いよく立ちあがった。垂れた肉片が揺れる。目は、脂ぎった桜色の顔に穿《うが》たれた黒い二つの穴だった。

スペードは首を左右に振りつづけ、濁った目を、焦点の合わぬままドアのほうに向けた。おぼつかなげに、もう一歩踏みだす。

「ウィルマー」太った男が鋭い呼び声をあげた。

ドアが開き、若い男が入って来た。

スペードは三歩めを踏みだした。顔は灰色で、耳の下で顎の筋肉がおできのように脹れあがっている。四歩めのあと、両脚をまっすぐのばしていられなくなり、濁った目はほとんど瞼に隠れていた。五歩め。

若い男がそばに寄り、前方にちょっと離れて、スペードの近くに立った。ドアとスペードとの間には入っていない。若い男の右手は上衣の内側、心臓のあたりを押さえていた。口の両隅がひくひくしている。

スペードは六歩めを試みた。

若い男の脚が、スペードの向こう脛をはらった。相手の脚にけつまずき、スペードは顔から先に床にぶつかった。若い男は、右手を上衣の下にさしのべたまま、スペードを見おろした。立ちあがろうとしている。若い男は右脚を充分にうしろに振り、はずみをつけてスペードのこめかみを蹴った。蹴られて、スペードの体は横ざまに転がった。もう一度立ちあがろうとし、果たせず、意識を失った。

14　パロマ号

午前六時をちょっと過ぎた頃、エレベーターを降りて廊下の角をまがったスペードは、自分のオフィスのドアのくもりガラスを透して、中に黄色い明かりがついているのを認めた。スペードははたと足をとめ、口をきつく結び、廊下の両端に目をやり、ひっそりと機敏な足どりでドアに近づいた。

取手に片手をかけ、カチリとも音を立てずに慎重にまわした。いっぱいにまわしてみたが、鍵がかかっている。取手をそのままにして、スペードは手をもちかえ、左手でつかんだ。鍵がぶつかりあって音を立てぬよう用心深く、右手でポケットから鍵束をとりだす。オフィスのドアの鍵を選りだし、のこりは掌にくるみこみ、ドアの鍵を錠にさしこむ。このときも音はしなかった。スペードは足の親指のつけねのふくらみで体のバランスをとり、胸いっぱいに息を吸いこむと、カチリと錠をあけ、部屋に踏みこんだ。

エフィ・ペリンが腕に頭を支えて眠りこんでいた。腕はデスクの上。コートの上に、スペードのオーバーをケープのように羽織っている。

くぐもった笑い声とともにスペードは息を吐き、後ろでドアを閉め、奥の部屋に向かった。だれもいなかった。彼女のそばに戻り、その肩に手をかけた。

彼女は身じろぎし、眠たげに頭をもたげ、瞼をしばたたかせた。目を見開き、いきなり背筋をしゃんと伸ばし、スペードを見てにっこり笑った。椅子にゆったりともたれかかると、指で目をこすり、「やっとご帰還あそばしたのね。いま、何時かしら」

「六時だ。ここで何をやってる」

彼女は身ぶるいし、スペードのオーバーを体に引き寄せ、あくびをした。「戻るか連絡があるまで、ここで待てといったくせに」

「なんとね。きみはまさに、燃えさかる甲板に踏みとどまる水夫（英詩人ヘマンズの「カサビアンカ」の冒頭の句）だ」

「そんなつもりじゃ……」いいかけてつと立ちあがると、オーバーがうしろの椅子の上に滑り落ちた。スペードの帽子のひさしに隠れかけているこめかみのあたりを、興奮した目で見つめ、大声をあげた。「まあ、その頭、どうしたの」

右のこめかみが黒く脹れあがっている。

「転んだのか、殴られたのか、覚えていない。たいしたけがじゃないが、やけに痛むんだ」スペードは指で触るか触らぬうちに、たじろいで、渋い顔をゆううつな笑みに変え、説明した。「人を訪ね、酒の中にノックアウト・ドロップを盛られ、十二時間後に気がつくと、床でのびていた」

　彼女は手を伸ばし、スペードの帽子を脱がせた。「ひどい傷よ。お医者さんに診《み》せなくっちゃ。そんな頭をして歩きまわるのは無理だわ」

「みかけほどひどくはない。頭痛はすごいがね。盛られた薬のせいだろう」スペードは部屋の隅の洗面台に近づき、ハンカチを水で濡らした。「おれが出かけたあと、何かあったかい」

「ミス・オショーネシーは見つかったの、サム」

「まだだ。おれが出かけたあと、何かあったか」

「地方検事局から電話があったわ。会いたいそうよ」

「検事じきじきにか」

「ええ。そんなふうに聞こえたわ。それから、若い男が来て、伝言を伝えていった。ミスター・ガットマンは、五時半前にぜひともあなたにお会いしたいとか」

　スペードは水をとめ、ハンカチをしぼり、こめかみに当てがいながら戻って来た。「伝言はおれももらった。その若造と下で出会い、ミスター・ガットマンと話をした結果がこのざまだ」

「その人、電話をかけてきたGだったのね、サム」

「そうだ」

「それで、いったい……」

スペードは貫くような目で相手を見つめ、考えをまとめるために話すような口ぶりでしゃべりだした。「そいつは、おれが手に入れられるにちがいないと思いこんでいるある物を欲しがっている。おれは念を押した。五時半前におれと取引きしなければ、そのある物をそいつには渡さないと。そして、ふん、なるほどそういうことだったのか……手に入れるまで数日待たねばならないと教えてやったあと、そいつはおれに薬を盛りやがった。死ぬとは思わなかったはずだ。十時間か十二時間、おれがおとなしくしていることがわかっていた。薬を盛って、おれを邪魔立てできないようにしておき、そのあいだにおれの助けなしで、その品物を手に入れられると踏んだ、というのが正解だろう」スペードは顔をしかめた。「やつの読みが間違っていたらいいんだがな」遠くを見るような目つきがいくらか正常に戻った。「オショーネシーからなにか連絡は」

彼女は否定するように首を振って、「この件とあのひとと何か関係があるのね」

「大ありだ」

「その男が欲しがっている品物は、あのひとのものなんでしょ」

「あるいは、スペイン王のね。なあ、きみには、大学で歴史だかなんだかを教えている叔父さんがいただろう」

「従兄よ。それがどうかしたの」

「四世紀にわたる歴史上の秘密とやらを教えて喜ばせてやっても、しばらく内緒にしておいてもらえるかな」

「ええ、もちろんよ。とてもいい人だから」

「よし。鉛筆とメモ帳だ」

彼女はメモをとる用意をして、椅子に坐った。スペードはハンカチを水で濡らし、こめかみに当て、彼女の前に立つと、騎士団へのカルロス五世の下賜地の話からカルロス党の亡命者であふれるパリにエナメルを塗られた鳥の彫像があらわれるまでにいたる物語を、ガットマンから聞いたとおりに口述し始めた。ガットマンが引用した著作物やその著者の名前を告げる箇所では若干つかえたが、なんとか似通った発音で切りぬけた。人名と書名以外は、熟練したインタビュアーの正確さで繰りかえした。

スペードが話し終えると、彼女はメモ帳を閉じ、明るい笑みを浮かべ、顔をあげた。

「まあっ、ぞくぞくするような話ね。いまの……」

「ああ、あるいは、馬鹿げた話というべきかな。これからそれを従兄のところに持っていって読んで聞かせ、意見を訊いてみてくれ。いまの話といくらかでも関連のある史実に覚えがあるか、あり得る話か、ほんのちょっとでも事実である可能性があるか、それともとんでもないほら話なのか、それを教えてほしい。少し時間が必要だということなら、それもかまわないが、なんらかの意見だけはすぐに訊きだしてほしい。それから、この話は絶対に外には洩らさないこと」

「すぐ出かけるわ。その頭、お医者さんに診てもらいなさいね」

「そのまえに朝飯だ」

「だめよ。わたしはバークレーに行ってから食べるわ。テッドがこの話を聞いてなんというか、一刻も早く知りたいの」

「それはいいが、笑われても泣きわめくんじゃないぞ」


パレス・ホテルでゆったりと朝食をとり、二種類の朝刊に目を通したあと、スペードは家に戻り、ひげを剃り、シャワーを浴び、けがをしたこめかみを氷で冷やし、服を着替えた。

コロネットのブリジッド・オショーネシーの部屋に行ってみたが、だれもいなかった。前に来たときとなにひとつ変っていない。

アレグザンドリアに足を向けたが、ガットマンは不在だった。ガットマンのスイートの同宿者もいない。その同宿者は、太った男の秘書と称するウィルマー・クックと、娘のリアだということがわかった。リアは、茶色の目をした小柄な十七歳の金髪娘で、ホテルの連中の話ではたいそうな美人だという。ガットマンの一行は十日前にニューヨークから到着し、まだ出立していないという話だった。

ベルヴェデールに行くと、雇われ探偵は、ホテルのカフェで朝食をとっていた。

「おはよう、サム。坐って卵でも食えよ」男は、スペードのこめかみを見つめていった。

「ほうっ、しこたまくらったようだな」

「飯はすませてきた」坐りながらスペードはこたえ、こめかみの傷について、「みかけほどひどくはないんだ。ところで、例のカイロの行状はどうだね」

「きのう、あんたがいなくなって三十分もたたぬうちに出て行った。それ以来見かけていない。きのうの夜も、ここでは寝ていないようだ」

「夜遊びをおぼえたのかもな」

「そりゃまあ、あの手の男が大きな町にひとりで来ればな。その頭、だれにどやしつけられたんだ、サム」

「カイロじゃなかったよ」スペードは、ルークのトーストをおおっている小さな銀色の丸蓋をじっと眺めた。「やっこさんがいないうちに、ちょっとばかり家捜しできないかな」

「やれるさ。いつだってあんたにはとことん協力してきたろう」ルークはコーヒー・カップを押しやり、テーブルに両肘をついて、細めた目でスペードを見つめた。「ところが、どうやらそちらさんは、とことん足並みをそろえる気はないらしい。この男のどこがいったいにおうんだ、サム。隠し立てすることはないだろう。おれはまっとうな男なんだぜ」

スペードは銀色の丸蓋から目をあげた。澄んだ、素直な目つきだった。「もちろんだとも。何も隠しちゃいない。正直にぶちまけているんだ。この男のために働いてるんだが、あまりたちの良くないつき合いのあるやつで、少しばかり用心してかかってるだけさ」

「きのう、ここから追いだしてやった若造もその口か」

「ああ、ルーク。あいつもその一人だ」

「マイルズを殺ったのもその連中なのか」

スペードは首を振った。「サーズビーがマイルズを殺した」

「サーズビーを殺したのはだれだ」

スペードはにこっと笑って、「そいつは秘密ってことになってるんだが、じつはおれが殺ったのさ」とこたえた。

ルークは低くうなり、席を立つと、「あんたってやつは、なんとも食えない男だな、サム。行こうか、部屋をのぞいてみよう」

二人はフロントで話をやめ、〝やつが戻って来たら、電話でしらせる〟手はずを時間をかけてルークが係の男にのみこませたあと、カイロの部屋にあがった。ベッドは皺一つなくきちんとなっていたが、くずかごの紙切れ、斜めに引かれたブラインド、浴室に丸めてあった数枚のタオルなどからみて、けさはまだメイドが掃除をしていないようだった。

カイロの荷物は、角ばったトランク、旅行用の手さげ鞄、それに細長くて軽いトランクがそれぞれ一つずつ。浴室の棚にはおしゃれの七つ道具がそろっていた……パウダー、クリーム、軟膏、香水、ローション、トニック類の箱、缶、小瓶。衣裳棚には、スーツが二着とオーバー、丹念に木型をはめた靴が三足。

手さげ鞄と小さなほうのトランクの錠が開けられた。スペードがほかのところを捜し終えたときには、ルークが大きなほうのトランクを開けていた。

「こっちには何もなかった」二人でトランクの中身を調べながら、スペードがいった。

トランクの中にも興味を惹くものはなかった。

「何かとくに捜しものがあるのか」トランクに錠をかけ直して、ルークがたずねた。

「いや。やっこさん、コンスタンチノープルから来たという触れこみになっている。本当かどうか確かめたいんだ。そうじゃないという証拠もみつかっていない」

「なんの商売だ」

スペードは首を振った。「そいつも知りたいんだがね」部屋を横切り、くずかごの上に身をかがめ、「こいつが最後の頼りだ」

スペードはくずかごから新聞をとりだした。前日の『コール』紙だと知って、スペードの目が輝いた。広告ページを外にして折りたたまれている。スペードは新聞を開き、そのページに目を通した。注意を惹くものは見当らない。

ひっくりかえして、たたみこまれていた内側のページに目をやった。金融情報、船舶出入港予定時刻表、天気予報、出生、死亡、結婚、離婚などの記事が載っている。左側の下の隅、二段めの下部が二インチ以上破りとられている。

破りとられたすぐ上に、小さな見出しで、「本日到着船」とあり、その下にこうつづいている。

午前十二時二十分——アストリアよりキャパック号
午前五時五分——グリーンウッドよりヘレン・P・ドリュー号
午前五時六分——バンドンよりアルバラド号

その次の行が少し破りとられていて、「シドニーより」という文字が判読できた。

スペードは『コール』を机に置き、くずかごをのぞきこんだ。包装紙の一部、糸くず、靴下の商品札、半ダース分の靴下の売上伝票、そして底のほうに、小さく丸めた新聞紙の切れはしがあった。

スペードは小さな紙の玉を注意深くひろげ、机にのせて皺をのばし、『コール』の破りとられた箇所にあてはめてみた。両わきはぴったりだったが、丸められていた切れはしの上部と「シドニーより」の部分とのあいだが一インチほど欠けている。六、七隻の船舶の到着を記載するスペースだ。スペードは新聞をひっくりかえしてみたが、裏側の欠けている部分は、株の仲買人の広告で、意味のない箇所だとわかった。

肩越しにのぞきこんだルークがたずねた。「どういうことだ」

「あいつは船に興味があるらしい」

「それがどうした。法に触れるわけでもあるまい」とルーク。スペードは、破りとられたページと皺くちゃの切れはしを一緒に折りたたみ、上衣のポケットにしまいこんだ。「捜しものはすんだのか」ルークがたずねた。

「ああ、ありがとよ、ルーク。やっこさんが帰って来たら、すぐにしらせてくれ」

「いいとも」


スペードは『コール』紙の営業所に足を運び、前日の新聞を一部買い、船舶出入港予定の記事を載せたページを開き、カイロのくずかごから拾って来たものと比べあわせた。欠けている箇所には、こう記載されていた。

午前五時十七分——パペエテ経由シドニーよりタヒチ号
午前六時五分——アストリアよりアドミラル・ピープルズ号
午前八時七分——サン・ピードロよりキャドピーク号
午前八時十七分——サン・ピードロよりシルヴァラード号
午前八時二十五分——ホンコンよりラ・パロマ号

午前九時三分——シアトルよりデイジー・グレイ号

スペードはリストにゆっくり目を通し、読み終えると、「ホンコン」の下に爪で印をつけ、入港予定表を小型ナイフで切りとり、新聞のほうはカイロの部屋の新聞とあわせてくずかごに棄て、オフィスに戻った。

デスクに向かって坐り、電話帳で番号を調べると、スペードは電話をかけた。

「カーニー局一四〇一をお願いします……きのうの朝、ホンコンから到着したパロマ号ですが、停泊中でしょうか」質問をもう一度繰りかえしてから、返事をもらい、礼をいった。

スペードは受話器の架台を親指で短く押しさげ、指を放して、「ダヴェンポート局二〇二〇をお願いします……刑事課にまわしてもらえますか……ポルハウス部長刑事はそちらにおいででしょうか……ありがとう……やあ、トム。サム・スペードだ……ああ、きのうの午後、おまえさんをつかまえようとしたんだ……いいとも、一緒に昼飯でもどうだ……わかった」

親指を再度架台にかけているあいだ、スペードは受話器を耳に押しあてていた。

「ダヴェンポート局〇一七〇をお願いします……もしもし、サミュエル・スペードです。きのう、わたしの秘書が電話で伝言をいただいたそうですが、ブライアン氏がわたしに会いたいとおっしゃっていらっしゃるとか。ご都合のいい時間をうかがってもらえませんか……そうです、スペードといいます。スペルはS・P・A・D・E」長い間合いのあと、「はい、二時半ですね。結構です。お手数をおかけしました」

スペードは四つめの番号を呼びだした。「やあ、ダーリン。シドと話したいんだがね……もしもし、シドか。サムだ。きょうの午後二時半に、地方検事と会うことになった。四時頃、おれのオフィスか検事局に電話をかけて、おれが厄介なことになっていないか確かめてくれ……土曜の午後のゴルフなどくそくらえだ。あんたの仕事は、おれをぶた箱の外に出しておくことなんだぜ……そうだ、シド。じゃあな」

スペードは電話機を押しやり、あくびをして背筋を伸ばし、けがをしたこめかみに手を触れ、腕時計に目をやり、煙草を巻いて火をつけた。そして、エフィ・ペリンが部屋に入って来るまで、眠たげに煙草を喫いつづけた。


エフィ・ペリンは、目を輝かせ、顔をバラ色にして、にっこり笑いながら入って来ると、「テッドは、あの話はほんとかもしれないといってるわ」と報告した。「ほんとならおもしろいんだがな、だって。そっちの分野の専門家ではないんだけど、名前と年代はみんなまちがいないし、少なくともあなたのいった著者名や著作物はまるっきりのいかさまじゃないそうよ。とても興奮してたわ」

「それはよかった。熱をあげすぎて、いかさまかどうか見破れなかったんじゃなければいいいんだがね」

「まあっ、そんな人じゃないわよ。仕事にかけてはとても優秀なんだから」

「なるほどね。ペリン家の人たちはそろいもそろって優秀なんだろうよ。きみも、きみの鼻の頭についている煤もふくめてね」

「テッドは、ペリン姓じゃないの。クリスティ家の人間よ」彼女はうつむいて化粧道具入れの小さな鏡に鼻を映した。「あの火事でついたんだわ」ハンカチの隅で汚れを拭き落とした。

「ペリン＝クリスティ両家の熱情がバークレーに火をつけたというのかい」

桃色の丸いパフで鼻をたたきながら、彼女はしかめっ面でスペードを見つめた。

「帰りに船火事があったの。船は埠頭の外に曳かれて行ったけど、わたしたちのフェリーのそこかしこに煙が吹き寄せてきたわ」

スペードは椅子の肘に両手を置いた。「その船の名前がわかるほど近かったのか」

「ええ。ラ・パロマ号よ。どうかしたの」

スペードは残念そうな笑みを浮かべていった。「どういうことか、こっちが知りたいね、おねえちゃん《シスター》」

15 いかれた連中

スペードとポルハウス部長刑事は、ステイツ・ホフ・ブロウの店のビッグ・ジョンが受けもつテーブルに着いて、塩漬けの豚足を食べた。

淡青色のどろっとしたところを皿と口の中間でフォークにのせたまま手をとめ、ポルハウスが、「いいから聞けよ、サム。あの晩のことは水に流してくれ。もちろん彼が悪かった。だが、あんたにあんなふうにからかわれれば、だれだって頭にくると思わんか」

スペードは刑事をじっくりと見つめて訊き返した。「用件はそのことか」

ポルハウスはうなずき、フォークにのせたどろっとしたところを口に運び、飲みこんで、うなずいた意味を言葉で補った。「おもにそのためだ」

「ダンディにいいつけられたのか」

ポルハウスは不快げに口元をゆがめた。「彼がそんなことをするもんか。あんたにひけをとらない頑固者だ」

スペードは笑みを見せて首を振った。「いや、そうじゃない。自分でそう思ってるだけさ」

トムは顔をしかめ、ナイフで豚足をこまかくした。「あいかわらずガキみたいだな」とブツブツ不平を鳴らし、「どこが気にくわんのだ。たいしたけがをさせたわけじゃないし、あんたのほうが立場がよくなった。いつまで恨んでみてもはじまらんだろう。自分でめんどうごとの種を播いてるだけじゃないか」

スペードはナイフとフォークを慎重にそろえて皿に置き、皿の両わきに手をついた。かすかな笑みに温かみはない。「町中のおまわりが勤務時間が終ってもしゃかりきになって、あと少しぐらいおれをいじめてくれてもかまわんよ。なにをされても、気がつきゃしないさ」

ポルハウスの赤ら顔がいっそう赤くなった。「よくもそんなことをおれにいえるな」

スペードはナイフとフォークを持って食べはじめた。ポルハウスも食べた。

ややあって、スペードが、「港の船火事を見たか」

「煙だけ見た……わきまえろよ、サム。悪かったのはダンディだ。彼もそれを知ってる。それでいいだろう」

「こっちから顔をだし、おれの顎にぶつかってお手々を痛めませんでしたかといわせたいのか」

ポルハウスは乱暴にナイフで豚足を切った。

「フィル・アーチャーは、その後特ダネを配達しに来ないのか」スペードがたずねた。

「いいかげんにしろ。あんたがマイルズを撃ったとは、ダンディも思っちゃいなかったんだ。だが手がかりは放っておけんだろう。逆の立場だったら、おまえもそうしたにきまってる。わかってるんだろう」

「そうかね」スペードの目が意地悪そうに光った。「おれが殺《や》らなかったと、どうして納得したんだ。おまえさんにしても同じことだ。それとも……」

ポルハウスの赤ら顔にまた赤味がさした。「マイルズを撃ったのはサーズビーだ」

「と思ってるだけだろうが」

「まちがいない。あのウェブリーはやつのものだったし、マイルズの体から摘出した弾はその拳銃から発射されたものだ」

「まちがいないのか」スペードが訊きただした。

「絶対にまちがいない」刑事はこたえた。「サーズビーの泊っていたホテルの若いボーイを押さえている。あの朝、やつの部屋で、あの拳銃を見かけている。初めて見た珍しい拳銃だったのではっきり覚えていた。おれも初めてだった。あんたの話じゃ、もうイギリスでは作られていないそうだな。そんな拳銃がいくつも転がっているとは思えんし、もしサーズビーのじゃないとしたら、やつのはどこに消えたのかってことになる。マイルズの体から摘出した弾はあの拳銃から発射されたものにまちがいない」ポルハウスはパンのひとかけらを口に入れかけ、またとりだしてたずねた。「あんたは同じのを前に見たそうだな。どこで見たんだ」そういって、パンを口に放りこんだ。

「戦争前に、イギリスで見た」

「なるほど。そういうことか」

スペードはうなずき、「これで、おれが殺したのはサーズビーだけということになる」

ポルハウスは椅子の中でもじもじし、赤らんだ顔をテカテカさせた。「なんだと。いつまでからむつもりだ」真顔で不平をこぼした。「その件もすんだことだ。自分でも知ってるくせに。こんなことでいつまでもぶつぶついう探偵さんだったのかい。おれたちがやったような、人をぺてんにかける手は使わん男だと思ってたがな」

「ということは、そっちがおれをぺてんにかけようとしたってことだな、トム。ちょっとやってみたと」

ポルハウスは息をつめて悪態をつき、豚足の残りに乱暴にとりかかった。

「いいだろう」とスペード。「あの件はすんだことだ。おまえさんもそれはわかってるし、こっちもわかってる。で、ダンディはどうなんだ」

「彼もわかってる」

「どうしてあいつにわかった」

「よせよ、サム。彼にしたところで、本気でそう思ってたわけじゃない。あんたが……」

スペードはにっこり笑って相手の口を封じた。ポルハウスは、いいかけた台詞をそのままにして、「サーズビーの前歴を洗ってみたんだ」

「ほう。何者だった」

ポルハウスの鋭い茶色の目がスペードの顔をまじまじと見つめた。スペードは苛立った大声で、「おツムの切れるおまえさん方が思ってるほど、おれはこの一件のことを知っちゃいないんだ」

「こっちも同じさ」ポルハウスがブツブツいった。「とにかく、初めに聞いた話では、サーズビーはセントルイスの殺し屋だった。あれやこれやでしょっちゅう挙げられていたが、イーガンの身内だったので、たいして重い罪にはならなかった。なぜそこをおんでたのかは知らんが、ニューヨークではスタッシュ・ゲームの賭場荒らしをやって……情婦にたれこまれたんだがな……ファロンにだしてもらうまで一年間くらいこんでいた。それから二、三年後、こんどはやつのことを馬鹿にしてからかった別の女を拳銃で殴り、ジョリエットにしばらくぶちこまれた。そのあとは、大物のディキシー・モナハンと組むようになったので、パクられてもすぐに釈放されるようになった。ディキシーが、シカゴの賭場をしきっていたギリシア野郎のニックと同じほど羽振りがよかった頃の話だ。サーズビーはディキシーの用心棒をやってたんだが、ディキシーがかなりの借金を払えなかったか、払おうとしなかったために組織ともめごとを起こしたとき、一緒にとんずらをきめこんだ。それが二年ほど前、ニューポート・ビーチのボート・クラブが閉鎖された頃の話だ。あの一件にディキシーが一枚かんでいたかどうかは、おれは知らん。いずれにしろ、それからあとは、こんどの事件まで二人とも鳴りをひそめていた」

「ディキシーも姿をみせたのか」スペードがたずねた。

ポルハウスは首を振って、「いいや」とこたえた。小さな目が探るように鋭くなった。「あんたかだれかが、やつを見かけたというんなら話は別だがね」

スペードはゆったりと坐り直し、煙草を巻きはじめた。「おれは見てない。なにもかも初耳だ」おだやかな口ぶりだった。

「だろうな」ポルハウスは荒く鼻を鳴らした。

スペードはにやりと笑って、「サーズビーについてのネタはどこで仕入れてきたんだ」

「いくつかは警察の記録にある。残りは、まあ、あっちこっちで」

「たとえば、カイロからか」こんどはスペードの目が探るように光った。

ポルハウスはコーヒー・カップを置き、首を振った。「やっこさんからはなにひとつ訊きだせなかった。あんたが悪い知恵をつけたんだろう」

スペードは声をあげて笑った。「おまえさんやダンディのような腕ききの刑事が、一晩かかってもあのすずらん野郎の口を割らすことができなかったってことか」

「一晩かかってというのはどういう意味だ」ポルハウスが反問した。「二時間もお相手はしなかったんだぜ。らちがあかないので、帰らせてしまったんだ」

スペードはまた笑い声をあげ、腕時計に目をやり、ビッグ・ジョンの視線をとらえ、勘定書きを持ってくるよう合図した。「これから地方検事と会う約束になっている」釣銭を待ちながら、スペードがポルハウスに告げた。

「お呼びがかかったのか」

「そうだ」

ポルハウスは椅子をうしろに押しやり、立ちあがった。ビヤ樽腹、長身、がっしりした体軀、無感動な表情。「こんな話をあんたにしたことをしゃべられると、あまりうれしくないんだがな」


耳のとびでたひょろ長い男がスペードを地方検事の執務室に案内した。スペードはさりげない笑みを浮かべ、さりげなく声をかけながら部屋に入った。「やあ、ブライアン」

地方検事のブライアンが立ちあがって、机越しに手を差しのべた。四十五ぐらいの年まわりで、中肉中背、金髪。黒いリボンを垂らした鼻眼鏡の奥の好戦的な青い目、雄弁家の大きすぎる口、顎の先はえくぼをおさめて幅が広い。「元気かね、スペード」とあいさつをした声は内なる力を秘めて鳴り響いた。

二人は握手を交し、腰をおろした。

地方検事は机の上に一列に並んだ四つの真珠色のボタンの一つを指で押し、またドアを開けて顔をだしたひょろ長い男に、「トーマスとヒーリーに、ここに来るよう声をかけてくれ」と命じ、体を揺すって椅子に深々と身を沈め、愛想のいい声でスペードに話しかけた。「このところ警察の連中とそりがあわんようだな」

スペードは右手の指を振って無頓着な仕草を示し、「たいしたことじゃない」と軽くうけながした。「ダンディが熱をあげすぎてるだけさ」

ドアが開き、男が二人入って来た。「よお、トーマス」とスペードが声をかけたのは、三十前後のがっしりした男で、服装も髪もだらしなく乱れていた。男はそばかすだらけの手でスペードの肩をたたき、「どうだ、商売のほうは」と声をかけて、かたわらに坐った。二人めの男は、若く、青白い顔をしていた。みんなから少し離れて坐り、速記用のノートを器用に膝にのせ、緑色の鉛筆を握っている。

スペードはその男の様子をちらっと見てくすくす笑い、ブライアンにたずねかけた。「おれがしゃべることは、法廷で、おれに不利な証拠となりうる、ということだな」

地方検事は顔をほころばせた。「どこでとはかぎらんよ」眼鏡をはずし、じっと見て、また鼻にかけた。眼鏡の奥からスペードを見つめ、「サーズビーを殺したのはだれだ」

「知らんね」とスペード。

ブライアンは黒いリボンを指でこすりながら、わけ知り顔に、「知らんだろうが、はっきり見当はついてるんじゃないのかね」

「見当はつけられるかもしれないが、その気はない」

地方検事の眉が吊りあがった。

「見当をつける気はない」スペードは繰りかえした。のんびりとしている。「おれの推測は的を射てるかもしれないし、とんだ的はずれかもしれない。いずれにしろおれのおふくろは、地方検事や検事補や速記者の前で自分の憶測をしゃべりまくるような頭のおかしな子供には、おれたちを育てなかった」

「なぜいけないんだ。隠し立てすることが何もないんならかまわんだろう」

「だれにでも」スペードは物やわらかにこたえた。「隠しておきたいことの一つや二つはある」

「きみの場合は……」

「たとえば、自分の推測などもその一つだ」

地方検事は机に目を落とし、また上を向いてスペードを見た。眼鏡を鼻に強く押しつけ、

「速記者がいないほうがいいというのなら退席させてもいい。便宜的に同席させただけだ」

「いっこうにかまわんよ」とスペード。「おれがしゃべることは全部書いてもらいたいし、よろこんで署名もする」

「署名をしてほしいとは思っていない」ブライアンは請けあった。「これを、正式な尋問とは考えないでくれたまえ。それからわたしが、警察が導きだした筋書きを少しでも信じているとも思わんでもらいたい。むしろ信じていないといったほうがいい」

「ほう」

「ひとかけらも信じていない」

スペードはため息をついて脚を組んだ。「そう聞いてうれしいね」ポケットに手をつっこみ、煙草と巻紙を探った。「で、あんたはどう考えてるんだ」

ブライアンは身をのりだした。レンズ越しに、きびしい目が光った。「アーチャーがなぜサーズビーを尾行していたのかを教えてくれたら、だれがサーズビーを殺したのかを教えてやる」

スペードの笑い声は短く、侮蔑的だった。「あんたも、ダンディと同じように大まちがいをしている」

「わたしのいったことをとりちがえるな、スペード」ブライアンは両の拳で机をたたいた。「きみの依頼人が殺したとか、人を雇って殺させたとかいってるんじゃない。きみの依頼人がだれか、だれだったのかわかれば、サーズビー殺しの真犯人の目星がすぐにでもつくといってるんだ」

スペードは煙草に火をつけ、一服喫って唇から放し、肺の中の煙を空にすると、困惑げにたずねた。「どういうことか、よくわからんね」

「わからんだと。では、質問を変えよう。ディキシー・モナハンはどこにいる」

スペードの顔には依然として困惑の色が浮かんでいた。「いい換えても同じだ。やっぱりなんのことかわからんね」

地方検事は眼鏡をはずし、強調するように振りまわした。「サーズビーがモナハンの用心棒で、モナハンがシカゴから姿を消したほうがいいと考えたとき、行動をともにしたことはわかっている。姿をくらましたとき、モナハンが二十万ドルにのぼる負債を踏み倒したこともわかっている。だが、貸方がだれだったのかは、まだわからない」ブライアンはまた眼鏡をかけ、むっつりした笑みをのぞかせた。「しかし、借金を踏み倒した賭博師とそいつの用心棒が、貸方に見つけられたらどうなるかはよくわかっている。前にもそんな事件があった」

スペードは唇にしめりをくれ、歯をむきだして醜悪な薄笑いを浮かべた。さがった眉の下で目が光っている。赤味のさした頸が、襟の上にふくれあがった。低い、しわがれた、熱のこもった声で、「で、どうだというんだ。おれが、貸方に雇われてやつを殺したといいたいのか。それとも、おれがやつを見つけだし、殺しはやつらにまかせたとでも」

「ちがう、ちがう」地方検事はいいかえした。「きみは勘ちがいしている」

「勘ちがいならいいんだがね」とスペード。

「そういうつもりでいったんじゃないんだ」トーマスが助け舟をだした。

「じゃ、どんなつもりだったんだ」

ブライアンが片手を振って、「本筋を知らずに巻きこまれたのかもしれない、という意味だ。そういうことも……」

「わかった」スペードはあざ笑った。「おれは悪《わる》じゃない、薄のろだといいたいんだろ」

「馬鹿なことを」ブライアンはしつこくいい張った。「モナハンがこの町にいるらしい、といって、やつを見つけるために、だれかがきみを雇ったとしよう。その人物は、まったくでたらめの話をでっちあげるはずだ……そんな話ならいくつでもつくれる……あるいは、こまかな話はぬきにして、モナハンは借金を踏み倒して逃げた男だという触れこみでもかまわない。そんな具合に話をもちかけられたのなら、本筋など読めるはずがないのも当然だ。ざらに転がっている調査の仕事と区別もつけられないにちがいない。従って、もしこのような状況で仕事を請け負ったのなら、知らずにやってしまったことに、きみは責任をとる必要はない。ただし……」ブライアンは声をひそめ、ことさらもったいをつけ、一つ一つの単語を明確に区切ってつけ加えた。「殺人者の正体とか犯人検挙にかかわる重要な情報を秘匿した場合には、共犯ということになるがね」

スペードの顔から怒りの色が消えた。訊きかえした声音にも怒りはこめられていなかった。

「そういう意味だったのか」

「まさにそのとおり」

「よくわかった。となれば、おれのほうはこれ以上つっぱる気はない。ただし、あんたはやっぱり勘ちがいしている」

「証明してくれ」

スペードは首を振った。「いまは証明できない。話だけだ」

「話だけでもいい」

「ディキシー・モナハンを捜してくれと、おれを雇った人間はいない」

ブライアンとトーマスが目くばせした。ブライアンは視線をスペードに戻し、「しかし、やつの用心棒のサーズビーをどうかしてくれという依頼人はいたはずだ。きみもそれは認めている」

「ああ、モナハンの元用心棒のサーズビーのことなら」

「元というと」

「そう。元ということだ」

「サーズビーがモナハンとつるんでいなかったというのか。それは確かなのか」

スペードは手を伸ばし、机の灰皿に煙草の吸殻を落とした。そして、投げやりな口調で、

「おれの依頼人がモナハンにはまったく関心がなかったことしか確言はできない。一度として関心をもったことはなかった。おれの聞いた話だと、サーズビーはモナハンを東洋に

連れだし、そこで見限ってしまったということらしい」

地方検事と部下はまた目くばせした。

そっけない口ぶりだったが、驚きの色は隠せずに、トーマスが話に割りこんできた。

「新しい展開だ。サーズビーがモナハンを始末したのではないかと考えたやつの仲間が、サーズビーを消したという線も考えられるな」

「死んでしまった賭博師に仲間などいるもんか」とスペード。

「新しい線が二つ考えられる」そういってブライアンは椅子の背にもたれかかり、しばらく天井を見つめたあと、素早く背筋を伸ばした。生き生きした雄弁家の顔つきをしている。

「それで三つの線に狭まるぞ。まず第一は、サーズビーは、シカゴでモナハンが借金を踏み倒した賭博師たちに殺されたという推理だ。サーズビーがモナハンを見限ったということを知らずに、あるいは信じられずに、やつがモナハンの仲間だったという理由で始末したということだ。あるいは、モナハンを片づけるためにはサーズビーが邪魔だったということだったかもしれないし、モナハンの居所を教えなかったので始末したのかもしれない。第二は、サーズビーはモナハンの仲間に殺されたという推理だ。もう一つ考えられる。サーズビーがモナハンを敵に売り、そいつらと仲違《たが》いして殺されたという推理だ」

「四つめもあるぞ」スペードが陽気な笑みをのぞかせて口をはさんだ。「老衰でくたばったというのはどうだ……いったいあんた方は本気でこんな謎々をやってるのか」

ブライアンとトーマスはスペードを睨んだが、どちらもしゃべらなかった。スペードは二人の男に順に笑みをふりまき、憐れみ蔑むような仕草で首を振った。「暗殺された賭博師のアーノルド・ロススタインのことでも考えているんじゃないのかね」

ブライアンは左手の甲を右手の掌に打ちつけた。「いまいった三つの推理のいずれかに正解がある」それまで抑えの利いていた声がうわずってきた。人差指だけを突きだした右の拳が上にあがり、ぐいと下におりてとまり、人差指がスペードの胸元と水平になった。「どの推理が正しいか判断を下せるだけの情報を、きみはもっているはずだ」

「そうかね」スペードはのろのろとこたえた。むっつりとした顔つきをしている。指で下唇に触れ、その指に目をやり、ついでうなじのあたりをその指で掻いた。額にかすかに苛立った皺を寄せ、鼻から荒い息を洩らし、スペードは不快なうなり声を発した。「おれがやれる情報を喜んでもらえるとは思わないがね、ブライアン。役には立たんよ。賭博師仲間の復讐という筋書きが台無しになってしまう」

ブライアンは背筋を伸ばし、両肩をそびやかした。はったりではない、いかめしい口調で、「それを決めるのはきみではない。正しいにせよまちがっているにせよ、いやしくもわたしは地方検事なのだ」

スペードは唇をめくりあげ、犬歯をのぞかせた。「こいつは、非公式の話し合いだったんじゃないのか」

「わたしは一日二十四時間、法のために働いている」とブライアン。「公式だろうと非公式だろうと、犯罪の証拠秘匿を正当化はできない。もちろん例外はある……」意味ありげにうなずいた。「憲法に保障された理由があればな」

「しゃべればおれ自身が不利になるというやつのことか」スペードがたずねた。落ち着いた、おもしろがっているような口ぶりだったが、表情はそうではなかった。「そいつよりもっとましな理由もあるんだぜ。おれにぴったりの理由といってもいい。おれの依頼人たちには、充分に秘密を守ってもらう権利がある。

大陪審とか検死審問に呼ばれてしゃべらされることはあるかもしれないが、まだそのどっちからもお呼びはかかっていないし、やむを得ぬ破目にならないかぎり、おれは依頼人の秘密を触れまわったりはしない。これは絶対に確かなことだ。ついでにもう一度いっておくが、あんた方も警察の連中も、連続殺人事件にかかわっているといっておれを非難した。地方検事局や警察とやりあった経験は前にもある。あんた方に仕掛けられたこの厄介ごとから逃れる最善の道は、証拠からなにからそっくりそろえて、殺人者たちをおれの手で引っ立ててくるしかないようだ。しかも、おれの手でそいつらをつかまえ、証拠をそろえて引っ立ててくるには、あんた方や警察の連中とかかわりをもたないことしかない。あんた方には、この一件の本筋がまるっきりわかっちゃいないからだ」スペードは立ちあがり、肩越しに振り向いて速記者に話しかけた。「いまのを全部書きとったろうな、坊や。

それとも喋り方がちょっと速すぎたかな」

速記者は驚いたようにスペードを見つめて、「そんなことはありません。全部書きとりました」

「よくやった」そういってスペードはブライアンに視線を戻した。「法の執行を妨害したかどで、おれの免許を取り消したいと公安委員会に駆けつけたければ、さっさと行ってくれ。前にもあんたは同じことをやろうとしたが、どうにもできずに人の笑いものになっただろう」スペードは帽子を手にとった。

「ちょっと待て……」ブライアンがいいかけた。

「それからもう一つ」とスペード。「こういった非公式の話し合いはもうごめんだ。あんた方にも警察にも、いうべきことは何もない。市から給料をもらっている町中のいかれた連中に、あれこれ非難されるのにも飽き飽きした。今後おれに会いたければ、逮捕するか召喚状を持ってこい。そうしたら、弁護士を連れて会いに来てやる」スペードは帽子をかぶった。「じゃあな。検死審問で会えるかもしれない」そういってスペードは、肩をいからせて部屋を出た。

16　三つめの殺人

スペードはサッター・ホテルに入って、アレグザンドリアに電話をかけた。ガットマンは不在。ガットマンの連れもいなかった。ベルヴェデールにかけたが、カイロも不在。その日は一度もホテルに顔を見せていないという。

スペードは自分のオフィスに向かった。

派手な服を着た、陽焼けして脂ぎった男がおもての部屋で待っていた。男を指しながら、エフィ・ペリンが、「こちらの方がお会いになりたいそうです、ミスター・スペード」

スペードはにこりと笑って会釈し、奥の部屋のドアを開けた。「お入りください」男の後につづいて奥の部屋に入りかけたスペードが、エフィ・ペリンにたずねた。「あの件で、なにか新しい動きはなかったかい」

「ありませんが」

陽焼けした男は、マーケット通りの映画館主だった。出納係の一人とドアマンが組んで、売り上げの一部を猫ばばしているのではないかと疑っていた。スペードは早々に話を切りあげさせ、〝面倒をみる〟と約束し、五十ドル請求してその場で受けとると、男を追い返した。ものの三十分とかからなかった。

男が廊下に出てドアが閉まると、エフィ・ペリンが奥の部屋に入って来た。陽に焼けた顔が物問いたげに曇っている。「あの人をまだ見つけていないのね」

スペードは首を振り、指の先でこめかみの傷跡のまわりをぐるぐると軽く撫でつづけた。

「具合はどう」彼女がたずねた。

「たいしたことはないが、頭痛はひどかった」

彼女はスペードのうしろにまわり、手をおろさせ、かわりにすらりとした指で傷跡を撫でた。スペードは背中を伸ばし、椅子の背を越えた後頭部を、エフィの胸に押しあてた。

「いい子ちゃんだ」

彼女はスペードの上にうつむくようにして、顔をのぞきこんだ。「あのひとを早く見つけて、サム。丸一日以上たってるのに、あのひと……」

スペードは身じろぎし、苛立たしげに相手の言葉をさえぎった。「なにもしたくないんだ。この痛む頭をあと少しここで休ませてくれたら、あの女を捜しに出かけるよ」

「可哀そうな頭ね」彼女はつぶやいて、しばらくのあいだ黙って撫でつづけた。そして、「あのひとがどこにいるか、あなた、知ってるの。なにか考えでもあるの」とたずねた。

電話のベルが鳴った。スペードは受話器をとり、「もしもし……ああ、シド、うまくいったよ。ありがとう……いや……そうとも。やつは威張りくさっていたが、こっちも負けちゃいなかった……やつは、ギャング仲間の抗争という夢みたいな話を後生大事にあっためている……まあ、別れぎわにキスは交さなかったさ。おれがどんなに偉様かってことを吹きまくって勝手に出てきちまった……そいつは、あんたが心配すればいいことだ……そうだ。じゃあな」スペードは受話器を戻し、また椅子に寄りかかった。

エフィ・ペリンがまわりこんで横に立った。なおもくいさがってくる。「あのひとがどこにいるか、あなた、知ってるの、サム」

「行き先は知ってる」いい渋るような口調だった。

「どこなの」声が弾んだ。

「きみが、燃えているのを見た船だ」

彼女は、茶色い瞳のまわりが白く輪になるまで目を見開いた。「あなた、埠頭に……」

質問ではなく断定する口ぶりだった。

「行かなかった」とスペード。

「サム」怒ったように声を張りあげた。「もしかすると、あのひと……」

「あの女は埠頭に行った」気むずかしい口調だった。「無理やり行かされたんじゃない。あの船が入港したことを知って、きみの家に行くかわりに埠頭に向かった。それがどうしたっていうんだ。どうか手助けをさせてください、と依頼人の後を追いかけまわさなきゃいけないのか」

「でも、サム。わたしが船火事のことを話したのは……」

「正午だった。おれは、ポルハウスと約束があったし、そのあとブライアンにも会うことになっていた」

彼女はきつい瞼のあいだから睨みつけていった。「サム・スペード。あなたって人は、自分がその気になると、世界中のだれよりもいやな人になれるのね。あのひとが、あなたに相談せずになにかをやったのを根にもって、危険な目にあってることを知ってるくせに坐りこんで動こうとしないんだわ。わかってるんでしょ、もしかするとあのひと……」

スペードの顔に赤味がさし、頑なな口調で、「あの女は自分の始末はちゃんとつけられるし、必要なときにはここに救いを求めにくればいいことも心得ている。自分に一番都合のいい頃合いにね」

「意地悪をしてるんだわ」彼女はわめいた。「それだけのことよ。あなたに黙って、あのひとが自分だけの力でなにかをやったから怒ってるんでしょ。いけないの、それが。あなただって、それほど正直じゃないし、あのひとにフェアじゃなかったし、そんなあなたを丸々信じられなかったからといって責められはしないわ」

「もういい」

スペードの声音が、熱っぽい彼女の目につかのま不安げな輝きをもたらした。頭を投げだすようにすると、その輝きが消えた。彼女は口をきつくすぼめていった。「いますぐ埠頭に行ってくれないんなら、わたしが、警察と一緒に行くわよ」声がふるえ、乱れ、かぼそく涙まじりになった。「ああっ、サム、行ってちょうだい」

スペードは悪態をついて立ちあがった。「やれやれ。ここで、ぎゃあぎゃあわめくのを聞いてるより、出かけるほうが頭が休まりそうだな」腕時計を見て、「オフィスを閉めて、帰ってくれ」

「いやよ。あなたが戻って来るまで、ここで待つわ」

「勝手にしろ」スペードは帽子をかぶり、痛みにたじろぎ、脱いだ帽子を手にもって外に出た。

一時間半後、五時二十分すぎに、スペードはオフィスに戻って来た。うれしそうに、帰ってくるなり声をかけた。「なんでそんなにつんつんしてるんだい、スウィートハート」

「わたしが」

「そう、きみがだよ」スペードはエフィ・ペリンの鼻の頭に指の先をのせて押しつぶした。両手を彼女の肘のところまでおろし、まっすぐ体ごと持ちあげて、顎の先にキスをした。スペードは彼女を下におろすと、「留守のあいだに、何かあったかい」

「ベルヴェデール・ホテルのルークなんとかという人が、カイロが帰って来たことをあなたにしらせてきたわ。三十分ぐらい前だったかしら」

スペードは口をきつく結び、向きを変えて大股で一歩踏みだし、ドアに向かいかけた。

「あのひと、見つかったの」彼女が声をかけた。

「戻ったら話す」スペードは足もとめず、急いで出かけた。


タクシーは、オフィスを出て十分もかからずにスペードをベルヴェデールまで運んだ。ルークはロビーにいた。ホテルの探偵は薄笑いを浮かべながら近づいて来ると、あいさつがわりに首を振った。「十五分遅かったな。あんたの小鳥は飛び立っちまったよ」

スペードはツキのなさに悪態をついた。

「荷物ごと引きはらった」ルークはそういって、チョッキのポケットからひしゃげたメモ帳をとりだし、親指にしめりをくれ、ページを繰り、開いたページをスペードのほうにつきだした。「やっこさんを運んだタクシーのナンバーだ。そこまでは調べておいた」

「そりゃどうも」スペードは封筒の裏にナンバーを書きとめ、「行き先は」

「わからん。大きなスーツケースを持ち帰ると、部屋にあがって荷づくりをすませ、荷物を持っておりて来て勘定を払い、タクシーをつかまえ、運転手に告げた行き先をだれにも聞かれずに行っちまった」

「トランクはどうした」

ルークの下唇がだらりと垂れさがった。「なんてことだ。忘れてたぜ。行ってみよう」

二人はカイロの部屋にあがった。トランクは残っていた。蓋は閉まっているが、鍵はかかっていない。蓋を開けると、中は空だった。

「どういうことだ」とルーク。

スペードは無言だった。

オフィスに戻ると、エフィ・ペリンが探るような目でスペードを見あげた。

「一足ちがいだった」スペードは低くうなり、奥の私室に向かった。

彼女が後につづいた。スペードは椅子に坐り、煙草を巻きはじめた。向かいあってデスクに尻をのせると、彼女は足の先をスペードの椅子の角にかけた。「ミス・オショーネシーのほうはどうだったの」彼女がたずねた。

「こっちも空振りだったが、あそこにあらわれたことは確かだ」

「ザ・ラ・パロマ号にってことね」

「ザは余計だ」

「そんなこといいでしょ。やさしくしてよ、サム。早く話して」

スペードは煙草に火をつけ、ライターをポケットにしまい、彼女の脛のあたりを軽くたたいて、「そう、パロマ号にだ。きのうの正午少し過ぎた頃、船に着いた」スペードの眉がさがった。「ということは、フェリー・ビルでタクシーを降り、まっすぐ船に向かったということだ。二つ三つ先の埠頭だった。船長は船にいなかった。ジャコビという名前の船長だが、あの女は名指しで会いたいと告げた。船長は用事で山の手のほうに出かけていた。女が会いに来ることを予期していなかったのかもしれない。とにかく、その時間に来るとは考えていなかったのだろう。女は四時に船長が帰船するまで待ち、それから夕食の時間まで、二人っきりで船長室で過ごした。そのあと一緒に食事をした」

スペードは煙を吸いこみ、吐きだし、横を向いて唇についた黄色い葉をプッと飛ばし、先をつづけた。「夕食のあと、ジャコビ船長にさらに三人の来客があった。一人はガットマン、一人はカイロ、もう一人はガットマンの伝言をきのう届けに来た若造だ。三人は、ブリジッドが船にいるあいだに連れだってあらわれ、船長室で五人そろって話し合いをつづけた。乗組員からはほとんど聞きだせなかったが、口論をしていたらしく、その夜十一時頃、船長室で一発の銃声が轟いた。見張りが駆けつけたが、船長は部屋の外に出て来て、別に何事もないと告げた。船長室の一隅に真新しい弾痕がついていたが、高い位置だったので、人間には弾は当っていないことが一目でわかった。おれの知るかぎり、弾は一発しか発射されていない。といっても、おれの知らないことはいくらでもあるだろうがね」

スペードは煙を吸いこんだ。「連中は真夜中過ぎに船を降りた……船長と四人の来客全員がだ。五人とも、しっかりした足どりだったらしい。見張りがそういっていた。その時間に勤務していた税関の係員はつかまえられなかった。これで話は全部だ。それ以後、船長は帰船していない。きょうの昼に、船舶関係の役人連中と会う約束になっていたのだが、それもすっぽかした。だから、船火事の件で証言もとられていない」

「火事のほうは」

スペードは肩をすくめ、「わからん。火元は船尾の船倉……うしろの地下室のことだ……で、昼前に起こったらしい。夜のうちに火がついた可能性が高い。なんとか消しとめたが、かなりの被害だった。船長がいないので、乗組員はしゃべりたがらない。あれは……」

廊下に通じるドアが開いた。スペードは口を閉じた。エフィ・ペリンはデスクから跳ねおりたが、一足先に一人の男が境のドアを開けていた。

「スペードはいるか」男がたずねた。

その声に、スペードは背筋を伸ばし、椅子の中で身構えた。舌の裏と奥でブクブクいう液体におしふさがれた二つの単語をなんとか発音しようとする、苦しげな、かすれたしわがれ声だった。

エフィ・ペリンは、おびえ、男に道をあけた。

男は、頭とドア枠のてっぺんのあいだで、やわらかな帽子を押しつぶして、戸口に立った。身の丈は七フィート近い。黒いオーバーは鞘のようにまっすぐ長く、首から膝までボタンがかかり、痩身をきわだたせている。つきでた肩は、薄く、骨ばっている。風雨に曝され、年老いて皺の刻みこまれた角ばった顔は濡れた砂の色をし、頰と顎の先が汗で濡れている。血走った黒い狂気の目、垂れた下瞼からのぞく内側の桃色の膜。黄ばんだ爪で終る、黒い袖にくるまれた腕が左胸にきつくかかえこんでいる包みは、細紐で縛られた茶色の包装紙につつまれていた。フットボールの球より少し大きめの、楕円形の包みだった。

のっぽの男は戸口に立ちはだかっている。スペードのいることを認めた気配はまったくない。男は「なあ……」といいかけ、のどの奥にブクブクとこみあげてきた液体に、のこりの言葉が沈んだ。男は楕円形の包みをかかえている手に、もう一方の手を重ねた。直立不動のまま、どちらの手も体を支えようとせず、男の体は木が倒れるように前方に倒れた。

顔色ひとつ変えず、スペードは敏捷に椅子から跳ねおき、倒れかかる男を支えた。そのとき男の口が開き、血がわずかに飛び散り、茶色の包装紙にくるまれた包みが手から落ちて床を転がり、デスクの脚に当ってとまった。ついで、男の膝が折れ、腰がくだけ、鞘状のオーバーにくるまったほっそりした体から力が抜け、腕の中にへたりこんできた。スペードは男の体を支えきれなかった。

スペードは男の体をおろし、横向きに床に長く寝かせた。血走った黒い目から狂気の色が失せ、静かに見開かれている。血を噴きだしたとき開いた口から、もう血は流れていない。男のひょろ長い体は、床と同じように静かに横たわった。

「ドアに鍵をかけろ」スペードが命じた。

歯を鳴らしながらエフィ・ペリンが廊下に通じるドアに鍵をかけているあいだに、スペードは男のそばに膝をつき、あお向けにひっくり返し、オーバーのポケットに手をすべりこませた。すぐに抜きだしたスペードの手は血にまみれていた。血まみれの手を見ても、スペードの顔はぴくりともしない。どこにも触れないようにその手をかざし、もう一方の手でライターをとりだす。火をつけ、痩せた男の目に、順に炎を近づける。瞼、眼球、虹彩——どれも凍ったように静止していた。

スペードは炎を消し、ライターをポケットに戻した。死んだ男のわきまで膝で歩き、きれいなほうの手で、鞘状のオーバーのボタンをはずして開いた。オーバーの内側も血で濡れ、青いダブルの上衣の下はぐっしょりだった。上衣の襟の胸元の合わせめとそのすぐ下のあたりに、ねっとりとしたギザギザの穴がいくつも穿たれている。

スペードは立ちあがり、おもての部屋の洗面台に近づいた。

エフィ・ペリンは、顔を蒼白にし、体をふるわせ、ドアの取手をつかんだ手とガラスに押しあてた背中で体を支えていた。かすれた声で、「その人、その人……」

「ああ。胸を撃ち抜かれている。五、六発くらっているようだ」スペードは手を洗いはじめた。

「放っておけない……」と彼女がいいかけるのを制して、スペードが口をはさんだ。

「医者を呼んでも手遅れだ。下手に動くまえに、考えることがある」手を洗い終えると、洗面台をきれいにした。「これだけくらったんだ。長いこと歩けたはずがない。もしこの男が……なにかしゃべるまで、もってくれたらよかったんだが」スペードは彼女を見て顔をしかめ、もう一度両手をすすぎ、タオルをとった。「しっかりしろ。いまここで吐かれるのはごめんだぞ」タオルを投げ棄て、指で髪を梳いた。「まず、あの包みを調べよう」

スペードは奥の部屋に戻り、死んだ男の脚をまたいで、茶色の包みを拾いあげた。重さを確かめ、目が光った。包みを机に置き、紐の結び目が上になるようにした。きっちりときつく結ばれている。スペードは小型ナイフで細紐を切った。

彼女はドアを離れ、死んだ男の体に触れぬよう、目をそむけたまま、スペードのかたわらににじり寄った。彼女はデスクの角に両手をつき、スペードが紐を解き、茶色の包装紙をわきに押しやるのを見つめた。吐き気にかわって興奮の色が顔に浮かんだ。「これなのね」ささやくようにいった。

「すぐわかる」スペードの太い指は、茶色の包装紙のあとにあらわれた、三枚分の厚みのあるざらざらした灰色の紙の内側をせわしなく探っていた。くすんだ、きびしい顔つき。目が光っている。灰色の紙をとりのぞき、卵形の青白い木毛《もくもう》のかたまりをとりだした。中身は木毛にぴったりとくるまれている。その当てものを指でむしりとると、高さ一フィートほどの鳥の彫像があらわれた。木屑や木毛の切れはしに汚されていない部分は石炭のように黒く艶光りしている。

スペードは高笑いし、片手を鳥の上におろし、広げた指で彫像をわが物顔に鷲づかみにした。もう一方の腕をエフィ・ペリンの体にまわして強く引き寄せる。「おれたちはとうとうこいつを手に入れたぞ、かわい子ちゃん」

「ああっ、痛いわよ」

スペードは腕を放し、両手で黒い鳥の彫像を持ちあげ、まとわりついている木毛をふるい落とした。前方にかざして一歩後ずさり、埃を吹きはらうと、勝ち誇ったような表情を浮かべて眺めた。

エフィ・ペリンが、スペードの足元を指さし、おびえきった顔をして悲鳴をあげた。

スペードは視線を落とした。後ずさりした最後の一歩で、左の踵が死んだ男の手に触れ、掌の端の肉を四分の一インチほど床に踏みつけていた。スペードは、発作的に踵を死体の手からどかした。

電話が鳴った。

スペードはエフィ・ペリンにうなずき、デスクに向きあった彼女が受話器を耳にあてた。

「もしもし……はい、そうです……どなたですか……まあっ、あなたは」目を見開いた。

「はい……わかりました……そのまま切らないで……」彼女の口がきゅうに、おびえて、広く開いた。叫ぶように、「もしもし、もしもし」と話しかけ、架台を鳴らし、また「もしもし」と二度叫んだ。そして、泣きじゃくり、くるりと振り向いて、すぐそばに立っているスペードを見つめた。「ミス・オショーネシーよ」荒々しい口調だった。「あのひと、あなたに来てほしいって。アレグザンドリアにいるわ。危険が迫ってるらしいの。あの声は……ああっ、サム、ひどい声よ……話し終らないうちに、なにかあったみたい。早く助けに行ってあげて、サム」

スペードは鷹をデスクに置き、陰気に眉を寄せた。「こっちを先に始末しなきゃならない」そういって、床の死体を親指で示した。

彼女は、叫びながら、スペードの胸を拳で殴った。「だめよ、早くあのひとのところに行ってあげて。わからないの、サム。この男は、あのひとのものを預っていて、それを持ってあなたのところに来たのよ。まだわからないの。あのひとを助けようとして、あの連中に殺されたんだわ。そして、あのひとはいま……ああ、なんでもいいから、早く行ってあげて」

「わかったよ」スペードは彼女を押しのけ、デスクにかがみこみ、黒い鳥を木毛の巣に戻し、紙でくるみ、手早く、不格好な大きな包みをつくった。「おれが出かけたら、すぐに警察に電話をかけるんだ。ありのままを話せ。だが、特定の名前はいっさい口にするな。知らないことにしろ。電話をとったのはおれだ。出かけなきゃならないとだけはいったが、どことはいわなかったことにするんだ」スペードはもつれた細紐に悪態をつき、力まかせにひっぱって伸ばし、包みを縛りはじめた。「こいつのことだけ忘れてしまえ。ありのままをしゃべればいい。この男が包みを持って来たことだけ忘れるんだ」下唇を嚙んで、「追いつめられるまでは白を切れ。警察の連中が包みのことを知っているようだったら、認めるしかない。そんなことは、まあないだろう。だが、もし知ってたら、おれが、中を開けずに持って行ったというんだ」スペードは紐を結び終え、包みを左腕にかかえて、背筋を伸ばした。「もう一度復習だ。あったとおりのことが起きた。だが、連中が知らなければ、こいつのことだけは省略する。否定するんじゃなく、こいつのことをしゃべらないだけだ。電話をとったのは、おれだ。きみじゃない。きみは、この男となにかかわりのある人間をだれも知らない。この男のこともちろん知らないし、おれと会うまでは、おれの仕事の内容も話すわけにはいかない。こういうことだ。わかったね」

「わかったわ、サム……この人、だれだか知ってるのね」

スペードは狼のようににやりと笑った。「さあね。パロマ号の主、ジャコビ船長だろうな」スペードは帽子をかぶった。死んだ男をじっと見やり、ついで部屋の中を見まわした。

「急いで、サム」泣きつくような口ぶりだった。

「いいとも」スペードは上の空でこたえた。「急ぐとも。警察が来るまえに、よかったらこの床の木毛の切れはしを片づけといてくれないか。それから、シドをつかまえておいたほうがいい。いや、待て」スペードは顎の先を撫でさすった。「やっこさんには、しばらくのあいだこの件は伏せておこう。そのほうがよさそうだ。警察の連中が来るまで、ドアには鍵をかけておく」そういって顎から手を放し、頬を撫でた。「いい坊やだね、きみ《シスター》は」そういって、スペードは部屋を出た。

17　土曜日の夜

スペードは包みを軽く小脇にかかえ、きびきびとした足どりで、用心深くたえずあたりをうかがいながら、ときたま路地や狭い裏庭を抜け、カーニー通りとポスト通りとが交差する角まで行き、通りがかりのタクシーをひろった。

タクシーはスペードを五丁目通りのピクウィック乗合自動車停留所まで運んだ。スペードはそこの手荷物預り所に鳥の包みを預け、切手の貼ってある封筒に半券を入れ、M・F・ホーランドという名前とサンフランシスコ郵便局の私書箱の番号を表書きし、封をして投函した。乗合の停留所から別のタクシーが、スペードをアレグザンドリア・ホテルまで運んだ。

スペードは12Cのスイートまであがり、ドアにノックをくれた。二つめのノックで、小柄な金髪の娘がドアを開けた。きらきら光る黄色い部屋着をつけ、青白いどんよりした顔色をして、内側の取手に両手で必死にしがみついて立っている。「スペードさんですか」あえぎ声だった。

「そうだ」とこたえて、スペードは倒れかかる娘の体を支えた。腕の中で娘の体が反りかえり、頭がのけぞるように垂れた。短い金髪が垂れ落ち、顎の先から胸元にかけて、すらりとした喉首が張りを帯びた曲線を描いた。

抱きとめた腕を、娘の背中にそって上にすべらせ、かがみこんでもう一方の腕を娘の両膝の下にあてがうと、娘は抗《あらが》うように身じろぎし、ほんのわずか唇を開いた。「いや。歩かせてよ」もつれたあいまいな言葉が洩れた。

スペードは娘を歩かせた。ドアを蹴って閉め、部屋の端から端まで、緑色の敷物の上を何度も往復させた。腕を娘の小さな体にまわし、腋の下を支え、別の手で娘のもう一方の腕をしっかりとつかみ、娘がよろけるたびに体をまっすぐにさせ、くずおれそうになるのをくいとめ、むりやり歩かせつづけた。おぼつかない脚にできるだけ自分の体重をかけさせるようにしている。二人は何度も往復した。娘は足どりを乱して倒れそうになり、その勢いにひきずられまいと、スペードは足の親指のつけねに力をこめてバランスを保った。娘の顔は蒼白で、かたく目を閉じている。スペードの顔は陰気で、四方に同時にきびしく目をくばっている。

スペードは単調な口調で娘にしゃべりかけた。「それでいい。左足、右足、左、右……そう、その調子。一、二、三、四、一、二、三、さあ、戻るよ」壁で折り返すときに、スペードは娘の体を揺さぶった。「一、二、三、四……頭をあげて。ようし、いい子だ。左、右、左、右。さあ、向きを変えるよ」また娘の体を揺さぶる。「その調子。歩け、歩け……一、二、三、四。向きを変えて」スペードは前より荒っぽく揺さぶり、歩調を早めた。「ようし、いいぞ。左、右、左、右……さあ、早足で。一、二、三……」

娘は体をふるわせ、音を立てて唾を飲みこんだ。スペードは娘の腕と脇腹をこすって温め、口を相手の耳元に近づけた。「いい調子だ。よくやってるぞ。一、二、三、四。もっと早く、早く、早く……それでいい。歩いて、歩いて。足をあげて、下におろして。いいぞ。さあ、折り返しだ。左、右、左、右……なにをされたんだ、薬を飲まされたのかい。おれが飲まされたのと同じやつかな」

娘の瞼がひきつるように開き、ちらっと曇りを帯びた金茶色の目がのぞき、「イエス」という言葉が洩れかけたが、最後の子音は聞きとれなかった。

二人は歩きつづけた。娘のほうは追いつこうとほとんど駆け足になり、スペードは両手で、黄色い絹の部屋着の上から娘の肌をたたいたり、こねたりしながら、しゃべりつづけた。スペードの目は、きびしく、超然として、用心深い。「左、右、左、右、左、右、向きを変えて。ようし、いい子だ。一、二、三、四、一、二、三、四……顎をあげて。その調子。一、二……」

娘はまたほんのわずか瞼を開き、瞳が左右に弱々しく動いた。

「それでいい」スペードは単調な喋り方をやめ、きびきびとした口調でいった。「目を開けたままにして。もっと開いて、もっと」また娘の体を揺さぶった。

娘は嫌がってうめき声をあげたが、瞼は大きく開いた。だが、目に輝きはない。スペードは手をあげ、娘の頬につづけざまに平手打ちをくわせた。娘はまたうめき、逃れようとした。スペードの腕は娘の体をしっかりとつかみ、部屋の隅から隅へひっ立てるようにして歩かせつづけた。

「歩きつづけるんだ」スペードはきびしい声で命じた。「きみは、だれ」

「リア・ガットマン」娘の声はかすれていたが、聞きとれた。

「娘さんか」

こんどの「イエス」の語尾は濁っていた。

「ブリジッドは、どこ」

リアはスペードの腕の中ではげしく身をひねり、両手でスペードの両腕をつかんだ。スペードは片手を素早く引き、引いた手を見つめた。手の甲に、一インチ半ちょっとの赤く細いひっかき傷がついていた。

「なんてことだ」スペードはうなり、娘の手を調べた。左手は空だった。むりやりこじあけた右手に、翡翠飾りのついた長さ三インチほどの鋼鉄製のブーケのピンが握られていた。

「なんてことだ」もう一度うなり声を発し、スペードは娘の目の前にピンをかざした。

娘はピンを見ると泣きじゃくって、部屋着の胸をはだけ、淡黄色のパジャマの胸元を開き、左の乳房の下を見せた。白い肌に赤く細い線が十字を刻み、ところどころに赤い小さな点がついている。ピンのひっかき傷と刺し跡だった。「目を覚ましていようと……歩いて……あなたが来るまで……きっと来るとあのひとが……なかなか来なかった」娘は倒れかけた。

体にまわした腕に力をこめ、スペードは命じた「歩くんだ」

娘は抗い、身じろぎして、スペードに向きあった。「いや……話をしてから……眠るわ……あのひとを助けて……」

「ブリジッドのことか」スペードが問いつめた。

「そう……連れていかれた……パーリンゲイムの……アンチョ通り……二十六番地……急いで……手遅れに……」娘の頭ががくっと肩に落ちた。

スペードは娘の頭を乱暴に起こし、「そこに連れていったのはだれ。きみのお父さんか」

「ええ……ウィルマー……カイロ……」娘は身もだえし、瞼がひきつったが、目は開かなかった。「……あのひとを殺すわ」娘の頭ががくっとなり、またスペードが起こした。

「ジャコビを撃ったのはだれだ」

質問が聞こえないようだった。娘は頭を起こし、目を開けようとけなげに努め、口ごもった。「行って……あのひと……」

スペードは娘の体を荒っぽく揺さぶった。

「医者が来るまで眠るんじゃない」

娘は恐怖から目を開き、顔のたるみを押しやろうとした。「いけない、いけない」かすれ声で叫んだ。「父が……あたしを殺すわ……だれも呼ばないで……わかってしまう……あたしが……あのひとのために……おねがい……いわないで……大丈夫よ……朝まで……眠れば……」

スペードはまた体を揺さぶった。「ひと晩眠れば薬から醒めるっていうんだね」

「イエ……」頭ががくっと落ちた。

「きみのベッドは」

娘は手をあげかけたが、なにも示すことができずに床を指しただけだった。遊びつかれた幼児の吐息を洩らし、娘は体の力をぬき、ぐったりとした。

床に沈みかけた娘の体を両腕で抱きあげ、胸にぴったりと押しつけて楽々とかかえると、スペードは一番近いドアに近づいた。開くまで取手をまわし、足でドアを開け、開けっぱなしの浴室を過ぎて寝室に通じる廊下を進んだ。寝室をのぞきこみ、からっぽなのを確かめて、娘の体を運びこんだ。だれもいない。目に入った衣服類や小箪笥にのった品物が、男の部屋だということを教えている。

スペードは緑色の敷物の部屋に娘を抱いて戻り、反対側のドアを試してみた。別の廊下を抜け、やはり無人の浴室を通り過ぎ、女物のそろっている寝室に入った。スペードはベッドカバーをめくり、ベッドに娘を横たえ、靴を脱がせ、体を少しかかえあげて黄色い部屋着をするっと剝ぎとり、頭に枕を当てがい、シーッと毛布をかけた。

それから、二つの窓を開け、窓に背を向けて立ち、眠っている娘を凝視した。荒い息をついているが、苦しそうではない。スペードは眉を寄せ、唇をしきりに動かしながら、部屋中を見まわした。黄昏がせまり、部屋は暗くなりかけている。その弱まっていく光の中に、五分ほど立ちつくしていた。やっとスペードは、肉のついたなで肩を苛立たしげに揺すり、スイートのドアに鍵をかけずに外に出た。

スペードは、パウエル通りにあるパシフィック電信電話会社の支局から、ダヴェンポート局二〇二〇番に電話をかけた。「救急病院につないでください……もしもし、アレグザンドリア・ホテルの12Cのスイートに、薬を飲まされた若い女がいます……そうです。すぐに人を行かせて、容態をみさせたほうがいいでしょう……わたしは、アレグザンドリアのフーパーというものです」

スペードは受話器を架台に戻し、声をあげて笑った。ついで、別の番号に電話をかけ、「やあ、フランク。サム・スペードだ……口の固い運転手つきの車をまわしてもらえないか……いますぐ半島の南まで行きたい……二、三時間ですむ……わかった。エリス通りのジョンの店でおれをひろってくれ。早いに越したことはない」

スペードはもうひとつ、自分のオフィスに電話をかけ、一言も口をきかずにしばらく受話器を耳に押しあてたあと、架台に戻した。

ジョンズ・グリルでスペードが、ラム・チョップ、ベイクト・ポテト、輪切りのトマトの注文を給仕に急いで通させ、大急ぎで詰めこみ、コーヒーを飲みながら煙草を喫っていると、格子縞の帽子を斜めにかぶり、青白い目と、陽気で不敵な面がまえをした、若いがっしりした男が店にあらわれ、まっすぐテーブルに近づいて来た。

「用意はいいですぜ、スペードさん。満タンで、いきり立ってます」

「ありがとよ」スペードはコーヒーを飲み干し、がっしりした男と連れだって外に出た。

「バーリンゲイムにあるアンチョという通りだか街道だかを知ってるか」

「いいや。だけど、あるんなら見つけられますよ」

「じゃ、そうしよう」黒いキャディラックのセダンの助手席に坐って、スペードが命じた。

「その通りの二十六番地の家だ。早ければ早いほうがいい。だが、その家の真前ではとめるな」

「合点です」

数ブロックを行くあいだ、沈黙がつづいた。「お仲間が殺されたそうですね、スペードさん」運転手が声をかけた。

「楽な稼業じゃないようですね。おいらはこっちのほうがいい」雌鶏の鳴くような声をだした。

「ああ」

「タクシーの運ちゃんだって、いつまでも生きられるもんじゃない」

「そりゃそうでしょうがね」がっしりした男はうなずいた。「でもやっぱり、こっちのほうが長生きできそうな気がするんですがね」

スペードはなにも見ずに前方に目を凝らし、そのあとは、運転手が世間話をしかけてくるのに飽きるまで、関心もなげに「イエス」と「ノー」を繰りかえしつづけた。


バーリンゲイムのドラッグストアで、運転手はアンチョ通りへの道を教えてもらった。十分後、セダンを暗い街角にとめると、運転手はヘッドライトを消し、前方の一画を指して手を振った。「あのあたりです。通りの反対側、三軒めか四軒めの家でしょう」

「わかった」とスペードはこたえて、車を降りた。「エンジンをかけっぱなしにしておいてくれ。大急ぎで車をだすことになるかもしれない」

スペードは通りの向こう側に渡った。はるか前方に、ぽつんと街灯がひとつともっている。一区画に五、六軒の家がゆったりと並ぶ通りの両側には、夜を照らすもう少し温かみのある明かりが点々とつづいている。高い、細い月は、街灯と同じ冷たく、弱々しい光を放っている。通りの反対側にある一軒の家の開け放たれた窓から、眠たげなラジオの音が流れてくる。

角から二軒めの家の前でスペードは足をとめた。左右のフェンスとはおよそ不釣合いな大きな門柱の一方に、2と6の淡い色の金属製の数字が留められ、ほの暗く光っている。その二つの数字に、四角い白いカードが鋲で留められていた。カードに顔を近づけると、「売家／貸家」の文字が読みとれた。門柱だけで、門扉はない。スペードはセメント道をつたって建物に近づいた。ポーチの階段の手前で足をとめ、しばらく立ちつくした。建物からはなんの物音も聞こえてこない。家全体が暗く、ドアに鋲で留められたもう一枚の白い四角いカードだけがぼんやりと浮きあがっている。

スペードはドアに近づいて耳を澄ました。なにも聞こえない。ドアにはまったガラスから中を覗きこもうとした。カーテンはかかっていないが、中は真暗でなにも見えない。爪先立ちで窓を試し、次の窓に移った。ドアと同じようにカーテンは降りていないが、ここも中は真暗でなにも見えない。開けようと手をかけたが、どちらの窓にも鍵がかかっていた。ドアも試してみたが、同じだった。

スペードはポーチを離れ、不案内な暗い地面に用心深く足を踏みだし、雑草のあいだを縫って建物のめぐりをまわった。横手の窓はどれも高い位置についているので、地面からは手が届かない。裏手のドアと窓には鍵がかかっていた。

スペードは門柱のところに戻り、「売家／貸家」のカードにライターを近づけて、炎を掌でかこった。それには、サンマテオの不動産業者の名前と住所が印刷され、青鉛筆で一行、「鍵は三十一番地に」と書き添えられていた。

スペードは車に戻り、運転手に訊いた。「懐中電灯を持ってるか」

「もちろん」とこたえ、運転手はスペードに手渡した。「なにか手伝いましょうか」

「そうなるかもしれない」スペードは車に乗りこんだ。「三十一番地まで行ってくれ。ライトをつけてもいい」

三十一番地の家は、二十六番地の家からちょっと先に行った通りの反対側にある、四角い灰色の建物だった。二階の窓に明かりがともっている。スペードはポーチにのぼり、呼鈴を押した。濃い髪をした十四、五歳の娘がドアを開けた。スペードは笑みを浮かべ、おじぎをしながらいった。「二十六番地の家の鍵を借りたいんだが」

「パパを呼んでくるわ」娘は大声で「パパ」と叫びながら、家の奥に戻っていった。

赤ら顔、はげ頭、濃い口ひげの太った男が、新聞を手に姿を見せた。

「二十六番地の家の鍵をお借りしたいのですが」とスペード。

でぶの男は疑わしげな顔をして、「あの家には電気が引いてない。なにも見られませんよ」

スペードはポケットを軽くたたいて、「懐中電灯を持っていますから」

でぶの男の顔がいっそう疑わしげになり、そわそわと喉にしめりをくれ、手にした新聞を丸めた。

スペードは名刺を見せ、ポケットに戻し、声をひそめて、「あそこになにか隠されているという情報がありましてね」

でぶの男の顔と口ぶりが真剣になった。「ちょっとお待ちください。ご一緒します」

男は、黒と赤の二色の札のついた真鍮の鍵を持ってすぐに戻って来た。スペードは車のそばを通りかかったとき運転手に合図を送り、運転手も一行に加わった。

「最近、あの家を見に来た人はいませんでしたか」スペードがたずねた。

「わたしは聞いていません」でぶの男がこたえた。「この数カ月、わたしのところに鍵を借りに来たものはいませんでしたよ」

ポーチにのぼるまで、鍵を持ったでぶの男が先に立った。男は、そこで鍵をスペードの手に押しつけ、「さあ、どうぞ」と口ごもり、わきに体を寄せた。

スペードは鍵を開け、ドアを押し開けた。静寂と暗闇。明かりをつけずに左手で懐中電灯を持ち、スペードは中に踏みこんだ。運転手はぴったり後につき、少し離れて、でぶの男がつづいた。一行は家の中を下から上まで隈なく捜した。初めは用心深かったが、なにも不審なものはないことがわかったあとは、捜し方も大胆になった。まちがいなく空き家だった。この数週間に人が訪れた形跡はまったくない。

「ありがとう。用事は全部すんだ」と礼をいい、スペードはアレグザンドリアの前で車を降りた。ホテルに入り、フロントに近づくと、浅黒く生真面目な顔をした、若い長身の男が、「こんばんは、ミスター・スペード」と声をかけてきた。

「こんばんは」スペードはデスクの端に若い男をひっぱっていって、「12Cのガットマンの一行だが、部屋にいるか」

若い男は、スペードに鋭い一瞥をくれ、「いいえ」とこたえた。そして目をそらし、ためらい、またスペードを見て、つぶやくようにつけ加えた。「夕方、あの一行に関連のあることで、奇妙な事件がありました。救急病院に電話をかけ、あの部屋に病気の娘がいると連絡したものがいたんです」

「ところが、そんな娘はいなかった」

「そうなんです。だれもいませんでした。あの一行は、今夜早くにホテルを出立しました」

「いたずら電話ってやつは手に負えんな。ありがとよ」

スペードは電話のブースに行って、ある番号を呼びだした。「もしもし……ペリン夫人ですか……エフィはいまそちらに……ええ、お願いします……どうも

……やあ、いい子ちゃん。うまくいってるかい……それは、それは。待ってくれ。二十

分で行く……そうだ」

三十分後、スペードは九番街にある二階建ての煉瓦づくりの家の前に立ち、呼鈴を押した。エフィ・ペリンがドアを開けた。男の子のような顔立ちに疲労の色がみえたが、笑みを浮かべている。「いらっしゃい、ボス。お入りになって」そこで声をひそめ、「ママになにか訊かれたら、お手やわらかに頼むわよ、サム。とても興奮してるの」

スペードはまかせておけといわんばかりににやりと笑い、彼女の肩をたたいた。

彼女は両手をスペードの腕にかけてたずねた。「ミス・オショーネシーは」

「見つからなかった」スペードは低くうなった。「だまされたんだ。ほんとにあの女の声だったのか」

「ええ」

スペードは不快な顔をした。「一杯くわされた」

彼女はスペードを明るい部屋に案内し、ため息をつき、長椅子の端にどさりと坐ってスペードを見あげた。くたびれきっている様子なのに、陽気な笑みをのぞかせている。

スペードはわきに坐って、「すべてうまくいったのか。あの包みのことは話にでなかったんだろうな」

「一言もでなかったわ。あなたにいわれたとおりに、警察で話しただけ。かかってきた電話が事件になにか関係があり、それであなたが調べに出かけたと考えたんじゃないかしら」

「ダンディもいたのか」

「いいえ。ホフとオガー、あとはわたしの知らない顔がいくつか。署長とも話したわ」

「本署に連れて行かれたんだな」

「もちろんよ。根掘り葉掘り訊かれたわ。だけど、例によって、お定まりのことばかり」

スペードは掌をもみあわせた。「上々だ」そういってから顔をしかめ、「だが、いずれおれが顔をだせば、いろんなことをおっかぶせてくるだろう。あのダンディの野郎はもちろんのこと、ブライアンのやつもな」といって肩を揺すった。「警察以外でだれか顔見知りにでくわさなかったか」

「見かけたわ」彼女は背筋を伸ばした。「あの若い男……ガットマンの伝言を伝えに来た男が、オフィスにいた。部屋の中までは入ってこなかったけど、廊下に通じるドアが開きっぱなしになっていたんで、あの男が立っているのが見えたの」

「あいつのことをしゃべらなかったろうね」

「しゃべらなかったわよ。あなたにそういわれたでしょ。だから、目も向けずにいたんだけど、ちょっとたって見てみると、もういなかったわ」

スペードはにやりと笑いかけた。「ものすごくついてたんだぜ。警察が先に到着してよかった」

「どうして」

「あの若造は悪党だ……もめごとの種なのさ。で、死んだ男はジャコビ船長だったのか」

「そうよ」

スペードは彼女の手を強く握り、立ちあがった。「あちこち駆けまわらなきゃならない。きみは眠ったほうがいい。かなりばててるようだから」

彼女も立ちあがった。「サム。これはいったい……」

スペードは相手の口に手を当てがって、「あとは、月曜までのお楽しみだ。きみのお母さんに見つかるまえに、こっそり退散しよう。可愛い子羊ちゃんを薄汚いどぶの中にひきずりこんだといって、がみがみやられるのはまっぴらだからな」


真夜中少し前に、スペードは家に戻った。通りに面した入口のドアに鍵をさしこんだとき、背後の歩道を気ぜわしく近づいてくる靴音がした。鍵から手を放し、くるりと振り向くと、ブリジッド・オショーネシーが短い階段を駆けあがってきた。彼女は両腕をスペードの体にまわし、抱きつき、息をはずませた。「ああっ、もう帰ってこないんじゃないかと心配してたの」やつれはてた顔が、体中におそいかかるふるえにゆがんだ。

女の体を支えていないほうの手で、スペードは鍵をまさぐり、ドアを開け、なかば抱きかかえるようにして女を中に運びこんだ。「待ってたのか」

「ええ」荒く息をつき、言葉が一語ずつ区切れた。「ちょっと……先の……軒下……で……」

「歩けるのかい。抱いていこうか」

女は首を振り、スペードの肩に頭をあずけた。「だいじょうぶよ……坐らせて……もらえば……わたし……」

二人はスペードの部屋のある階までエレベーターで昇り、廊下をまわりこんで部屋に向かった。スペードがドアの鍵を開けるあいだ、女は腕から離れ、かたわらに立ち、両手を胸に押しあてて荒い息をついていた。スペードは廊下の明かりをつけ、二人は中に入った。スペードがドアを閉め、また片方の腕を女の体にまわし、居間に連れていった。あと一歩で居間のドアにさしかかるとき、居間の明かりがともった。

女は悲鳴をあげ、スペードにしがみついた。

居間のドアのすぐうしろに、太ったガットマンが立ち、寛大な笑みを浮かべて二人を見つめた。二人の背後の台所のドアから、ウィルマーが姿をあらわした。両方の小さな手に握られた黒い二梃の拳銃がやけに大きく見える。カイロは浴室から出て来た。やはり拳銃を持っている。

「さてさて、これでどうやら勢ぞろいのようですな。どうぞお入りになって、お坐りください。くつろいで、おしゃべりをはじめましょう」ガットマンが声をかけた。

18　貧乏くじ

ブリジッド・オショーネシーを両腕で抱きかかえ、女の頭越しにスペードは弱々しい笑みを送った。「いいとも、話し合いを始めよう」

ガットマンは顔中のたるんだ肉片をおどらせて、ドアから三歩よたよたと後ずさった。スペードと女は一緒に部屋に入った。若い男とカイロが後につづいた。カイロは仕切りのところで足をとめた。若い男は一方の拳銃をポケットにしまい、スペードの背後に近づいてきた。

スペードは肩越しに大きく振り向き、若い男に声をかけた。「寄るな。触るんじゃない」

「黙って、じっと立ってろ」と若い男。

スペードの鼻孔が荒い息とともにひっこんだり、めくれあがったりしている。声は平静だった。「寄るんじゃない。おれの体に手を触れたら、拳銃を抜く破目になるぞ。話し合いを始めるまえにおれが撃たれてもいいか、ボスに訊いてみろ」

「放っとけ、ウィルマー」太った男はそういって、スペードに寛大な渋面を向けた。「あなたという人はまったくたいしたお方ですな。さて、坐りましょうか」

「この小僧は好かないといったはずだ」といってスペードは、ブリジッド・オショーネシーを窓際の長椅子に坐らせた。二人はぴったり身を寄せて坐った。女は相手の左肩に頭を預け、スペードは左腕で女の肩を抱いた。女は体のふるえを抑え、あえぐのもやめていた。ガットマンの一行が不意にあらわれたので、ついさっきまでの動物的で、生き生きとめざめていた本来の動作も感情も奪われたのか、いまは鉢植えの植物のようにじっとしている。

ガットマンは背あてのついた揺り椅子に深々と身を沈めた。カイロはテーブルのそばの安楽椅子を選んだ。若いウィルマーは坐ろうとせず、カイロがいたドアの敷居のそばに立ち、外にだしたままの拳銃をだらりと脇に垂らし、反ったまつ毛の下からスペードの体を凝視している。カイロはかたわらのテーブルに拳銃を置いた。

スペードは帽子をとり、長椅子の端に放った。にやりとガットマンに笑いかける。締まりのない下唇と垂れさがった上瞼が、顔中のV字模様とあわさって、漁色家の淫猥な薄笑いになった。「あんたの娘はなかなかいい肌をしてるな。ピンで傷をつけるにはもったいない」

ガットマンはいくぶんぎごちなく、愛想のいい笑みを浮かべた。

敷居に立っていた若い男が、腰まで拳銃を挙げ、短く一歩踏みだした。全員が若い男を見つめた。ブリジッド・オショーネシーとジョエル・カイロの似ても似つかぬ目つきには、奇妙なことに似通ったなじるような色があった。若い男は頬を染め、だしかけた足をひっこめて両脚を伸ばすと、元の位置に立って拳銃を脇に垂らし、まつ毛に隠れた目でスペードの胸元を見つめた。かすかに、しかもほんの一瞬頬に散った赤味は、いつもの冷酷で冷静な顔にはおよそ不似合いなものだった。

ガットマンは、腫れぼったい艶光りする目をまたスペードに向けた。猫撫で声で、「そのとおりです。あんな真似をされねばならないとは……しかし、目的を果したことは、あなたもおわかりでしょう」

ひきつるようにスペードの眉が寄った。「ああまでする必要はなかった。鷹を手に入れしだい、すぐにでもあんたに見せたかったんだ。当り前だろう、現金で買ってくれるお客なんだから。こんな集まりがあるんじゃないのかと期待して、バーリンゲイムまで足を運んだ。ジャコビがおれを見つけるより前に、おれをよそにやっておいて、もう一度やつに会おうとしたんだろうが、あいにく三十分遅れであんたがもたもたしていたとは知らなかったぜ」

ガットマンはくすくす笑った。他意のない、満足げなふくみ笑いだった。「まあ、いずれにしろ、お望みどおりいま、ささやかな集まりをもつことができたわけです」

「こっちも望むところだ。いつ最初の支払いをすませて、おれの手から鷹を持っていってくれるんだね」

ブリジッド・オショーネシーが背筋を伸ばし、おどろいたような青い目でスペードを見つめた。スペードは女の肩をぞんざいに、軽くたたいた。視線は、じっとガットマンの目に注がれている。ガットマンは、厚い肉片のすきまで愉しげに目を輝かせた。「さて、その件ですが」そういうと、上衣の内側に片手を差しのべた。

両手を腿にあてたカイロは坐ったまま身をのりだし、柔らかな唇を開いて息をしていた。黒い目はラッカーで仕上げたように表面が光っている。その目は、スペードの顔からガットマンの顔へ、ガットマンの顔からスペードの顔へと、用心深く焦点を移した。

「さて、その件ですが」ガットマンは同じ言葉を繰りかえし、内ポケットから白い封筒をとりだした。まつ毛になかば隠れた若い男の目もふくめて、五対の目が封筒を見つめた。ガットマンは肉づきのいい手で封筒をひっくり返し、ふたを内側に折りこんだ、封のしてない封筒の無地の表、裏をちらっと確かめる。ガットマンは頭をもたげ、愛想笑いをしながら、スペードの膝めがけて封筒をひょいと投げた。

かさばってはいないが重みのある封筒は、狙いどおりに飛び、スペードの胸の下のほうに当って、腿に落ちた。スペードは慎重に封筒を拾いあげ、女の肩から左手を放し、両手を使って慎重にふたを開いた。中には、千ドル紙幣の、滑らかで折り目のない新札が入っていた。スペードは紙幣をとりだしてかぞえた。十枚。スペードは笑みを浮かべて顔をあげ、ものやわらかな声で、「前に話したときは、もっと多かったと思うんだが」

「そのとおりです。前にお話ししたときは」ガットマンが応じた。「しかしあれは、前の話です。そして、そこにあるのは、まぎれもないほんものの通貨です。口先の十ドルより、手にした一ドルのほうがずっと価値がありますよ」音のない笑い声に顔の肉片が揺れた。揺れがとまると、ガットマンは前よりも真面目に、といっても大真面目とはいえない口ぶりで、「山分けをする仲間が増えましてね」といい、きらきら光る目と大きな頭を、カイロのほうに向けた。「それに……早い話が、状勢が変りましたもので」

ガットマンが話しているあいだに、スペードは十枚の千ドル紙幣の端をとんとんとたたいてそろえ、封筒に戻し、ふたを中に折りこんだ。スペードは膝に腕をのせ、かがみこみ、親指と人差指でつまんだ封筒を脚の間にぶらぶらさせた。太った男への返事は無造作な口調だった。「もちろんそうとも。これでそっちは勢ぞろいだが、鷹を手に入れたのはおれだ」

ジョエル・カイロがしゃべりだした。椅子の肘を不格好な手で握りしめ、身をのりだし、細く甲高い、とり澄ました声だった。「いまさら申しあげるまでもないと思いますが、ミスター・スペード、鷹はあなたがお持ちだとしても、わたしたちはあなたをおさえているのですよ」

スペードはにやりと笑った。「そんなことは気に病まないよう努めてるんだ」背中をまっすぐに伸ばし、封筒を長椅子に置き、ガットマンに話しかけた。「金の話はまたあとでしょう。その前に片づけねばならない問題がある。だれか一人に貧乏くじを引いてもらわなきゃならない」

話が飲みこめずに太った男は顔をしかめたが、しゃべりだすまえにスペードが話を補った。

「警察はどんなことがあってもいけにえを欲しがっている……三つの殺人の犯人に仕立てあげられる人間のことだ。おれたちは……」

かぼそい、うわずった声で、カイロがさえぎった。「二件です。殺人は二件です、ミスター・スペード。あなたのパートナーを殺したのはまちがいもなくサーズビーだったのですから」

「よかろう。じゃ、二件だ」スペードはうなるようにいった。「どっちみち同じことだろう。とにかく警察に、だれかを引き渡さなきゃならないってことは……」

こんどはガットマンが、自信たっぷりな笑みを見せ、人のいい、安心させるような口調で割りこんだ。「わたしたちがあなたに関して見たり聞いたりしたことから考えますと、いまの問題にかかずらうことはないと思いますがな。警察をどう扱うかはあなたにおまかせします。わたしたち素人の出る幕ではありませんから」

「そんなふうに考えてるんだとしたら、勉強不足ってことになる」

「いいですか、ミスター・スペード。たとえわずかでもあなたが警察をおそれているなどということを、いま頃になって信じろとおっしゃっても無理な注文というものです。まさか警察をうまく扱えないとでも……」

スペードは喉と鼻で荒々しい音を立て、また両膝に両手を置き、苛立たしげにガットマンの言葉を中断させた。「警察などこれっぽっちも怖くはないし、扱い方は充分に心得ている。いいたかったのはそこのところだ。やつらをうまく扱うにはいけにえを投げてやるのが一番なんだ。罪をおっかぶせられるだれかをな」

「まあ、それも一つの方法でしょうが……」

「でしょうがもくそもあるか。道はそれしかないんだ」赤味がさした額の下で、スペードの目が熱を帯び、真剣になった。こめかみの傷跡はレバーの茶褐色になっている。「ちゃんとわけがあってしゃべってるんだ。前にも同じ手で切りぬけたことがあるし、こんどもそれで切りぬけるつもりだ。上は最高裁から下はろくでなしどもまで、何度もそうやって話をつけて切りぬけてきた。最後のツケがいつかまわってくることを忘れないようにしてきたから、こうやって生きのびられたんだ。最後のツケがまわってきたとき、目の前にいけにえを引っ立て、〝よう、まぬけども。こいつが、お待ちかねの本ボシだ〟といいながら、本署に行進できる手はずをすべて整えておけるよう心がけている。それさえできれば、どんなお偉方にだって、鼻の頭に親指をつきたててアカンベーをしてやれる。一度でもそれができなくなったら、おれはおしまいだ。これまでは、そんなことは一度もなかった。こんども同じ。単純明快な話だ」

ガットマンの目がちろりと光り、その滑らかな光沢に疑わしげな影がさしたが、目以外の顔の造作は落ち着いた笑みを投げかける桜色の肉片のままで、声音にも不安の色はなかった。「なるほど、たいへんおみごとな方式ですな……まったくみごとです。この件でも、もしそれが実際的なものであれば、わたしもまっさきに、〝ぜひそれでおやりなさい〟と申しあげるでしょう。しかし、この件ばかりは、そうはいきません。どんなにすぐれた方式にも、それがあてはまらない場合があるものでしてな。例外を認めねばならない時が、必ずやってくるのです。賢い人間はあえてそれをうけいれ、例外を認める。つまり、あなたにとっては、この件がその例外なのです。例外を認めるだけの報酬は充分に得られるはずだと申しあげさせてください。いけにえを警察につきだす方式より、ほんの少しやりにくくはなるでしょうが、しかし……」ガットマンは声をあげて笑い、両手をひろげた。「あなたは、厄介ごとを苦になさるお方ではない。なにが起ころうと、あなたは物事の処理のしかたをわきまえ、最後には有利な立場に立てるにちがいないことを、ご自分でも知っていらっしゃる」そこで唇を結び、片方の目を軽く閉じた。「きっとうまくやれますよ」

スペードの目は温かみを失っていた。顔から締まりがなくなり、厚切りの肉片のようにだらしなくなった。「なにをしゃべっているか、ちゃんと心得てるつもりだ」辛抱強い、抑えた口ぶりだった。「ここはおれの町、これはおれの仕事だ。こんどもたしかに、最後にはなんとか切りぬけるだろう。だが次はそうはいかない。おれがうまくぺてんにかけても、すばしっこくかわされて、痛い目にあわされてしまうかもしれない。そんなのはごめんだ。あんた方はニューヨークかコンスタンチノープルかどっかに行っちまってるだろうが、おれはこの町でやっていかなきゃならないんだ」

「しかし、あなたはまちがいなく切りぬけられ……」ガットマンがいいかけた。

「いや、できない」真剣な口ぶりだった。「その気もない。ほんとうだ」スペードは背中を伸ばした。愉しげな笑みが顔にさし、締まりのなさが消えた。愛想のいい、説得するような早口で、「よく聞くんだ、ガットマン。おれは、みんなにとって最善の方法を教えてやってるんだ。誰かに貧乏くじを引かせて警察につきださなければ、連中がいずれ鷹の存在を嗅ぎつけることは目に見えている。そうなれば、たとえどこにいようと、鷹を持って地下に潜らねばならなくなる。そんなことになったら、大儲けをするのも難しくなるはずだ。いけにえさえ用意してやれば、警察はそれ以上追ってこない」

「そこが肝心のところですな」ガットマンがこたえた。目だけにわずかに不安の影がさしているのは、前と同じだった。「はたして警察は、そこで諦めるでしょうか。つきだしたいけにえが新しい手がかりになって、いずれは鷹の存在を嗅ぎつけられてしまうとはいえないでしょうか。逆にこのままなら、警察はこれ以上の捜査を諦めるかもしれません。そっとしておくことが最善の方法だと思いませんか」

スペードの額で、二股になった血管がふくれあがった。「ばかなことをいうな、なにもわかっちゃいないんだな」抑えた口調だった。「連中は眠ってるわけじゃないんだ、ガットマン。チャンスを待ちながら、じっと様子を見ている。まだわからないのか。おれはこの件に首までつかっている。連中もそのことを知っている。時がきて、おれがあることさえやれば、それでなんとかカタがつくが、もしやらなかったら、そうはいかない」また、説き伏せるような口調になった。「いいか、ガットマン。絶対にいけにえをつきださなきゃならないんだ。ほかに方法はない。この小僧をくれてやろう」スペードは敷居口の若い男のほうに愉しげに顎をしゃくった。「サーズビーとジャコビの二人を撃ったのは、どっちみちこいつだったんだろう。いずれにしろ、おあつらえむきだ。必要な証拠を添えて、こいつを警察にくれてやろう」

敷居口の若い男は、小さな笑みのつもりだったのか、口の隅をひきつらせた。スペードの提案に応える変化はそれだけだった。ジョエル・カイロの浅黒い顔は、当惑げに黄ばんで、目と口を大きく開いている。口で息をし、女性的な丸い胸を上下させて、スペードを凝視していた。ブリジッド・オショーネシーはスペードから離れ、長椅子で身をよじってスペードを見つめた。顔に浮かぶとまどいとおどろきの奥に、ヒステリックな笑いを秘めているようだ。

ガットマンはしばらくのあいだ、表情も変えずに静止していた。そして、笑い声をあげはじめた。ほんとうにおかしそうにいつまでも笑いつづけ、艶光りする目に笑い声の楽しさが移るまでやめなかった。ひとしきり笑ったあと、「まったく、あなたはたいしたお方だ」といって、ポケットから白いハンカチをとりだし、目を拭った。「つぎになにをし、なにをいいだすか、予測のつかないお方ですな。いずれにしても、おどろかされることばかりですが」

「笑い話じゃない」スペードは太った男の笑い声に気分を害したふうもなく、気にかけてもいなかった。強情だが聞きわけもある友人を諭すような口調で、「それが最善の道だ。こいつをくれてやれば警察は……」

「しかし、おわかりにならないのですか、あなたは」ガットマンがいいかえした。「たとえほんの一瞬でも、そんなことをわたしが考えたとすれば……まあ、それもとても考えられないことですが。わたしはウィルマーを実の息子同様に思っています。ほんとうです。あなたの提案を、ほんの一瞬でも考慮したとしてですな、鷹やわたしたちのことを洗いざらい警察にしゃべらせずにおけるものでしょうか」

スペードは口をきつく結んだまま笑みを浮かべた。「ほかに手がなければ、捕えるときに抵抗したので殺したことにもできる」おだやかな声だった。「しかし、そこまでやる必要はないだろう。好きなだけしゃべらせればいい。しゃべったところで、だれもなにもしないはずだ。そこのところはまかせといてくれ」

ガットマンの額の桜色の肉がより集まって渋面になった。頭を低くし、顎の先を襟に押しつぶし、「どうやって」とたずねた。それから、顔中のだぶついた肉片をふるわせ、ぶつけあわせて、いきなり頭をあげ、ぎごちなく首をめぐらせて若い男を見つめると高笑いを始めた。「いまの話をどう思うね、ウィルマー。おかしいだろう」

若い男のまつ毛の下の目は、冷たく光る薄茶色だった。はっきりした低い声で、「ああ、とてもおかしい……このくそったれ野郎め」

スペードはブリジッド・オショーネシーに話しかけていた。「具合はどうだ。少しはよくなったかな」

「ええ、ずっとよくなったわ。ただ……」女は声をひそめ、最後の部分は二フィート離れていても聞きとれなかった。「……あたし、怖いの」

「怖がることはない」スペードは無造作にいって、灰色の靴下をはいた女の膝に片手を置いた。「たいしたことは起きやしない。なにか飲むかい」

「いまはけっこうよ」女の声がまた低く沈んだ。「気をつけて、サム」

スペードはにやっと笑って、自分を見つめているガットマンに目をやった。太った男はやさしげに笑い、しばらく黙っていたが、「どうやって」とまたたずねなおした。

スペードはぽかんとした。「なにを、どうやってだ」

太った男はそこでもう一度高笑いと説明をすべきだとみなし、「もしあなたが、いまの提案を本気で考えておられるのなら、最後まで耳を傾けるのがおたがいの礼儀ということになるでしょうな。お聞きしたかったのは、どうやってうまく事を運ぶのかということです」ここで話をとぎらせ、また笑い声をあげた。「ウィルマーにわたしたちの害になるようなことをさせない方法でもあるのですかな」

スペードは首を振った。「いいたくないね。おたがいのためとはいえ、おためごかしに話を聞かれたくはない。放っといてくれ」

太った男は顔中の肉のひだをすぼめ、「それはないでしょう」といいかえした。「あなたはほんとうに人を苛立たせるお方だ。さっき笑ったのは、わたしが悪かった。心からお詫びする。あなたの提案を茶化すつもりは毛頭ありません、ミスター・スペード。たとえとても同意できないものであろうともです。あなたの素早い頭の回転には、大いに敬意も表し驚嘆もしているのですから。いいですか、わたしはあなたの提案が実際的だとはどうしても思えません……ウィルマーを血と肉をわけた実の息子としか思えないという事実を無視してもです。しかし、もし先をつづけて、のこらず聞かせていただければ、わたしの詫びをうけいれてくださったことを示すご好意と解釈いたしましょう」

「それならわかる」とスペード。「ブライアンという男はよくいる地方検事の一人だ。自分の業績が新聞にどう扱われるかをなによりも気にかけている。裁判にもちこんで不利になるくらいなら、確信のもてない事件を放棄するような男なのだ。無実だと信じている容疑者をでっちあげで有罪にしたことがあるとは思わない。が、もし有罪の証拠をかき集め、さまになる形にできそうだとなれば、その容疑者をけっして無罪だとは信じない男でもある。ある男を有罪にする自信があれば、その男と同じほど怪しい共犯者を何人でも釈放してしまうだろう……全員を有罪にしようとして混乱を来たすくらいなら、きっとそうする。餌を投げてやれば、やつはくらいついてくる。鷹のことなど知りたがりもしないだろう。そのことで小僧が何をしゃべろうと、事件をこみいらせようとするがせネタにきまっていると、喜んで自分を納得させるはずだ。そこのところはまかせといてくれ。もし関係者全員を駆り集めようとすれば、陪審員は黒も白もみわけがつかなくなり、公判はもつれてしまうといって聞かせてやる。小僧一人をしっかり押さえておけば、造作もなく有罪にもちこめるとね」

おだやかな拒絶を示す笑みをゆっくりと顔に浮かべ、ガットマンは首を横に振って、「そうはいきません」とこたえた。「残念ながらそううまくいかんでしょう。見込みちがいですな。その地方検事がどんな人物にせよ、サーズビー、ジャコビ、ウィルマーの三人を結びつけるのは無理な相談です。裏の話をぬきにしては……」

「地方検事というのがどういう人種か、あんたは知らないんだ」とスペード。「サーズビーの一件は簡単明瞭だ。やつは殺し屋だったし、この小僧もお仲間だ。やくざ同士の争いという説を、ブライアンはとっくに立てている。気にすることはなにもない。それに、この小僧は一度しか吊るせないんだ。サーズビーの一件で有罪が確定すれば、ジャコビ殺しで起訴するまでもない。小僧の有罪を申し立てる調書でもつくって、あとは放っておけばそれでいい。多分そうだったんだろうが、もし小僧が同じ拳銃を使っていれば、弾も一致する。それでみんな、納得がいくだろう」

「そのとおりだが、しかし……」いいかけてガットマンは、若い男を見た。

若い男はこわばった足どりで、大股に前進し、ほとんど部屋の中央、ガットマンとカイロの中間にさしかかった。そこで足をとめ、上体をわずかにかがめ、両肩をつきだした。拳銃はまだ脇に垂らしたままだが、銃把にかかった握り拳は蒼白になっている。もう一方の手は、小さな拳になって脇に垂れさがっている。若さを消し去れない顔が、名状しがたい、けものの残忍さを示して、白熱した憎悪と青白く冷酷な悪意と化していた。若い男は激情に締めつけられた声で、スペードに向かって、「この屑野郎、立って、ハジキを抜け」と叫んだ。

スペードはにっこり笑った。大きな笑みではなかったが、まぎれもなく愉しんでいる表情だった。

「この屑野郎。肝っ玉があるんなら、立ちあがって撃ってこい。これ以上からかわせておくわけにはいかない」

スペードの愉快げな笑みがひろがった。スペードはガットマンに、「見ろよ、ワイルド・ウェスト・ショーそこのけだ」と声をかけた。口ぶりも、笑みと同じように愉しげだった。「あんたが鷹を手に入れるまえに撃ち合いがあったんじゃまずいってことを教えてやるんだな」

ガットマンも笑みを浮かべようとしたがうまくいかず、斑になった顔に渋面をたたえつづけることになった。乾いた舌で、乾いた唇を舐める。諭すような父親の口ぶりで、砂のようにじゃりじゃりしたしわがれ声が洩れた。「さあ、さあ、ウィルマー。なにも真にうけることはないんだ。いまの話をそんなに気にすることはない。おまえは……」

若い男はスペードから目を離さずに、口の片隅から声をしぼりだした。「なら、おれにかまわせるな。まだつづける気なら眠らせてやる。だれにもとめだてはさせない」

「おとなしくするんだ、ウィルマー」そういってガットマンはスペードに顔を向けた。表情も声音も正常に戻っている。「最初に申しあげたように、あなたの計画は実際的ではありませんな。この話はもう打ちどめにしましょう」

スペードは、二人の顔に順に目をやった。笑みは消えている。顔には表情がまったくない。「おれは、いいたいことをいうまでだ」

「おっしゃるとおりです」素早くガットマンが口をはさんだ。「あなたのそこに、わたしは敬意を表してきました。しかし、この件だけは実際的とは申せません。従って、これ以上の話し合いも無益です。おわかりいただけると思いますがな」

「わからないね」とスペード。「あんたの説明では納得がいかんし、どう説明されても無駄なことだ」ガットマンに向かって眉を寄せ、「はっきりさせよう。あんたとのおしゃべりは時間の無駄ってことなのか。これはあんたがおぜん立てした見世物なんだろう。それともおれに小僧と話をつけろというのか。やり方なら心得てるぜ」

「いや。わたしと話し合えばいい」ガットマンがこたえた。

「わかった。もう一つ別の提案がある。最初のに比べれば見劣りがするが、なんにもないよりはましだ。聞きたいかね」

「もちろん」

「警察にはカイロをくれてやれ」

カイロは、かたわらのテーブルからあわてて拳銃をとりあげ、膝の上で構え、両手できつく握りしめた。銃口は長椅子の端近くの床に向けられている。顔色がまた黄ばんできた。顔から顔にせわしなく注がれる黒い目がどんより濁り、凹凸のない平面になった。

耳にしたことが信じられないという顔をして、ガットマンがたずねた。「なにをしろですと」

「警察にカイロをつきだすのさ」

ガットマンは笑いそうになったが、笑わなかった。そして、「なんと、なんと」とあいまいな口調で大声をあげた。

「小僧をつきだすのに比べればいい手ではない」とスペード。「カイロは殺し屋ではないし、持っている拳銃は、サーズビーとジャコビが撃たれたやつより口径が小さい。カイロに濡れ衣を着せるのは少しめんどうだが、警察にだれもくれてやらないよりはましだ」

カイロは怒りを帯びた甲高い叫び声をあげた。「いっそのこと、あなたに貧乏くじを引いてもらいましょうか、ミスター・スペード。それとも、ミス・オショーネシーにしますか。どうしてもだれかを警察につきださねばならないというのでしたら」

スペードはレヴァント人に笑みを送り、抑揚のない口調でこたえた。「あんた方は鷹を手に入れたがっている。その鷹は、おれが持っている。いけにえは、おれの報酬の一部なんだ。ミス・オショーネシーをどうかという話だが……」スペードの無表情な視線が女の困惑した青白い顔に向けられ、またカイロに戻った。肩をわずかに上下させ、「その役にこのひとが適しているというんなら、喜んで話し合おう」

女は喉首に両手をあてがい、絞めつけられるような短い悲鳴を洩らし、スペードからいっそう体を離した。

興奮のあまり顔と体をひきつらせたカイロがわめいた。「人になにかを押しつけられる立場にいないことを、あなたは忘れている」

スペードは笑い声をあげた。荒々しい、あざけりの笑いだった。

ガットマンがとりいるような声音で口をはさんだ。「さあ、みなさん、友好的に話し合いをつづけませんかな。確かに……」スペードに向かって、「カイロ氏の言にも一理あります。少しお考えくださいませんか……」

「おことわりだね」スペードは荒々しい言葉を無造作に放りだした。「もしおれを殺したら、どうやって鷹を手に入れるんだね。手に入れるまでおれを殺せないことはわかってるんだ。脅してとりあげようたって、そうはいかない」

ガットマンは左に首をかしげ、スペードの言葉を吟味した。ひだの寄った瞼の奥で目が光り、やがて愛想のいい返事をかえした。「ほんとうに殺すとか、殺すと脅すとかではなく、ほかにも説得する方法はあると思いますが」

「あるだろうよ」スペードはうなずいた。「だが、どんな手をつかおうと、裏に死の脅しがこめられていなければ、相手を意のままにはできない。わかるかね。おれの気に入らない手をなにかつかったら、おれは下手に耐えたりはしない。殺せっこないとわかってるんだから、汚い手をつかうのをやめさせるか、ひと思いに殺せとひらき直るだけのことだ」

「よくわかりました」ガットマンはくすくす笑った。「どうやらいまの説明が、どちらの側にとっても、もっともうがった判断といってもよさそうです。人間というものは夢中になると、最大の関心事がどこにあるのかを忘れて、感情に押し流されがちなものですからな」

スペードも温和な笑みを顔いっぱいに浮かべていた。「おれの側からすれば、いまの説明は、おれの立場を有利にし、あんたを不利にする手なんだが、判断力さえ失わせて、おれを殺しかねないほどあんたを怒らせるところまではいっていない」

「まったくたいしたご仁《じん》だ」ガットマンはやさしくいった。

ジョエル・カイロが椅子から跳ねおき、若い男の背後をまわりこんで、ガットマンの椅子の背に近づいた。カイロはかがみこみ、口とガットマンの耳とを空いた手でつい立てのように隠し、ささやきかけた。ガットマンは目を閉じ、耳を傾けている。

スペードはブリジッド・オショーネシーを見てにやりと笑った。女の唇が弱々しげな笑みを返したが、目元は変らない。生気を失ったままだ。スペードはウィルマーに向かって、「二対一で賭けてもいい。おまえはあいつらに売られるんだ、坊や」

若い男はなにもこたえなかった。膝のふるえが、ズボンを小刻みにふるわせ始めた。

スペードはガットマンにいった。「ちんけな西部の無法者が振りまわしてる拳銃のことなら気にしなくてもいいんだぜ」

ガットマンは目を開けた。カイロはささやくのをやめ、太った男の椅子のうしろにまっすぐ立っていた。

「その二人から拳銃をとりあげる予行演習はすませてある。造作もないことだ。その小僧は……」

激情に喉をつまらせた若い男が「そこまでだ」と叫び、ぐいっと拳銃を胸元にあげた。ガットマンが肉のついた手をさっと若い男の手首に伸ばしてつかみ、拳銃を押しさげ、揺り椅子からいそいで巨体を起こした。ジョエル・カイロは小走りに若い男の脇にまわりこみ、もう一方の腕をつかんだ。二人がかりで腕を下に押さえこまれ、もみあっている若い男は、むなしくもがきまわった。争っている男たちの口から言葉が洩れた。若い男の口からは筋の通らない言葉の切れはし。「いいぞ……それ……畜生……煙……」ガットマンは、「さあ、さあ、ウィルマー」を繰りかえし、「いけない、お願いだ」「そんなことをするな、ウィルマー」とカイロ。

スペードが、無表情な顔、ぼんやりした目つきで長椅子から立ち、三人に近寄った。のしかかる重みに耐えきれずに、若い男はもがくのをやめた。腕を押さえたままカイロは、前方に立って、なにごとかなだめるように話しかけている。スペードはカイロをやんわりと押しのけ、左の拳をウィルマーの顎の先端にくりだした。両腕をとられたまま、若い男の頭が勢いよくのけぞるだけのけぞり、はずみで元の位置に戻った。ガットマンが、うろたえて、「これはなんの……」といいかけたとき、スペードは右の拳をまた若い男の顎の先端にめりこませた。

カイロが腕を放し、若い男の体はガットマンの巨大な丸い下腹にくずれ落ちた。カイロは両手の指を固く鉤のように曲げてスペードの顔に爪を立てようと襲いかかった。スペードは息を吐き、レヴァント人を押しのけた。カイロはまた襲いかかった。目に涙をため、怒りにわななく赤い唇がなにか叫びかけたが、言葉にはならなかった。

スペードは笑いながら、うなり声を発した。「まったく、たいした野郎だ」そういって、カイロの顔を平手でぴしゃりと殴り、テーブルのほうにつき飛ばした。カイロは体勢を整え、またもや襲いかかった。スペードは、長い、ごつい両腕をつきだし、カイロの顔に両方の掌を押しつけて押しとどめた。短い腕を相手の顔まで届かせることができずに、カイロはスペードの腕を殴りつづけた。

「やめとけ」スペードがうなった。「痛い目にあいたいのか」

「この大男の卑怯者め」カイロは叫び、後ずさった。

スペードはかがみこんで床からカイロの拳銃を拾いあげ、ついで若い男の拳銃も拾うと、二梃の拳銃を左手に持って立ちあがった。人差指を引金の安全鉄にかけ、さかさにしてぶらさげている。

若い男を揺り椅子に坐らせたガットマンは、おぼつかなげな渋面を浮かべ、困惑した目で男を見つめて立っていた。カイロは椅子の足元に両膝をつき、男のぐったりした手をこすりはじめた。

スペードは若い男の顎の先端に指を触れ、「骨は砕けていない。長椅子に横にしてやろう」といって、男の腕と背中に右手を当てがい、左腕を膝の下にさしのべて軽々と抱きあげ、長椅子に運んだ。

ブリジッド・オショーネシーが素早く立ちあがり、そのあとにスペードは若い男を寝かせた。スペードは右手で男の服をはたき、二梃めの拳銃を見つけ、左手の二梃とあわせると、長椅子に背を向けた。そのときにはカイロが、若い男の頭のそばに坐りこんでいた。

スペードは手の中で拳銃を鳴り合わさせ、陽気な笑いをガットマンに送った。「これでいい、いけにえの用意はできた」

ガットマンの顔は灰色、目は翳りを帯びていた。スペードを見ようともしない。じっと床に目を落として黙りこくっている。

「二度とばかな考えはもたんでくれ」とスペード。「カイロになにかささやかせたのもあんただし、おれが殴ってるあいだ、やつを押さえていたのもあんただ。おれの提案を笑いとばすわけにはいかないぜ。そんなことをしたら、自分の首を絞めることになるんだからな」

ガットマンは敷物の上で足をずらし、沈黙を守りつづけた。

「となると、あんたがいますぐおれの提案に応じるか、おれが鷹と一緒にあんた方全員を警察につきだすかってことになる」

ガットマンは頭をもたげ、歯のすきまからつぶやいた。「それは困りますな」

「それは困る、となると」とスペード。

太った男はため息をつき、顔をしかめ、悲しげにこたえた。「ウィルマーをさしあげよう」

「それはけっこうだね」スペードがこたえた。

19　ロシア人の手口

若い男は長椅子にあおむけに横たわっていた。小さな体は、息をしているのをのぞけば、見た目には死体そっくりだった。ジョエル・カイロがかたわらに坐り、若い男におおいかぶさるようにして、頬と手首をさすり、髪を撫でつけ、耳元にささやき、じっと静止した青白い顔を心配げにのぞきこんでいる。

ブリジッド・オショーネシーはテーブルと壁のすきまに立ち、片手をテーブルに伏せ、もう一方の手を胸に当てていた。下唇を噛みしめ、スペードが自分から目を離すたびに、盗み見ている。スペードに見られると、カイロと若い男のほうに目をやった。

ガットマンの顔からは困惑の色が失せ、ふたたび赤味がさしていた。両手をズボンのポケットにつっこみ、スペードと向きあって立ち、無関心な表情で相手を見守っている。

手の三梃の拳銃をものうげに鳴り合わさせながら、スペードはカイロの丸い背中に顎をしゃくり、ガットマンにたずねた。「あいつは大丈夫か」

「わかりませんな」太った男は落ち着きはらってこたえた。「大丈夫かどうかは、まさにあなたしだいだと思いますが」

スペードの笑みが、顎の先端のV字模様をいっそうきわだたせた。「カイロ」と声をかける。

レヴァント人は、不安げな浅黒い顔を肩越しにねじ向けた。

「坊やをしばらく休ませておけ」とスペード。「もうすぐ警察に引き渡すんだ。目を覚ますまえに細かな点を固めておかなきゃならない」

「そこまでやらなくても、充分お返しはしたじゃないですか」カイロは吐きすてるようにいった。

「いいや」とスペード。

カイロは長椅子から離れ、太った男に近づいた。「警察に渡すのはやめてください、ミスター・ガットマン」哀れっぽい声だった。「おわかりでしょう……」

スペードが割ってはいった。「その話はもうついている。決めなきゃならないのは、おまえはどうするかってことだ。こっちにつくか、それとも出ていくか」

ガットマンの笑みはいくぶん悲しげで、物思いに沈んでいるようにさえ見えたが、こくりとうなずいて、「わたしもそうしたくはない」とレヴァント人に告げた。「だが仕方がない。どうしようもないのだよ」

「どうする、カイロ。こっちにつくか、出ていくか」とスペード。

カイロは唇にしめりをくれ、スペードのほうにゆっくり首をまわした。「もし……」いいかけて生唾を飲みこみ、「わたしに、その……選択の自由がゆるされているのですか」

「もちろん」スペードはもったいぶってうなずいた。「だが、もし返事が〝出ていく〟だったら、おまえもボーイフレンドと一緒に警察行きだ。わかってるだろうな」

「なんということを、ミスター・スペード」ガットマンが異を唱えた。「それではあまりに……」

「勝手に行かすわけにはいかない」とスペード。「こっちにつくか、ブタ箱行きか。あれこれあいまいにはしておけない」ガットマンに向かって顔をしかめ、苛立った大声をあげた。「なんてざまだ。盗みをはたらいたのはこれが最初なのか。あんた方はまるでおカマの一群だ。おつぎはなんだね。膝をついてお祈りでもするのか」スペードは渋面をカイロに向け、「さあ、どっちにする」

「選びようがないでしょう」カイロはあきらめたように小さな肩をすくめた。「残ります」

「よし」スペードはガットマンとブリジッド・オショーネシーに目をやった。「坐ってくれ」

女は、長椅子で気を失っている若い男の足のそばにそっと腰をおろした。ガットマンは背あてのついた揺り椅子に戻り、カイロは肘かけ椅子に坐った。スペードは三梃の拳銃をテーブルに置き、テーブルの角に尻をのせた。腕時計に目をやり、「いま、二時だ。明るくなるまで、鷹は手に入らない。朝の八時ってとこかな。話をまとめる時間はたっぷりある」

ガットマンが空咳をした。「どこにあるのですかな」そうたずねて、あわててつけくわえた。「いえ、たいして気にはしていません。気になるのは、この取引きが完了するまで、おたがいに相手から見えるところにいることが、関係者全員にとって最善の道ではないかということです」ガットマンは長椅子に目を走らせ、スペードに視線を戻して、鋭い口調でたずねた。「あの封筒をお持ちですかな」

スペードは首を振り、長椅子に目をやり、女を見た。目で笑い、「ミス・オショーネシーが持っている」

「ええ、持ってるわ」コートの内側に手を当てがい、女は口ごもった。「長椅子から拾って……」

「いいんだ、持っていてくれ」スペードはガットマンに向かって、「おたがいに相手から見えるところにいよう。鷹は、ここへ持ってこさせる」

「申しぶんありませんな」ガットマンが喉を鳴らした。「ところで、一万ドルとウィルマーをお渡しした見返りに、鷹と一、二時間の猶予をいただきたい……あなたがウィルマーを警察に引き渡すとき、この町にいたくはありませんのでな」

「隠れまわる必要はないんだぜ」とスペード。「心配することはなにもないんだ」

「それはまあ、そうでしょうが、ウィルマーが、あなたのおっしゃる地方検事の尋問をうけているときには、この町を出ていたほうが気が安まりますのでな」

「好きにしろ」とスペード。「お望みとあれば、ここに一日中でもひきとめておいてやる」そういって煙草を巻きはじめた。「細かな点を固めておこう。やつはなぜ、サーズビーを撃った。なぜ、どこで、どうやって、ジャコビを撃ったんだ」

ガットマンは寛大な笑みを浮かべ、首を振り、喉を鳴らした。「そこまでは申しあげられませんな。金とウィルマーをお渡ししたでしょう。それで充分役目は果たしました」

「知っておきたいんだ」スペードは煙草にライターを近づけた。「おれが望んだのは貧乏くじを引かせるいけにえだった。だが罪を着せやすいやつじゃなければ役には立たない。それをまちがいなく知っておくために、なにがどうなっていたのか知っておきたい」スペードは眉を寄せた。「なにをブツブツ文句をいってるんだ。やつをそのまま見逃してしまえば、ぬくぬくはしていられなくなるんだぞ」

ガットマンは身を乗りだし、スペードの脚のそばに置かれたテーブルの上の拳銃に向かって太い指を振った。「有罪の証拠ならそこにいくらでもあります。二人ともそれで撃たれました。二人の男を殺した弾がそこにある拳銃から発射されたことを立証するのは、警察の専門家にとってはいともたやすいことでしょう。それは、あなたもご存じのはずです。

ご自分でそうおっしゃいました。有罪の証拠はそれで充分だと思いますがな」

「かもしれん」スペードはうなずいた。「だが、事情はもっとこみいっている。なにがあったのか、どうしても知っておきたい。つじつまの合わないほころびをふさいでおきたいんだ」

カイロの目が丸く、熱っぽくなった。「後始末は簡単だと請けあったことをすっかり忘れているんじゃありませんか」興奮した浅黒い顔をガットマンに向け、「ごらんなさい。こんなことをすべきじゃないと忠告したでしょう。どうも気に入りません……」

「あんた方がどう思おうと、なにも変りはしない」スペードがそっけなくいった。「いまさら手遅れだし、あんた方は首までどっぷりつかっている。やつはなぜ、サーズビーを撃ったんだ」

ガットマンは腹の上で指をからみあわせ、椅子を揺すった。その声音は、笑みと同じように、心底悲しげだった。「あなたというお方は、まさに比類なき御しがたいご仁だ。そもそもこの一件に、はじめからかかわらせたりしなければよかったのです。ほんとうにそう思いますよ」

スペードは無頓着に手を振った。「あんたもけっこううまくやってきたじゃないか。くさいところにぶちこまれもせずに鷹を手に入れかけている。それ以上なにが望みなんだね」スペードは煙草を口の隅にくわえ、煙草のまわりから声をだした。「いずれにしろ、いまどんな立場にいるかは承知してるはずだ。やつはなぜ、サーズビーを殺した」

ガットマンは椅子を揺するのをやめた。「サーズビーは悪名高い殺し屋で、ミス・オショーネシーの仲間でした。あのような方法で始末してしまえば、ミス・オショーネシーの動きをとめられるし、強面《こわもて》の保護者を失うだけでなく、所詮わたしたちの敵ではないと思い知らせることにもなると考えたのです。いかがですかな。ありのままをお話ししていることがおわかりいただけたと思いますが」

「ああ、その調子でやってくれ。サーズビーが鷹を持っているかもしれないとは考えなかったのか」

ガットマンは首を振り、丸い頬の肉がぶるぶるふるえた。「一瞬たりとも考えませんでした」そうこたえて、やさしげな笑みを見せた。「その点については、ミス・オショーネシーがどんな女性か充分に存じあげていましたものでな。もっともそのときはまだ、パロマ号で運んでもらうようホンコンでジャコビ船長に鷹を預け、自分たちは早くこちらに到着する船に乗りこんだことまでは知りませんでした。そんな事情があったにもかかわらず、やはりわたしたちは、二人のどちらか一人だけが鷹のありかを知っているとして、それがサーズビーだとは夢にも思いませんでした」

スペードは考え深げにうなずき、「サーズビーを始末するまえに、取引きをしようとはしなかったのか」

「もちろんやってみました。あの夜、わたしが直接話してみたのです。二日前に居場所を見つけたウィルマーが、ミス・オショーネシーと会う現場までずっと後をつけようとしました。つけられていることには気づいていなかったのに、その点にかけてはサーズビーはぬかりのない男でした。それであの夜、ウィルマーは相手の滞在しているホテルまで行き、部屋にいないことを確かめ、外で待ちました。サーズビーは、あなたのお仲間を殺したあと、すぐにホテルに戻ったのでしょうな。それはそれとして、ウィルマーは、サーズビーをわたしのところに連れてきました。しかし、手の打ちようがなかった。頑としてミス・オショーネシーに忠義立てをしたのです。そのあとウィルマーはホテルまで後をつけ、ああいう結果になりました」

スペードは一瞬考え、「筋が通ってるようだ。おつぎはジャコビだが」

ガットマンは落ち着きはらった目でスペードを見すえた。「ジャコビ船長を死にいたらしめた責任はすべてミス・オショーネシーにあります」

女が息をのみ、「まあっ」と叫んで、手を口に当てた。

スペードの声は重く、抑揚がなかった。「責任なんてことは、いまはどうでもいい。起こったことを話してくれ」

鋭い視線をスペードに向けたあと、ガットマンはにこりと笑った。「さよう、ご承知のように、カイロ氏がわたしに接触してきました。夜というか、朝方、カイロ氏が警察を出たあと、わたしが呼びにやり、姿を見せてくれたのです。わたしたちは、力を合わせることによって得られる共通の利点を見いだしました」ガットマンはレヴァント人に笑みを向けた。「カイロ氏はすぐれた判断力の持主でいらっしゃる。パロマ号に気づいたのもこの方です。あの朝、船が到着することを新聞の案内欄で見つけ、ジャコビとミス・オショーネシーが一緒にいるところをだれかがホンコンで見かけたという話を思いだしました。ちょうどホンコンでミス・オショーネシーを捜していたときで、はじめはパロマ号に乗船したのではないかとカイロ氏は考えました。あとになって、そうでなかったことを知ったのですがな。とにかくカイロ氏は、新聞で船の入港予定を知り、ホンコンでなにがあったかを正しく推理されたわけです。当地まで運んでくるよう鳥をジャコビに預けたのです。もちろんジャコビは、それがなんであるか知りませんでした。その点にかけては、ミス・オショーネシーはたいへん慎重な方でしたからな」

ガットマンは女に笑みを投げかけ、椅子を二度揺すり、先をつづけた。「カイロ氏とウィルマーとわたしは、ジャコビ船長を訪ね、幸運にもミス・オショーネシーがまだ船にいらっしゃった時間に間に合いました。いろいろな意味で厄介な話し合いになりましたが、やっと真夜中頃、ミス・オショーネシーに条件を提示していただくところまで話が煮つまりました。まあ、こちらがそう考えただけだったのですがな。そのあとわたしたちは下船し、ホテルに向かいました。そこでミス・オショーネシーに金を渡し、鳥を受けとる手はずになっていたのです。この女性と互角に渡りあうには、わたしたち無力な男どもはかなり心せねばならぬようですな。ホテルに向かう途中、この方とジャコビ船長は鷹ともどもわたしたちの指のあいだから、するりと逃げだしてしまわれたのです」ガットマンは愉しげな笑い声をあげた。「まったく、みごとな手際でした」

スペードは女に目をやった。大きく見開かれた、訴えかけるような黒い目が見返してきた。スペードはガットマンにたずねた。「船を降りるまえに火をつけたのか」

「意図したわけではありません」太った男がこたえた。「とはいえ、わたしたち……とりわけウィルマーに船火事の責任があったことは認めましょう。わたしたちが船室で話し合っているあいだ、ウィルマーは鷹を捜しまわっていました。マッチの火を不注意に扱ったことはまちがいありません」

「それは好都合だ」とスペード。「どこかに手ぬかりがあって、ジャコビ殺しのほうでやつを裁判にかけなきゃならなくなったとき、放火の罪で首を吊ってやることもできる。よし、つぎは撃ち合いの一件だ」

「二人を見つけようと、わたしたちは一日中駆けずりまわり、きょうの午後遅くになってやっと見つけだしました。見つけたのかどうか、はじめは確信がありませんでした。ミス・オショーネシーの滞在している場所がわかっただけだったのです。ところが、その部屋の戸口で耳を澄ますと、中で二人が動きまわっている気配がしたので、まちがいなく見つけだしたと確信し、ベルを鳴らしました。だれだとたずねられたので、ドア越しに名乗ると、窓が押しあげられる音がしました。

もちろん、すぐに事情を察しました。それでウィルマーが急いで下に降り、非常階段を見張るために建物の裏手に駆けつけました。そして、路地へ曲がったとたん、鷹をかかえて走ってくるジャコビ船長と鉢合わせしたのです。扱いにくい状勢でしたが、ウィルマーはできるだけのことをやりました。ジャコビを撃ったのです……一発ではありません。しかし、ジャコビは屈強な男で、倒れもしなければ、鷹をとり落としたりもしませんでした。しかも、あまりにも接近していたので、ウィルマーは身をかわすことができなかったのです。ジャコビはウィルマーを倒して駆けつづけました。おわかりでしょうが、午後の真っ盛りのことでした。立ちあがったウィルマーは、一ブロックほど下手《しもて》のほうから警官がやってくるのを認め、追跡をあきらめねばならなかったのです。コロネットの隣りにあたる建物の開けっぱなしの裏口にとびこみ、その建物を抜けて通りにでると、ウィルマーはわたしたちと合流しました……だれにも見とがめられなかったのは運がよかったとしかいえません。

というわけで、わたしたちはまた行きづまってしまいました。ジャコビを逃がした窓を閉めてから、ミス・オショーネシーはカイロ氏とわたしを中に入れてくれたのですが……」ガットマンは思いだし笑いを浮かべた。「わたしたちはこのひとを説得して……さよう、説得です……鷹をあなたに届けるようジャコビに頼んだことを話してもらいました。たとえ途中で警官に見とがめられないとしても、手負いの体で、あなたのオフィスまでは行きつけないだろうと考えましたが、それも神頼みにすぎなかったわけです。そこでわたしたちはもう一度ミス・オショーネシーを説得して、ささやかな協力をお願いしました。ジャコビがたどりつくまえにあなたを横道に逸らさせようと、オフィスに電話をかけてもらったのです。そして、ウィルマーにジャコビの後を追わせました。その方法を決め、ミス・オショーネシーを説得するのに手間どってしまったのはまことに残念でした……」

長椅子の若い男がうめき声を発し、横に体の向きを変えた。目が何度も開いたり、閉じたりした。ブリジッドは立ちあがって、またテーブルと壁のすきまに移った。

「……協力していただこうと思ったのですが」ガットマンがいそいで話を締めくくった。「そんなわけで、わたしたちの手が届くまえに、あなたが鷹を手中におさめてしまわれたのです」

若い男は片方の足を床におろし、肘をついて上体を起こし、目を見開き、もう一方の足をおろし、長椅子に坐り、あたりを見まわした。スペードに焦点が合ったとき、目に浮かんでいた困惑の色が消えた。

カイロが肘かけ椅子から立ちあがり、若い男のそばに行き、腕を相手の肩にかけてなにごとか話しかけた。若い男はすっと立ちあがって、カイロの腕を振りきった。もう一度部屋中に視線を走らせ、またスペードを凝視した。きつい顔をし、体をこわばらせているので、全身がひきつれ、ちぢんでいくように見える。

テーブルの角に尻をのせたスペードは、無頓着に両脚をぶらぶらさせながら、「よく聞くんだ、坊や。ひとあばれしようと近づいて来たら、こんどはおまえの面を蹴ってやるからな。そこに坐って、おとなしく黙っていれば、長生きできるってことだ」

若い男はガットマンを見つめた。

ガットマンはやさしげな笑みを返し、「なあ、ウィルマー。きみを手放すのはほんとうに残念だ。実の息子でもこれほど可愛がりはしなかったということを知っておいてもらいたい。しかし、息子なら失ってもまた新しいのを手に入れられるが、マルタの鷹はこの世に一つしかないのだ」

スペードが高笑いした。

カイロは若い男に近づいて、耳元にささやきかけた。茶褐色の冷酷な目をガットマンの顔に向けたまま、若い男は長椅子に坐った。レヴァント人がそのわきに腰をおろす。

ガットマンはため息を洩らしたが、やさしげな笑みはそのままだった。スペードに向かって、「若いうちは、とかく世間のことがわからんものですな」

カイロはまた若い男の肩に腕をまわし、ささやきかけている。スペードはガットマンを見てにやりと笑い、ブリジッド・オショーネシーに話しかけた。「なにか食べるものを台所で見つくろってくれるとありがたいんだがね。コーヒーもたっぷり欲しい。やってくれるか。おれは、お客さん方のおもてなしをしてなきゃならない」

「いいわ」そういって女は仕切りのドアに向かった。

ガットマンが椅子を揺するのをやめた。「ちょっと待ってくれませんか」太い手をつきだして、「封筒はここに置いていったほうがいいと思いますがね。油のしみをつけたくはないでしょう」

女の目がスペードにたずねかけた。スペードはそっけない口調で、「その金は、まだこいつのものだ」

女はコートの内側に手を伸ばし、封筒をとりだしてスペードに手渡した。スペードはそれをガットマンの膝にぽんと投げ、「失くすのが心配なら尻に敷いてろ」

「誤解なさっておられるようですな」ガットマンはものやわらかな口調で応じた。「そういう意味ではありません。取引きはあくまでもきびしくやりませんとな」ガットマンは封筒のふたを開き、千ドル紙幣をとりだし数をかぞえ、下腹を波打たせてくすくす笑った。「たとえばの話、ごらんなさい、ここには紙幣が九枚しかありません」肉のついた膝と腿の上に、紙幣をひろげて並べた。「あなたにお渡ししたときには、ご承知のように十枚ありました」ガットマンは、愉しげな、勝ち誇った大きな笑みを浮かべた。

スペードはブリジッド・オショーネシーを見つめて、たずねた。「どういうことだ」

女ははげしく首を振った。なにもこたえない。なにかいおうとしたのか、唇だけがわずかに動いた。おびえきった顔をしている。

スペードがガットマンのほうに手を伸ばすと、太った男は紙幣を渡した。スペードは、かぞえて、九枚しかないことを確かめ、ガットマンに返した。立ちあがったスペードの顔は締まりがなく、冷静そのものだった。テーブルの三梃の拳銃を拾いあげ、さばさばした口調で、「どういうことか、はっきりさせたい。さあ……」といって目を合わせずに女にうなずきかけた。「おれたちは浴室に行く。ドアを開けたまま、こっちを見張っている。四階から飛び降りるっていうんなら別だが、浴室のドアの前を通らなければ外には出られない。へんな気を起こさんでくれ」

「おっしゃるとおりですな」とうけて、ガットマンはいいかえした。「そんなふうにわたしたちを脅す必要はありません。無作法というものです。この部屋を出ようなどとはこれっぽっちも思っていません」

「調べがすめば、いろんなことがわかる」辛抱づよく、きっぱりとした口ぶりだった。「こんなことがあると話がややこしくなる。どうしてもこたえを知っておきたい。たいして手間はかからない」スペードは女の肘に触れた。「さあ、行こうか」

ブリジッド・オショーネシーは、浴室に入ってやっと口をきいた。両手をスペードの胸にぴたっと押しあて、きっと顔をあげ、ささやき声でいった。「わたしは盗《と》ってないわ、サム」

「きみが盗ったとは思っていない。だが、確かめておきたい。服を脱いでくれ」

「言葉だけでは信じられないの」

「ああ。服を脱げ」

「いやよ」

「そうか。じゃ、あっちに戻って、やつらの前で服を脱がせる」

女は口に手を当てて後ずさった。丸く見開いた目がおびえている。「ほんとにそんなことをする気なの」指の間から訊いた。

「するとも。あの札がどうなったのか、知っておきたい。どんなにおしとやかにカマトトぶろうと、おれの気は変らない」

「そんなつもりじゃないわ」女はスペードに近づき、男の胸にまた両手を当てがった。「あなたの前で裸になるのを羞ずかしがってるんじゃない……わからないの……こんなのいやよ。むりやりそんなことをさせたら……なにかを台無しにしてしまうのよ」

スペードは声を荒げなかった。「なんの話だ。おれは、あの札がどうなったかを知りたいだけさ。服を脱げ」

女は、目ばたきもしない、黄ばんだ灰色の目を見つめた。顔が桜色になり、また青白くなった。すっと背を伸ばし、服を脱ぎはじめる。スペードは浴槽の縁に坐り、女と開いたドアの両方を見守った。居間からはなんの物音も聞こえない。女はためらいもなく素早く服を脱ぎ、足のまわりに落とした。全裸になると、脱ぎ落とした衣類から足をぬいて後ずさり、スペードを見つめて立った。その仕草には反抗の色も当惑もなく、誇らしげだった。

スペードは拳銃を便座に置き、正面にドアを見すえたまま、床の衣類の前に片膝をついた。一枚ずつ手にとり、指と目で調べる。千ドル札は見つからなかった。調べがすむと、両手に衣類を持ってスペードは立ちあがり、女のほうにさしだしていった。「ありがとよ。これでわかった」

女は衣類をうけとった。なにもいわなかった。スペードは拳銃を拾いあげ、後ろで浴室のドアを閉め、居間に入っていった。

揺り椅子に坐ったガットマンが愛想のいい笑みをよこした。「見つかりましたかな」

長椅子の若い男のわきに坐ったカイロが、物問いたげな濁った目をあげ、スペードを見た。若い男は目をあげなかった。かがみこんで、両手で頭を支え、肘を膝にのせ、足元の床を凝視している。

スペードがガットマンに話しかけた。「いや、見つからなかった。あんたが、掌に隠したんだ」

「わたしが隠したですと」太った男はくすくす笑った。

「そうだ」スペードは手の中の拳銃を鳴らした。「認めるか、それとも体を調べられたいか」

「それはどういう……」

「自分の口から認めるか、おれが調べることになるかだ。ほかに選ぶ道はない」

ガットマンは、スペードのきびしい顔を見あげ、無遠慮な笑い声を立てた。「あなたなら、そうなさるでしょうな。わかっています。こんなことを申しあげてお気を悪くなさるかもしれませんが、あなたはまったくたいしたお方だ」

「あんたが札を掌に隠した」

「さよう。隠しました」太った男はチョッキのポケットからしわになった札をぬきだし、太い腿にのせてしわをのばし、上衣のポケットから九枚の紙幣の入った封筒をとりだして、しわをのばした札を中に加えた。「他愛のないジョークを愉しむくせがありましてな。あのような場合に、あなたがどのような対応をなさるか、拝見したかったのです。百点満点でテストに合格なさったようですな。あれほど単純かつ直接的な方法で真実をお知りになるとは思いも及びませんでした」

スペードはやんわりと相手をあざ笑った。「ガキのやりそうなおふざけだ」

ガットマンはくすくす笑った。

コートと帽子をのぞいて服を着終ったブリジッド・オショーネシーが浴室から出てくると、居間に一歩足を踏みいれ、向きを変え、台所に行って明かりをつけた。

カイロは長椅子の若い男ににじり寄り、また耳元にささやきかけた。男は苛立たしげに肩をすくめた。

手の拳銃からガットマンに視線を移したスペードは、ホールに出て衣裳棚に足を運んだ。戸を開け、トランクの中に拳銃を入れ、戸を閉め、鍵をかけ、その鍵をズボンのポケットにおさめ、台所のドアに向かった。

ブリジッド・オショーネシーが、アルミニウムのパーコレーターに水をいれていた。「食いものは見つかったか」スペードがたずねた。

「ええ」女は頭をあげずにこたえた。冷ややかな声だった。そして、パーコレーターをわきにやり、ドアに近づいて来た。顔を紅潮させ、大きく見開かれたうるんだ目が相手をなじっていた。「わたしに、あんなこと、すべきじゃなかったわ、サム」そっといった。

「どうしても確かめておきたかったんだ、いい子ちゃん」スペードはかがみこみ、女の口に軽くキスをし、居間に戻った。

ガットマンは笑みを浮かべ、白い封筒をスペードにさしだしながら、「もうすぐこれはあなたのものになります。いま、おうけとりになりますかな」

スペードはうけとらずに、肘かけ椅子に坐って、「まだ時間はたっぷりある。分け前についてはまだ話し合いが残っているだろう。一万ドル以上もらうはずだった」

「一万ドルといえば大金です」とガットマン。

「それはおれがつかった台詞だ。大金にはちがいないが、世の中にはもっと金がある」

「確かにそのとおりです。わたしも認めます。しかし、数日の仕事で、しかも簡単に手に入る金額としてはかなりの大金でしょう」

「そんなに簡単だったと思うのか」スペードは訊きかえし、肩をすくめた。「まあ、そうかもしれないが、それがおれの生業《なりわい》でね」

「そうでしょうとも」太った男はうなずき、目元を引き締め、台所のほうに頭をひねって声をひそめた。「あのひととお分けになるのですな」

「それも、こっちの話だ」とスペード。

「でしょうとも」太った男はまたうなずいた。「とはいいましても」と、口ごもり、「一言ご忠告申しあげたいのですが」

「かまわんよ」

「いずれにせよあなたはお金を渡されるのでしょうが、あのひとが自分の取り分にふさわしい金額に達していないと考えた場合は、ご忠告申しあげましょう。用心なさったほうがよろしいかと」

スペードの目があざけるように光った。「すごく用心したほうがいいのかね」

「さよう。すごくです」太った男がこたえた。

スペードはにやりと笑い、煙草を巻きはじめた。

若い男の耳にあいかわらずささやきつづけているカイロは、相手の肩にまた腕をまわしていた。と、いきなり若い男がカイロの腕を押しのけ、長椅子の上で向きを変えて、レヴァント人の顔を正面から見つめた。男の顔には、嫌悪と怒りがこめられている。男は片手で小さな握り拳をつくり、相手の口を殴った。カイロは女のような悲鳴をあげ、長椅子の端に退却した。ポケットから絹のハンカチをとりだし、口に押し当てる。ハンカチは血に染まった。もう一度ハンカチを口に当て、カイロは若い男を恨むような目で見つめた。男がうなり声を発した。「おれに近づくな」そういって、また両手に顔を埋めた。カイロのハンカチから白檀の香りが漂ってくる。

カイロの悲鳴を聞きつけて、ブリジッド・オショーネシーが台所の戸口に顔をのぞかせた。薄く笑いながら、スペードが親指をぐいと長椅子に向けていった。「真実の愛につきもの（シェイクスピアからの引用）の一幕さ。食いものはまだかい」

「もうすぐよ」女は台所に戻った。

スペードは煙草に火をつけ、ガットマンに向かって、「金の話をしよう」

「よろこんで」太った男はこたえた。「しかし、わたしとしましては、一万ドルがぎりぎりの限度だと即座に、かけ値なしにおこたえするしかありません」

スペードは煙を吐いた。「二万ドルのはずだった」

「わたしもそう願っていました。もし持ち合わせがあれば、よろこんでそういたします。しかし、誓って申しあげますが、一万ドルがぎりぎりの限度なのです。もちろん、それが第一回の支払いだということはご承知でしょうが。あとから……」

スペードは声をあげて笑った。「あとから何百万ドルでもくれるというんだろう。だがいまは、この一回めの支払いの話だ。一万五千ドルじゃどうだ」

ガットマンは笑みを見せ、ついで顔をしかめ、首を振った。「ミスター・スペード。わたしは、かけ値なしに、率直に、紳士の名誉にかけて、用意できる金額は一万ドルが限度だと申しあげたのです。それ以上は一ペニーも無理です」

「絶対という言葉が抜けていたようだな」

ガットマンは高笑いし、「絶対にです」とつけくわえた。

スペードはむっつりと、「不都合な話だが、それが限度だというんなら……もらっておこう」

ガットマンは封筒を手渡した。スペードが札をかぞえ、ポケットにしまったとき、ブリジッド・オショーネシーが盆を運んで居間に入って来た。

若い男は食べようとしなかった。カイロはコーヒーを一杯。女とガットマンとスペードは、用意されたいり卵、ベーコン、トーストとマーマレードを食べ、それぞれ二杯ずつコーヒーを飲んだ。そのあと、めいめい腰を落ち着け、夜が明けるのを待った。

ガットマンは葉巻をくゆらせながら、『アメリカ著名犯罪事件集』を読み、くすくす笑ったり、おもしろい箇所にぶつかるとコメントを洩らしたりした。カイロは長椅子の端に坐り、口元を撫でながらふさぎこんでいた。若い男は、四時を少しまわる頃まで、両手に顔を埋めていた。が、やがてカイロに足を向けて横になり、顔を窓に向けて眠りに落ちた。肘かけ椅子に坐ったブリジッド・オショーネシーは、うとうとまどろみながら、太った男の呟きに耳を貸し、まのびした、とりとめのない会話をスペードと交しつづけた。

スペードは何本も煙草を巻いては喫い、苛立ちも不安も示さずに部屋の中を歩きまわった。女の椅子の肘、テーブルの角、女の足元の床、背中のまっすぐな椅子に坐ることもあった。はっきり目を覚まし、陽気で、精力にあふれている。

スペードは五時半に台所に入って、またコーヒーをわかした。三十分後に若い男が身じろぎし、目を覚まし、あくびをしながら上体を起こした。ガットマンが腕時計に目をやって、スペードにたずねた。「そろそろかね」

「あと一時間」

ガットマンはうなずき、本に目を戻した。

午前七時、スペードは電話機に近づき、エフィ・ペリンの番号にかけた。「もしもし、ペリン夫人ですか……サム・スペードです。エフィをお願いします……ええ、そうです……

…どうも」『エン・キューバ』の二小節をそっと口笛で吹く。「やあ、いい子ちゃん。起こしてわるかったな……ああ、急ぎなんだ。筋書きを教える。郵便局のホーランド宛の私書箱に、おれが宛名を書いた郵便が入ってるはずだ。中に、ピクウィック乗合自動車停留所の手荷物預けの半券が入っている……品物はきのうの包みだ。その包みを持って、こっちに来てくれ。大至急かって……そうだ、家にいる……いい子だ、急いでくれ……じゃあ」

通りに面したドアの呼鈴が八時十分前に鳴った。スペードは電話機のそばのボタンを押し、下のドアの錠をはずした。ガットマンは本を置き、ほほえみながら立ちあがった。

「戸口までご一緒してもかまいませんかな」

「いいとも」とスペード。

ガットマンは、廊下に面したドアまでついて来た。スペードがドアを開けた。茶色の包装紙にくるまれた包みを持って、ほどなくエフィ・ペリンがエレベーターのほうから歩いて来た。男の子のような陽気で明るい顔をして、足早に、駆けるようにやって来る。ガットマンの姿は一目で彼女の目にはいらなかった。スペードに笑みを見せ、包みを渡す。

スペードは包みをうけとって、「ありがとう。せっかくの休日を悪かったな、ちょっとばかり急ぎの……」

「休日をふいにされたのは初めてじゃないわ」笑い声をあげながらこたえ、スペードが部屋の中に入れようとしないことに気づいて、「ほかにご用は」とたずねた。

スペードは首を振った。「いや、これで充分だ」

「じゃあね」彼女はそういって、エレベーターに向かった。

スペードはドアを閉め、包みを居間に運んだ。ガットマンの顔は赤味を帯び、頬がひくひくしている。スペードがテーブルに包みを置くと、カイロとブリジッドがそばに寄って来た。みんな興奮しきっている。青ざめ、体をこわばらせて若い男も立ちあがったが、長椅子のそばから動かずに、反ったまつ毛の下から一同を見つめつづけた。

スペードはテーブルから後ずさり、声をかけた。「さあ、それだ」

ガットマンの太い指が、紐と包装紙と木毛を手早くとりのぞき、両手で黒い鳥をつかんだ。「ああっ」かすれ声だった。「この日を十七年待っていた」目がうるんでいる。

カイロは赤い唇をなめ、手をもみあわせた。女は下唇を嚙みしめている。女、カイロ、ガットマンは、スペードと若い男と同じように荒い息をついた。部屋の空気は冷たく濁り、煙草の煙が濃くたちこめている。

ガットマンは鳥をテーブルに置き直し、ポケットを探った。「まちがいない。だが、確かめねば」丸い頰が汗で光っている。金の小型ナイフをとりだし、刃を開く指がひきつった。

カイロと女は、ガットマンの両側に寄り添って立った。スペードは、若い男とテーブルの三人を同時に見られる位置に後退した。

ガットマンは鳥を逆さにして、台座の端をナイフで削った。黒いエナメルが小さくめくれ、その下の黒ずんだ金属をのぞかせた。ガットマンのナイフの刃が金属を切りつけ、反った薄片がめくれあがった。薄片の裏側と、削りとられた後の細い平面はやわらかな鉛の灰色の光沢を示した。

ガットマンの息が歯のすきまから音を立てて洩れた。熱を帯びた血管で顔がふくれあがっている。くるりと鳥の向きを変え、ガットマンは勢いよく頂部に切りつけた。ナイフの刃がむきだしにしたのは、またしても鉛だった。ナイフと鳥をテーブルにたたきつけ、ガットマンは振り向いてスペードと顔を合わせた。「偽物だ」しわがれ声だった。

スペードの顔が陰気になった。ゆっくりとうなずいたが、ブリジッド・オショーネシーの手首をつかまえる動きは素早かった。スペードは女を引き寄せ、もう一方の手で顎の先端をつかみ、荒々しく顔をあげさせた。「なるほど」相手の顔に向かってうなり声を発し、「きみのおふざけはよくわかった。どういうことか話してもらおう」

女は叫んだ。「そうじゃないわ、サム、そうじゃない。わたしがケミドフから手に入れたのはこれよ。誓うわ……」

ジョエル・カイロが、スペードとガットマンの間に割りこみ、甲高い、混乱しきった言葉をとめどなく吐きだした。「やっぱりだ。やっぱりだ。あのロシア人のやったことだ。

気づくのがおそかった。あいつをばかにしてやったお返しに、こっちが笑い者にされたんだ」レヴァント人の頬を涙がつたい、踊るように脚を上下させた。「あんたがへまをやったんだ」ガットマンに向かって金切り声をあげた。「金で買おうなどとどじなことをしたばっかりに。このでぶの大馬鹿者め。高価なものだと勘づかせてしまったんだ。どんなに高価なものかわかったので、あいつは偽物をつくらせた。簡単に盗みだせたのもあたりまえだ。行方を捜させるために、わたしに世界中を歩かせたわけもわかった。この、大でぶの愚か者めが」カイロは両手を顔にあてがい、わけのわからぬことを口走りつづけた。

ガットマンの顎ががくりと落ちた。うつろな目をしばたたかせている。やがて身を揺すり、顔中の肉片がおどるのをやめたときには、元の陽気な、太った男に戻っていた。「さあさあ」人当りのいい口調だった。「そんなに取り乱すことはありませんよ。だれでも時にはまちがいを犯すものです。だれよりも痛手をうけたのがわたしであることはおわかりでしょう。確かにこれは、あのロシア人の手口です、まちがいありません。で、どうしますかな。ここに立って、泣きながら相手を罵り合うのですか。それとも……」そこで言葉を区切り、守護天使の笑みをたたえていった。「コンスタンチノープルに向かいますか」

カイロは顔から手を放した。目の玉が飛びでている。どもりながらいった。「あんたは……」驚きの色が、完全な得心に変り、絶句した。

ガットマンは太った手を軽く打ち鳴らした。目がきらきら光っている。喉にからむ、冷静かなかすれ声で、「あの小さな品を十七年間手に入れようと望みつづけ、努力してきました。探索の旅に、あと一年費すとしても、ほんのわずかなつけたしにすぎません」計算しながら、唇が音を立てずに動いた。「たった五パーセントと十七分の十五にすぎないのです」

レヴァント人はくすくす笑って叫び声を発した。「わたしもお伴します」

スペードは不意に女の手首を放し、部屋の中を見まわした。若い男の姿が消えている。ホールをのぞくと、廊下に面したドアが開け放たれていた。スペードは口元を不快げにゆがめ、ドアを閉め、居間にとって返し、ドアのわき柱に体を預け、ガットマンとカイロに目をやった。不機嫌な顔をして、ガットマンを長い間見つめたあと、スペードは太った男の猫撫で声を真似た。「なんとなんと、あなた方はまったくたいした盗っ人でいらっしゃるようですな」

ガットマンはくすくす笑った。「自慢できるようなことはなにもありません。それは事実です。しかし、まだだれも死んだわけではありませんし、少しばかり後戻りせねばならないからといって、この世の終りだと考える必要もありませんからな」ガットマンは左手を体のうしろから前にだし、すべすべした桃色の掌を上にして、まっすぐスペードのほうにつきだした。「封筒をお返しいただきましょうか」

スペードは動かなかった。顔は板ぎれのように無表情だった。「おれは自分の役目を果たした。あんたは、品物を手に入れた。望みのものと違っていたのは、そっちの不運で、おれの不運じゃない」

「よろしいですかな」説き伏せるような口ぶりだった。「だれもが失敗したのです。だれか一人だけが、その失敗の痛手をうけるのは理不尽というものでしょう。それに……」右手を体のうしろからだした。その手には、飾り模様が彫られ、銀と金と真珠母を細工した小さな拳銃が握られていた。「つまり、わたしの一万ドルをお返しいただきたいということです」

スペードの表情は変らなかった。肩をすくめ、ポケットから封筒をとりだし、ガットマンに渡しかけて、一瞬ためらい、封筒をあけ、千ドル札を一枚ぬいた。スペードはその札をズボンのポケットにしまい、封筒のふたを残りの紙幣の上に折りこみ、ガットマンにつきだした。「手間賃と必要経費だ」

しばらく間合いをおいて、ガットマンは肩をすくめるスペードの仕草を真似、封筒をうけとり、「これでお別れということですな。もっとも……」目のまわりのぶよぶよした肉がひだをつくった。「あなたが、コンスタンチノープル行きに参加なさるとなれば話は別ですが。そんな気はおありにならんでしょうな。正直いって、ご一緒できればたいへんうれしいのですが。あなたは、わたし好みの方ですし、いろいろなお力やすぐれた判断力をお持ちです。すぐれた判断力をお持ちだということがわかっているので、わたしたちのやろうとしている試みの詳細を内密にしておいていただけるものと確信し、このままお別れもできるのです。おたがいにこのような立場にある以上、この数日の出来事に関してわたしどもにふりかかるであろう法律とのいざこざが、同様にあなたと、魅力あふれるミス・オショーネシーとの身にもふりかかり得るという事実を、充分に心得ていらっしゃると期待しているのです。あなたほどの頭の切れるお方なら、まさかお気づきにならないとは思いません。確信しています」

「よくわかってるとも」

「だろうと思いました。いけにえの用意なしに、警察とのやりとりをなんとか処理なさるであろうことも確信しています。身代りはもういないのですから」

「なんとかやるつもりだ」スペードはいった。

「だろうと思いましたよ。さて、別れの言葉は短いにかぎりますな。アデュー」ガットマンは大仰に会釈した。「それから、ミス・オショーネシー。あなたにも、アデュー。ささやかな記念として、テーブルにあの珍鳥《ララ・アヴィス》を残しておきましょう」

20　首を吊られたら

キャスパー・ガットマンとジョエル・カイロが出て行ったドアが閉まったあと、丸々五分間、スペードはその場に立ちつくし、開きっぱなしの居間のドアの取手を見つめつづけた。眉をさげ、陰気な目をしている。鼻のつけねに、深く、赤い皺が刻まれ、とがらせた唇がだらしなくつきでている。スペードは口元を引き締め、しっかりしたV字をつくると、電話機に向かった。テーブルのそばに立ち、不安げな目をしてスペードを見つめているブリジッド・オショーネシーのほうは一度も見なかった。

スペードは電話機をとり、また棚に戻し、かがみこんで棚の角からぶらさがっている電話帳に目をやった。素早くページを繰り、めざすページを見つけ、ある欄に上から下へ指を走らせ、背中を伸ばし、もう一度棚から電話機をとった。ある番号を呼び出し、話しかける。「もしもし、そちらにポルハウス部長刑事はいますか……呼んでほしいのですが。こちらはサミュエル・スペードです……」スペードは宙をにらんで待った。「やあ、トム。プレゼントがある……ああ、たっぷりとな。いいか、サーズビーとジャコビは、ウィルマー・クックという小僧に撃たれたんだ」

スペードは、若い男の風体を手短に伝えた。

「やつは、キャスパー・ガットマンという男に雇われていた」つぎは、ガットマンの風体。「おれのところで会ったカイロというやつも仲間だ……ああ、そうだ……ガットマンはアレグザンドリアの12Cにいる。いや、いたというべきかな。連中は、ついさっきまでここにいた。町を出ようとしている。早く手を打ったほうがいい。だが、逮捕されるとは思っていないはずだ……女も一人いる。ガットマンの娘だ」スペードはリア・ガットマンの風体を教えた。「小僧と渡り合うときは用心しろ。ハジキにかけてはいい腕をしてるらしい……そうだ、トム。それから、ここにも渡すものがある。やつが使った拳銃も。ああ、すぐとりかかってくれ。幸運を祈る」

スペードは受話器をゆっくりと架台にかけ、電話機を棚に戻した。唇にしめりをくれ、両手を見おろす。掌がしめっている。広い胸いっぱいに息を吸いこむ。水平な瞼の下で目が光った。向きを変え、大股で素早く三歩進み、居間に入った。

スペードが不意に姿を見せたのにおどろいたブリジッド・オショーネシーは、かすかな笑い声のようなあえぎとともに息を吐いた。

スペードは女のすぐそばに、向きあって立った。背が高く、骨太で筋ばり、冷酷な笑みをたたえている。引き締まった顎と目元。「連中は、捕えられれば、おれたちのことをぶちまける。おれたちは導火線に火のついたダイナマイトの上に坐ってるようなもんだ。警察の尋問に備える時間は数分しかない。からくりを全部教えろ……さっさとだ。ガットマンがきみとカイロをコンスタンチノープルにやったんだな」

女はしゃべりかけ、ためらって、唇を嚙んだ。

スペードは女の肩に手を置いた。「もたもたするな、しゃべれ。おれも、きみと同じように首までどっぷりつかってるんだ。下手な細工はやめて、しゃべれ。やつが、きみたちをコンスタンチノープルに送ったんだな」

「ええ、わたしを。ジョーとは向こうで会ったの……そして、助けを求めた。それからわたしたちは……」

「ちょっと待て。あれをケミドフから手に入れるために、カイロに助けを求めたということだな」

「ええ」

「ガットマンのためにか」

女は再度ためらい、きびしい怒った目に射すくめられて身をちぢめ、喉をしめらせて、

「いいえ、そのときはちがったわ。自分のために手に入れようと考えたの」

「わかった。そのあとは」

「そのあと、ジョーがわたしを裏切るのではないかと心配になり……それで、フロイド・

「ええ。コンスタンチノープルに置き去りにしたわ。留置所に……小切手のことかなにかで」

「カイロも一緒だったのか。それとも、そのまえにやつをまいたのか」

「そうよ。わたしたち、あれを手に入れて、ホンコンに向かった」

「やつは助けてくれたのか。そうなんだな」

サーズビーに救いを求めたの」

「やつを置き去りにできるように、きみが細工をしたということか」

女は羞じるようにスペードを見つめ、ささやいた。「そうよ」

「よし。で、きみとサーズビーは鳥を持ってホンコンにあらわれたわけだ」

「ええ。だけど、あの人のことがよくわからなかったの……信じられる人なのかどうか。いずれにしろ、そのほうが安全だと見越して、わたしはジャコビ船長に会った。船長の船がサンフランシスコに向かうことを知っていたので、荷物を運んでほしいと頼みこんだの……鳥のことよ。サーズビーを信じられるかどうかわからなかったし、ジョーか、ガットマンに雇われただれかが、わたしたちの船に乗りこんでくるかもしれなかった……だから、そうするのが一番安全に思えたの」

「よし、そのあと、きみとサーズビーはここに早く到着する船を見つけた。それから、何があった」

「それから……わたしは、ガットマンがこわかった。知り合いやコネがたくさんあることも知っていた。わたしたちがやったことがすぐに知れてしまうこともわかっていたわ。ホンコンからサンフランシスコに向かう船に乗ったことを知られるのもこわかった。ガットマンはニューヨークにいたの。だけど、わたしたちの動きを電報で知ったら、きっとわたしたちが到着するときか、あるいはその前に、こっちにやってくる時間が充分にあることも明らかだった。事実、そのとおりだったわ。ここに着いたときはまだ知らなかったけど、わたしはとてもおびえていたの。ジャコビ船長の船が到着するまでここで待たねばならなかったからよ。ガットマンがわたしを見つけるか、サーズビーを見つけて買収するのではないかと、気が気じゃなかった。それで、あなたに、サーズビーを見張ってほしいと頼みに……」

「それは嘘だ」とスペード。「きみはサーズビーを手玉にとっていた。自分でもわかっていたはずだ。やつは、女にはからっきし弱い男だった。経歴を振りかえってみれば一目瞭然だ……やつが警察につかまったのは、いつも女のことでだった。間抜けは、いつまでたっても間抜けさ。やつの前歴までは知らなかったのかもしれないが、体さえゆるせば御しやすい相手だということはわかっていたはずだ」

女は顔を赤らめ、おずおずとスペードを見た。

「きみは、ジャコビが品物を持ってあらわれるまえに、サーズビーを始末しておきたかった。どんな手を考えたんだ」

「あの人が、なにかもめごとがあって、ある賭博師とアメリカを出たことは知っていた。どんなもめごとかは知らなかったけど、国を出るくらいのことだったとしたら、探偵に見張られていると気づけば、昔のもめごとにかかわりがあることだろうと考えて、おびえて逃げだすだろうと思ったの。まさか……」

「つけられていると教えてやったんだな」確信のこもった口ぶりだった。「マイルズはたいして頭の切れる男じゃなかった。が、尾行の最初の晩に、相手に見つけられてしまうほど無器用でもなかった」

「ええ、教えたわ。あの夜、散歩に出たとき、つけてくるミスター・アーチャーに偶然気づいたふりをして、フロイドに教えたの」涙声になっている。「だけど、お願いだから信じて、サム。フロイドが殺すかもしれないと知ってたら、教えたりはしなかったわ。おびえて、町から逃げだすと思ったの。あんなふうに撃ち殺すなんて、思いもしなかった」

スペードは唇を狼のようにめくりあげてにやりと笑ったが、目はまったく笑っていなかった。「そう思ったとしたら、きみの推測は正しかったわけだよ、いい子ちゃん」

見あげた女の顔が驚きでいっぱいになった。

「サーズビーは、やつを撃たなかったのさ」

女の顔の驚きの色に、信じられないという表情が重なった。

「マイルズは頭の切れる男じゃなかった。だが、探偵としての年季は積んでいた。自分がつけていた男にあんなふうにやられるはずがない。尻ポケットに拳銃をつっこみ、オーバーのボタンもかけたまま、袋小路にのこのこついていっただって。そんなことはあり得ない。よくいる馬鹿な男にはちがいなかったが、そこまで阿呆じゃなかった。あの路地から脱け出すには二つ方法があるが、どっちもトンネルの上のブッシュ通りから見張ることができた。サーズビーが危険な男だったと、教えてくれたろう。だが、あんな具合にうまくマイルズを路地におびき寄せるなんて芸当はできっこないし、むりやり連れこむのもできない相談だった」

スペードは唇の裏を舌で舐め、大好きだといわんばかりに笑みを向けた。「しかしマイルズは、きみとなら喜んで路地に入りこんだはずだ、いい子ちゃん。そこにだれもいないとわかってさえいたらね。きみは依頼人だし、そのきみがそういえば、尾行を中断してはいけない理由はなかった。きみがやつをつかまえて、路地に入ろうといえば、のこのこついていったろうさ。その点にかけちゃ、馬鹿の見本のような男だった。きみの体を舐めまわすように上から下まで眺めて、舌なめずりし、にやりと口が裂けるほど笑って近づいていったんだろう……きみは暗がりで好きなだけやつに寄り添い、その夜サーズビーから手に入れた拳銃で、やつの体に穴をあけた」

ブリジッド・オショーネシーは身をすくめて後ずさりし、テーブルの端にぶつかって足をとめた。おびえきった目でスペードを見つめ、声を張りあげ、「やめて……そんなふうにいわないで、サム。あたしがやったんじゃないことは知ってるでしょ。知ってるはずよ……」

「やめとけよ」スペードは腕時計に目をやった。「いまにも警察が来るんだ。おれたちは火のついたダイナマイトの上に坐ってるんだぜ。話しちまえ」

女は手の甲を額に当てた。「ああっ、そんなおそろしいことを、わたしがしたなんて……」

「やめろといったろ」押しつけるような、低い、苛立った口ぶりだった。「学芸会じゃないんだ。いいか、おれたちは二人そろって絞首台の下に立ってるんだぞ」スペードは女の手首をつかみ、目の前に立たせた。「しゃべるんだ」

「わたし……どうしてわかったの……あの人が舌なめずりをして、わたしの体を眺めまわしたなんてことが……」

スペードはざらざらした笑い声をあげた。「あのマイルズのことだ。だが、いまはそんなことはどうでもいい。なぜやつを撃った」

女は手首をひねってスペードの手から逃れ、両手を男の首のうしろにまきつけ、口が触れあわんばかりに頭を下に引き寄せた。膝から胸にかけて、ぴったりと体を押しつけている。スペードは女の体に腕をまわし、きつく抱きしめた。黒いまつ毛に縁どられた瞼が、ビロードのような目をなかば隠している。脈打つようなかすれた声で、「はじめは、あんなつもりじゃなかった。ほんとよ。さっき話したとおりだったの。だけど、フロイドが動じる気配もなかったので、わたし……」

スペードは女の肩をぴしゃりと打った。「嘘だ、それは。きみは、おれたちのどちらかに尾行の仕事を直接やってくれといった。だれが後をつけるのか知っておきたかったし、尾行者もきみを知っている必要があった。そのほうが万事好都合だったのだ。きみはあの日、あの夜、サーズビーから拳銃を手に入れた。コロネットに部屋も予約ずみだった。トランク類は全部そっちにいっていて、ホテルには一つもなかったし、コロネットの部屋には、きみが借りたといっていた日より五、六日前に支払われた部屋代の領収書があった」

女はようようのことで生唾を飲みこみ、口ごもった。「ええ、そのとおり嘘よ、サム。こうするつもりだったの。もし、フロイドが……ああっ、サム。こんな話、顔を見ながらじゃ出来ない」女はスペードの頭をさらに引き寄せ、頬と頬をあわせ、相手の耳元に口を近づけ、ささやきかけた。「そう簡単にフロイドはびくつかないとわかったけど、もしだれかにつけられていると知ったら、きっと……ああっ、いえないわ、サム」女はすすり泣きながらスペードにしがみついた。

「フロイドがそいつと渡り合って、どっちか一方が死ぬと計算したんだろう。それがサーズビーなら、うまく始末したことになる。もしマイルズなら、フロイドを売って、警察に片をつけさせる。そういう筋書きだったんじゃないのか」

「そう、そんなところよ」

「ところがサーズビーに、男と渡り合う気がないと見てとって、きみはやつから拳銃を借り、自分で始末をつけた。そうだな」

「ええ……少しちがうけど」

「たいしてちがいやしないさ。きみは初めから、ある計画を立てていた。フロイドを、殺人罪で逮捕させようとね」

「わたし……ジャコビ船長が鷹を持って到着するまで、警察がフロイドを押さえていてくれればいいと……」

「だが、ガットマンがこの町に来て、きみを追っていることにはまだ気づいていなかった。疑ってさえいなかった。自分の用心棒をわざとおびえさせたほどだからな。ところが、サーズビーが撃たれたのを知って、ガットマンが来ていることがわかった。そこで、新しい保護者が必要になり、またおれのところに戻ってきた。そうだな」

「ええ、だけど……ああっ、スウィートハート……それだけじゃないわ。おそかれ早かれ、わたしはあなたのもとに帰っていた。はじめてあなたに会ったとき、わたしにはわかったの……」

スペードはやさしく声をかけた。「ダーリン、もし運よくきみが、サン・クエンティンで、二十年間おつとめをすませて出て来られたら、おれのところに戻ってこいよ」

女は頬を放し、首をのけぞらせ、わけがわからないという顔をして男を見つめた。スペードの顔は蒼白だった。やさしい声で、「首を吊られなきゃいいんだがね、ダーリン。その可愛い首を」スペードは両手を上にすべらせ、女の喉首をさすった。

女はさっとスペードの腕を逃れ、テーブルに背を当ててかがみこみ、両手で喉首をおおった。目をぎらつかせ、げっそりした顔になった。乾いた口が、開いたり、閉じたりしている。小さな乾ききった声で、「まさか、あなた……」といって絶句した。

スペードの青白い顔に黄味がさしていた。口元が笑い、きらきら光る目のまわりに笑い皺ができた。やわらかな、やさしげな声で、「ああ、ぶちこんでやるつもりだ。うまくいけば終身刑。二十年たてば出られるということだ。きみは天使だよ。ずっと待っていよう」スペードは喉にしめりをくれ、「もしきみが首を吊られたら、忘れずにいつまでも憶えていてやる」

女は両手を垂らし、背中を伸ばした。顔は滑らかになり、とまどってもいない。目がかすかに、疑わしげに光っているだけだった。にっこりと笑みを返し、そっといった。「やめて、サム。冗談にもそんなことといわないで。一瞬だったけど、ほんとにこわかったわ。あなたは本気なのかと思って……いつも、突拍子もない、予測もつかないことをする人だから、あなたって……」言葉をとぎらせ、顔をつきだして、スペードの目をじっとのぞきこんだ。

頬と口元をひくひくさせ、目には恐怖の色がしのびよっている。「なんなの……サムったら」女は、また喉首に両手をあてがい、体の張りを失った。

スペードは高笑いした。黄ばんだ青白い顔が汗で濡れ、笑みを浮かべながら、声からやさしさが消えていた。しわがれた声をふりしぼり、「馬鹿をいうな。つかまるのはきみだ。あの連中がしゃべれば、おれたちのどっちかが罪を着ることになる。おれがつかまれば、まちがいなく首を吊られる。きみなら、命だけは助かるチャンスがある。そうだろ」

「だけど……だけど、サム。そんなことがよく出来るわね。わたしたち、あんなふうになったあとだというのに、よくそんなことが……」

「ああ、出来るとも」

女はふるえながら、長く息を吸った。「おもちゃにしてきたのね。わたしを、こんなふうに罠にかけるために、心配してくれているふりをしてただけなのね。少しも心配などしてくれなかったんでしょ。愛してなんかいなかった。いまもそうなのね」

「愛していると思うよ。だからどうだというんだ」笑みをはりつかせている筋肉が、みみず脹れのようにふくれあがった。「おれはサーズビーじゃない。ジャコビでもない。きみにこけにされるつもりはないんだ」

「理不尽よ」女はわめいた。目に涙があふれている。「フェアじゃないわ。卑劣よ、あなたって。あたしたちの仲はそんなんじゃなかったって、知ってるくせに。どうしてそんなことを」

「ああ、いえるとも。質問の口を封じるために、きみは、おれのベッドにとびこんで来た。きのうは、救いを求めるあの偽の電話で、おれを脇道にそらさせ、ガットマンのために一役買った。きのうの夜は、連中と一緒にここに来て、外でおれを待ち、一緒に中に入った。罠にかけられたときには、きみはおれの腕の中だった。もし持っていても拳銃に手を伸ばすことも出来なかったし、その気になっても殴り合いも出来なかった。連中がきみを一緒に連れて行かなかったのは、きみという女を、必要最小限の期間しか信用できないとガットマンが見抜いていたからだ。おまけにやつは、おれがきみを傷つけたくないばっかりにいいカモにされ、そうなれば自分の身が安全になるだろうと踏んだのだろう」

ブリジッド・オショーネシーは目をしばたたかせて、涙をふりはらった。一歩進みでて、スペードの目を、まっすぐ、誇らしげにのぞきこんだ。「わたしを嘘つきだといったわね。こんどは、あなたが嘘をついてるわ。心の奥底では、わたしがどんなことをやったにせよ、あなたを心底愛していることを知ってるはずよ」

スペードは、ぴくりと短く頭を垂れた。目は血走っていたが、笑みをはりつかせた、汗に濡れて黄ばんだ顔にはなんの変化もなかった。「愛しているかもしれない。だからどうだというんだ。信じろというのか。おれの先口の、あのサーズビーにきれいな罠を仕掛けたきみをか。マイルズをあっさり始末したきみをか。うらみもなかった男を、サーズビーをだますために、蝿でもたたき落とすように、きみは、冷酷に殺した。ガットマン、カイロ、サーズビー、一人、二人、三人と裏切ってきたきみを信じろというのか。出会ってから、つづけて三十分たりともおれに正直だったことのなかったきみを、信じろだって。ごめんだね、ダーリン。そんなことがもし出来たとしてもごめんだ。なんでそんなことをしなきゃならない」

女はひたと目をすえ、かすれた声をふるわせもせずにこたえた。「なんでそんなことをですって。わたしをおもちゃにしたんなら、愛してもいないのなら、返事の言葉もないわ。もし愛してくれていたのなら、返事の必要はないでしょ」

スペードの目の玉に血が走り、はりついていた笑みが不快な渋面に変った。かすれた空咳をして、「演説は無用だ」といい、女の肩に手を置いた。その手ははげしくふるえていた。「だれがだれを愛していようと知ったことじゃない、こけにされるのはごめんだ。サーズビーやその他もろもろの男どもの二の舞はまっぴらだ。きみはマイルズを殺した。刑務所行きだよ。あの連中を逃がし、できるだけ警察を遠ざけて、きみを逃がしてやることもできた。だがそれも、いまとなっては手遅れだ。もう、なにもしてやれない。してやれるとしても、ごめんだ」

女は肩にかかったスペードの手に、自分の手をかさねた。「助けてくれなくてもいい」ささやき声だった。「わたしを傷つけないで。いますぐ、逃がして」

「だめだ。警察の連中が来たとき、きみを引き渡せなかったら、おれも一巻の終りだ。やつらと同じようにならないためには、それしか手がない」

「わたしに、そんなことを出来るの」

「きみに、こけにされるのはごめんだ」

「それはいわないで、お願い」女はスペードの手を肩から放し、顔にあてがった。「なぜわたしに、こんなことをしなければならないの、サム。ミスター・アーチャーは、あなたにとってたいした人では……」

「マイルズは」おそろしいほどかすれた声だった。「屑野郎だった。一緒に仕事を始めて、一週間でわかった。一年の契約期間が明けたら、放りだしてやるつもりだった。やつを殺してくれて感謝してるくらいさ」

「じゃ、なぜ」

スペードは女の手から、自分の手を放した。笑みも、渋面も浮かんでいない。濡れた黄色い顔はいかめしく、深い皺が刻まれている。目ははげしく燃えていた。「いいか。こういうことは商売にさしさわるんだ。わかってはもらえないようだが、もう一度だけいってやる。それで最後だ。いいかね、男ってのは、パートナーが殺されたら、放ってはおけないものなんだ。そいつをどう思っていようと変りはない。あくまでもパートナーだったんだし、おとしまえをつけなきゃならない。その次は、探偵稼業ではよくあることだが、探偵が殺され、人殺しがつかまらないとなると、商売にさしさわる。自分のところだけじゃない。その一社だけじゃなく、国中の探偵商売にさしさわるんだ。三つめの理由は、おれが探偵であり、追いつめて捕えた犯罪者を逃がしてやるのは、兎を捕えた犬に獲物を放させるようなものだということだ。たしかに、そういうことも出来るだろう、そんなこともたまにはある。だが自然なことじゃない。おれがきみを逃がしてやれた唯一の道は、ガットマンとカイロとあの小僧を逃がしてやることだった。だがそれは……」

「本気でいってるんじゃないわ。刑務所に送るのにいま並べたような理由があれば充分だと、わたしが思うなんて考えてもいないはずよ……」

「全部終るまで待て。おれがしゃべってるんだ。四つめの理由は、おれがいま望んでいることがなんであれ、きみを逃がしてやれば、まちがいなくおれはやつらと一緒に絞首台に立たされるってことだ。お次は、きみを信じられる理由がこの世にたったひとつもないということ。もし逃がしてやって、こっちもうまくすりぬけられたとしても、こんどはそっちが好きなときに、おれを自由に操れる切札を握ってしまう。これで理由は五つになった。六つめは、おれのほうも切札を持っているから、いつきみに風穴を開けられるかわかりゃしないということ。七つめ、百に一つでも、いいカモにされたのかもしれないと考えるだけで我慢ならないこと。八つめ……いや、もう充分だ。いまいったようなことが、全部秤《はかり》のこっち側にのっている。なかには、たいして重みのないやつもあるかもしれない。そのことでいい合う気はない。だが、いくつあるかかぞえてみろ。おれたちは、秤のもう一方の皿に、なにをのせられるというんだ。もしかするときみがおれを愛していて、おれがきみを愛しているということだけだ」

「知ってるはずよ」女はささやいた。「愛しているか、愛していないかは」

「知らんね。きみの体に夢中になるのは簡単だが」スペードは女の髪から足元まで飢えた目で見つめ、また相手の目に視線を戻した。「愛してたらどうだというんだ。そんなものの価値は、だれも知りゃしない。もしおれが、その価値を知っていたからって、どうなんだ。一ヵ月後には、もうわからなくなってるかもしれない。前にも、いまいったようにちょうど一ヵ月つづいたことがあった……それからどうなると思う。いいカモにされたのだと思いはじめるのさ。そんなことをしてこっちまで刑務所に送られたら、それこそ正真正銘の笑い者にされちまう。きみを刑務所に送れば、きっと死ぬほど後悔するだろう……嫌な夢にうなされる夜もあるかもしれない……だが、そんな時期はいずれ過ぎる。いいか、よく聞くんだ」スペードは女の両肩をつかみ、うしろに押し倒し、のしかかった。「こうまでいってもわからなければ、こういいかえよう。おれがきみを逃がしてやらないのは、腹の中でおれ自身が、結果がどうなろうとかまうものか、この女を逃がしてやれと思ってるからだ……くそっ、きみが、ほかの男たちに当てにしたように、おれもそうするにちがいないと、これまでずっとおれを舐めてきたからだ」肩から手を放し、わきに垂らした。

女は、男の頬に両手をあてがって顔を下に引き寄せ、「わたしを見て、ほんとうのことをいって。あの鷹が本物で、約束どおりの報酬をもらっても、わたしを同じ目にあわせたかしら」

「そんなこと、いまはもう関係ない。おれが見かけと同じほど堕ちた男だと、たかをくらないほうがいい。その手の悪名は、商売をやっていくのに都合がいいんだ……高い報酬の仕事を引きうけ、うまくやるために敵とも取引きする男という悪名がね」

女は男を見つめ、黙りこくった。

スペードは肩を少し揺らし、「まあ、大金の話は、そっちの皿にのっていたかもしれないがね」

女は顔をあげ、男の顔に近づけた。口をわずかに開き、唇をつきだしている。女はささやいた。「愛していたのなら、ほかには何ものせる必要はなかったはずよ」

スペードは歯を嚙み合わせ、そのすきまから言葉を吐いた。「きみに、こけにされたくはない」

女はゆっくりと男の唇に唇を合わせ、腕をからめ、男の腕に抱かれた。そのとき、ドアの呼鈴が鳴った。

左手をブリジッド・オショーネシーの体にまわしたまま、スペードは廊下に通じるドアを開けた。ダンディ警部補、トム・ポルハウス部長刑事が、二人の刑事と一緒に立っていた。

「やあ、トム。やつらを押さえたか」とスペード。

「逮捕した」とポルハウス。

「上々だ。入ってくれ。ここにもう一人いる」スペードは女をつき出した。「この女がマイルズを殺した。証拠の品もいくつかそろってる。あの小僧の拳銃、カイロの拳銃、騒ぎのもとになった黒い彫像、おれがそれで買収されるとみくびられた千ドル札」スペードはダンディに目をやり、眉を寄せ、かがみこんで顔をのぞきこみ、高笑いした。「おまえさんのお友達はいったいどうしたんだ、トム。無念のあまり、胸が張り裂けんばかりの顔をしてるぞ」また笑い声をあげた。「わかったぞ。ガットマンの供述をとったとき、とうとうおれの尻尾をつかまえたと思ったんだな」

「やめとけ、サム」トムがうなり声を発した。「おれたちは……」

「いや、ほんとうだ」スペードは愉快そうにいった。「こちらさんは、よだれを垂らしながらここにやって来たのさ。おまえさんは、おれがガットマンに一杯くわせてやったことを見ぬくだけの頭をもってたろうがね」

「やめとけといったろ」トムはまたうなり声を発し、居心地悪げに横目で上司の顔色をうかがった。「話はカイロから訊きだした。ガットマンは死んだ。おれたちが駆けつけたときには、あの小僧が最後の仕上げを終えたところだった」

スペードはうなずいた。「用心してりゃよかったものを」


月曜の朝、九時ちょっと過ぎ、スペードがオフィスにあらわれると、エフィ・ペリンは読んでいた新聞を置き、スペードの椅子から跳ねおりた。

「おはよう、ダーリン」とスペード。

「新聞に出てたとおりなの」彼女がたずねた。

「そうとも」スペードはデスクに帽子を投げ、椅子に坐った。冴えない顔色をしているが、陽気で引き締まった顔つきで、いくぶん血走ってはいるが、目も澄んでいる。

彼女の茶色の目はいつになく大きく見開かれ、口元を妙にひきつらせていた。そばに立って、スペードを見おろす。

スペードは頭をあげ、にやりと笑って、からかうようにいった。「きみの、女の直感ってやつはそんなもんさ」

彼女の口ぶりは、顔つきと同じようにどこか妙だった。「あなたが、あのひとを引き渡したのね、サム」

スペードはうなずいた。「きみのサムは探偵さんなんだ」鋭い目で彼女を見つめ、腰を抱いて手を当てた。「あの女はマイルズを殺したんだ、ダーリン」やさしくいった。「あっさりと、こんな具合に」スペードは一方の手の指をパチンと鳴らした。

彼女は痛みから逃れるように、スペードの腕から身をふりほどいた。「やめて、お願い。あたしに触らないで」とぎれとぎれにいった。「わかってるの……あなたがやったことは正しいって。あなたは正しいわ。でも、いまはあたしに触らないで、いまは」

スペードの顔が、白い襟のように蒼白になった。

廊下に通じるドアの取手が鳴った。エフィ・ペリンはくるりと向きを変え、外の部屋に戻り、後ろでドアを閉めた。そして戻って来ると、またドアを閉めた。

「アイヴァよ」抑揚のない小さな声だった。

スペードはデスクに目を落とし、他人目《はた》にはわからぬほどかすかにうなずいた。「そうか」体をふるわせた。「わかった、中に入れてくれ」

解説

小鷹信光

本文庫に初めて収録されるダシール・ハメット作品ということもあって、いくぶん長めの解説を訳者自身が記すことになった。

この解説は二章にわかれているが、第一章では本書『マルタの鷹』とのかかわりを私的体験として述べた。第二章は、客観的な事実や資料をもとにしたハメット小史で、これは旧版（河出書房新社）に私が付した解説に手を加えたものである。

なお本書は、一九八五年に刊行された前記旧版をもとにしたもので、地名の表記やカタカナ表記には手を加えたが、それ以外は大きな手入れは行なっていない。

1 『マルタの鷹』と私

シャーロック・ホームズ譚が大多数のミステリ読者のバイブルであるとすれば、私のバイブルはハメットの『マルタの鷹』ということになりそうだ。つまりは、ハードボイルド好きの少数派ということだ。そんなことにふっと気づくのに三十数年かかっていた。

ジョン・ヒューストン＝ハンフリー・ボガートのコンビによる不朽の名作『マルタの鷹』が日本で公開されたのは一九五一年。本国公開から十年おくれの日本上陸だった。当時の私はまだ十五歳。セカンド・ランの場末の映画館でこの映画を私が初めて見たのは、映画狂いが昂じていた高校生時代のことだったにちがいない。

一方、『マルタの鷹』が初めて日本語に翻訳されたのは一九五四年。ハヤカワ・ミステリの砧一郎訳である。原作者のハメットにとっては非常に不運なことに、チャンドラーとはことなってハメット作品には独占翻訳権が発生しなかったために、以後『マルタの鷹』は、田中西二郎訳（一九五六年、新潮社）、村上啓夫訳（一九六一年、東京創元社）などがあいついで刊行された。これらのいずれかを私は古本屋で入手し、読んでいたことはまちがいない。同じころにポケット・ブック版のペイパーバックも手に入れていたにちがいないが、原書を先に読破した記憶はない。

『マルタの鷹』初体験についてのあいまいな記憶については何度も書いてきたが、映画が先であったことはどうやらまちがいなさそうだ。映画で強烈な印象をうけ、そのあと映画のイメージを追いながら翻訳本を読んだ、という順序だったのだろう。薄れていく記憶を必死にふりしぼってみると、小説のほうは、どこが、どんなふうにおもしろいのかよくわからなかったという印象がおぼろに浮かんでくる。

だが、一九五七年に早稲田に入り、すぐにワセダ・ミステリ・クラブに入会したときから、映画の知名度に支えられた『マルタの鷹』は私のバイブルになっていた。読みこんでもいなかったのだから、あやしげな信者だったといってもいい。四半世紀後に、自分の手でこの小説を訳すことになろうとは、夢の中でしか考えていなかった。

若いミステリ読者はおどろくかもしれないが、私と同年代もしくはそれ以上のものにとって、ダシール・ハメットの訃報は「その日のニュース」のひとつだった。一九六一年の正月あけに伝わってきたそのニュースを、じかに私は小さな衝撃とともにうけとめたのだ。大学を卒業する年のことだったが、そのころ連載をはじめたばかりの『マンハント』というミステリ誌に弔文めいたものを書いたおぼえもある。ごく断片的にしか伝わってこなかったが、〝赤狩り〟時代のハメットの動静についても、すでに大いに関心をもっていた。ハメットが世を去った一九六一年一月は、プロの物書きとしての私のスタートの時でもあった。これもなにかの縁だと思う。

ワセダ・ミステリ・クラブの機関誌『フェニックス』に連載した「行動派探偵小説展望」「行動派探偵小説小論」にはじまり、『マンハント』の「行動派探偵小説史」「行動派ミステリィ作法」にいたるまで、初期の解説‐紹介記事の中で私は、本格的にハメットにとりくむ努力はしなかった。チャンドラーについても同じだった。この二人を始祖として祭りあげ、その周辺のマイナーな作家、新しいペイパーバック・ライターの紹介にもっぱら精力を傾けた。本格的にハメットにとりくむ自信も、蓄積もまだなかった。

行動派ミステリという呼称はほどなくすたれ、それにかわってハードボイルドという呼び名がやがて浮上してきた。ミッキー・スピレインがベストセラーになり、初期のロス・マクドナルドやトマス・B・デューイ、エド・レイシイといった作家がハヤカワ・ミステリで紹介されるようになった。カーター・ブラウンの軽ハードボイルドももてはやされた。

一九六三年に『マンハント』が『ハードボイルド・ミステリィ・マガジン』と改称され、私はそこで編集の仕事にかかわるようになった。だが登場が二十年早かったこの雑誌は、一九六四年の初めにあえなく休刊。足場を失った私はやがて肩身の狭い思いで『ハヤカワ・ミステリ・マガジン』の片隅に名を連ねるようになった。

リチャード・スタークの悪党パーカー・シリーズという唯一の味方は得たが、スパイ小説の台頭とともに、六〇年代の後半はハードボイルド小説にとって不遇の時代だった。これは本国のアメリカでも同様だった。物書きとしての私の目も、ミステリを離れ、アメリカの六〇年代後半の社会風俗にむけられていた。その結果のひとつは、七〇年末から連載を開始した『パパイラスの舟』の一章にもあらわれている。「ハードボイルド・ジャーニー」と題してチャンドラーの『プレイバック』をあつかった章の結びで、私は脱ハードボイルド宣言ともいうべき発言をしているのだ。

「……一つだけはっきりいえることは……私の中にあったハードボイルド小説にたいする盲目的な崇拝心が音もなく崩壊し、変質をとげたということです。スタイルとしてのハードボイルド小説を楽しむことはこれから先もできるでしょう。しかし〝英雄《ヒーロー》〟は私の中で死滅したのです」

やさしさこそが人間の本当の強さであるといいきったとき、はたして私の胸の中を、『マルタの鷹』のサム・スペード像がよぎっていたのかどうか、あるいは七〇年代に登場することになる新しい世代の私立探偵たちの出現を予知していたのか否か、このあたりはいま私自身大いに興味をそそられるところである。

そして、〝ネオ・ハードボイルド〟。呼称についての論議はともかく、ロバート・B・パーカーのスペンサーをはじめとする私立探偵小説の隆盛がやがて訪れた。『HMM』の「続パパイラスの舟・私立探偵の系譜」（一九七五年八月号〜一九七七年八月号）で私がとりあげた新しいヒーロー、あるいはアンチ・ヒーローの多くがあいついで翻訳紹介され、そのあとにジェイムズ・クラムリー、スティーヴン・グリーンリーフがつづいた。

この新しい波に身をゆだねながら、多くの書き手たちと同じように、私の頭の中にもたえずハメットがいた。価値評価の尺度としてのハメット、私立探偵の規範としてのサム・スペードがいた。そして、〝ネオ・ハードボイルド〟の流行が充分に広まったとき、はじめて私は原点に立ち戻る準備に入っていた。『EQ』に連載したあと一書にまとめられた『ハードボイルド以前』（草思社）と『ハードボイルド・アメリカ』（河出書房新社）は、私の新たなハードボイルド研究のスタートだった。『ハードボイルド・アメリカ』では『赤い収穫』を中心に四つの章をハメットにあてた。だが『マルタの鷹』については、男と女のメロドラマ論を展開しただけで、正面からの攻撃は回避してしまった。

評論による『マルタの鷹』アタックはこのときもお預けになったが、ついに四年前、私は二つの大役をふりあてられてしまった。原典そのものと、ダイアン・ジョンスンによるハメット伝の翻訳の仕事だった。この二つの重責を果たしたいま、やっと私はハメットを読みこんだという思いにたどりつくことができた。ここまでに三十年が経過していたのだ。『マルタの鷹』を私がどう読んだかは、本書を熟読していただくのが一番だ。そしてもし、それぞれの『マルタの鷹』論を展開するのであれば、原書そのものを読み通して、比較・検討を加えることが重要だろう。

二つの大仕事と平行して、『ブラック・マスク』アンソロジー（国書刊行会）という力仕事もこなしてきたこの数年の私は、文字通りハードボイルド漬けだった。この間のこまごまとした評論・エッセイをまとめた新しい本も刊行された。題して、『サム・スペードに乾杯』（東京書籍）。面映い書名だが、いまはそんな気分なのだ。

最後に、ダイアン・ジョンスンの『ダシール・ハメットの生涯』を仔細に読み直していたときに発見したことをひとつ。ハメットは『デイン家の呪い』を書きあげた直後、一九二八年の半ばから息もつかせずに『マルタの鷹』にとりかかり、『デイン家の呪い』が予定よりおくれて刊行された一九二九年七月の一カ月前に、すでに完成原稿をクノップ社に送り届けていたのである。『マルタの鷹』が『ブラック・マスク』に連載されたのは一九二九年九月号からだった。ということは、クノップ社にハードカヴァーの単行本用に送った生原稿のほうが先か、あるいは同時だったということになる。

第一稿がいかに完成度の高いものであったかということがわかると同時に、「パルプ・マガジンに掲載されたあと、単行本として出版された」という私も用いてきたいいまわしが、『マルタの鷹』については妥当ではないということにもなる。『ブラック・マスク』掲載のものと単行本とにほとんど差異がみられない理由もこれで逆に明らかになった。単行本の編集者（ハリー・C・ブロック）と『ブラック・マスク』の編集者（ジョゼフ・T・ショー）はそれぞれ第一稿に若干の手直しを求めたが、最も顕著な差はタブー語の処置にあらわれている。雑誌では、はげしい驚きや悪態として用いられている〈God〉〈Jesus〉〈Christ〉の三語が例外なく削除され、ハメットはガットマンが口ぐせのように連発する〈God〉を〈Gad〉におきかえて、たくみに削除をまぬかれている。

ついでに記しておくと、五回に分載された雑誌のほうも全二十章から成り立っているが、四つの章タイトルが単行本とはことなっている。雑誌掲載時には、第五章が「カイロのポケット」、第九章が「嘘つき」、第十一章が「ガットマン」、第十五章が「役人たち」となっていたのだ。

些細なことでも深読みすればいろいろとおもしろい見方が浮かんでくる。たとえば、スペードの顔のV字模様のVはなにを意味するのか？ Vは〈vile〉（下劣な）〈vicious〉（苛酷な）〈vulgar〉（粗野な）〈virile〉（精力的な）といった単語をすぐに連想させる。「サム・スペードにおけるVのメタファー」といった小論がこれで出来上るといった具合に、『マルタの鷹』は私にとって、いまだ魅力の盡きることのない聖典なのである。

2 ダシール・ハメットの復権

一九二二年から一九三〇年代はじめにかけてほぼ十年間、大衆向けの廉価で粗悪なパルプ・マガジンに、長篇小説連載分をふくめて六、七十篇の探偵小説を一語二、三セントで売りつくしたパルプ・ライター……それが生産的な物書きとしてのダシール・ハメットのほとんどすべてだった。

いまではアメリカ文学のまぎれもない古典と目されている『赤い収穫』をはじめとして、『デイン家の呪い』『マルタの鷹』『ガラスの鍵』の四作のハメット作品は、一九二七年から一九三一年にかけて、『ブラック・マスク』掲載の同年かその翌年に、大手出版社（クノップ）からハードカヴァーの単行本としてやつぎばやに刊行されたが、いずれも内容は初出時とほとんど変りがない。すべてがパルプ・マガジンの産物なのである。三〇年代のはじめには高額で映画化権が売れ、いちやく人気作家になったハメットは、ごく短期間、高級雑誌にも小品を発表したりもした。女性向けの一流誌に掲載された『影なき男』は単行本のベストセラーになり、それをもとにしたシリーズ映画は大当りをとった。そのころ私生活では、良きにつけ悪しきにつけ、後半生の伴侶となった劇作家、リリアン・ヘルマン（一九八四年没）との愛人関係がはじまり、三〇年代前半はダシール・ハメット絶頂の時であった。

そして、一九四〇年代末から五〇年代にかけてアメリカ中を集団ヒステリー状態におとしいれた冷戦下のレッド・パージ。この忌わしき〝赤狩り〟の渦中に身をさらし、人気作家としての名誉、地位、収入、健康を根こそぎ奪われたハメットは、ついに生前、完全な復権を果たすことなく、一九六一年一月十日、肺癌のために世を去った。

死後二十年たった一九八〇年代、このハメットの大部な評伝があいついで刊行され、ハメット作品の映画化が新たに試みられ、一九四一年に公開されたジョン・ヒューストン映画『マルタの鷹』は、聖なるクラシックとして各地で再公開されつづけている。ハメット・ブームとでも呼ぶべきこの現象は、すでに六〇年代末からじわじわと盛りあがっていた。

この十数年間のハメット研究熱もかまびすしいばかりである。アメリカは、いま、なぜ、ハメットを求めるのだろう。純国産のハードボイルド・ミステリの始祖としての評価をあらためて確認したいのだろうか。たんなるノスタルジーにすぎないのだろうか。

サミュエル・ダシール・ハメットは、一八九四年五月二十七日、メリーランド州セント・メリーズ郡に生まれた。少年時代は、フィラデルフィア、ボルティモアで過ごしたが、家は貧しく、実業高校を一年で中退し、鉄道のメッセンジャー・ボーイや新聞売りなどをして家計を助けた。その後満足な教育はまったくうけなかったが、読書量はすさまじく、十三歳のとき、カントの『純粋理性批判』を読破したという。一九一五年、二十一歳のときに、全国に支社をもつピンカートン探偵社のボルティモア支社に入社。週給二十一ドル。以後断続的に約七年間、ピンカートン社のオプとして、ニューヨーク、首府ワシントン、モンタナ州のビュート、ギルト・エッジ、ルイスタウン、西海岸のオレゴン州やワシントン州のシアトル、パスコなどアメリカ各地を渡り歩いた。

この間、一九一八年には陸軍に入隊し、ボルティモアの駐屯地で結核に感染、一九二〇年から一九二一年にかけて、ワシントン州タコマやサンディエゴ近くの陸軍病院で療養生活をおくり、タコマの病院で知りあった看護婦ジョゼフィン（ジョウス）・アンナ・ドーランと、一九二一年七月七日、サンフランシスコで結婚した。以後ハメットはこの町に住み、ピンカートン社のオプとして、サンノゼ、ストックトン、ロサンジェルス、サンディエゴなどにも派遣されている。

結婚した年の十月に長女メアリー誕生。みずから背中にライフルをつきつけた結婚だったともいえる（一九三八年八月に正式に離婚）。ハメットは、一九二一年末か一九二二年のはじめに、日給六ドルのピンカートン社を辞め、物書きとして立とうと決意を固めた。退役軍人管理局からもらう雀の涙ほどの恩給と傷病手当が頼りの耐乏生活だった。一九二二年、H・L・メンケンが編集する洗練された都会派の文芸雑誌『スマート・セット』の十月号に小品「パルタイ人の一矢」が掲載され、同じくメンケンが資金稼ぎのために表面には名前をださずに創刊（一九二〇年）した『ブラック・マスク』の一九二二年十二月号に、ピーター・コリンスン名義の短篇「帰路」がはじめて掲載された。

このときから、パルプ・ライターとしてのハメットの血みどろの生活（次女ジョゼフィン・レベッカ、愛称ジョーが生まれた一九二六年の七月、アルバイトで広告コピーを書いていたサミュエルズ宝石店で吐血）がはじまった。結核を理由に、一九二七年末には妻子と別居し、病いと折り合いながら、酒、女、原稿書きの無頼の日々がつづいた。長篇『赤い収穫』の連載第一回分が『ブラック・マスク』に掲載されたのは、一九二七年十一月号だった。そして四つめの長篇『ガラスの鍵』の連載が完結したのは、一九三〇年六月号である。

この一九三〇年までのサンフランシスコ時代に、ハメットは作家としての持てる資質と力を費消しつくしてしまった。成功とともに収入も増え、浮き名も流すようになった。一九三一年に刊行された『ガラスの鍵』は、当時つきあっていた女流作家、ネル・マーティンに献じられている。そしてもちろん、最後の作品となった一九三四年刊の『影なき男』は、リリアン・ヘルマンに捧げられた。

ダシール・ハメットは、一九三四年以後、作品を一作も発表しなかった。だが、「なぜハメットは書かなくなったのか」という質問は的はずれである。書かなくなったのではなく、ごく単純に、書けなくなったのだ。書きたくても書けなかった。丸一日タイプに向かっていても、一語も打つことができなかった。前に書いた古い作品をひっぱりだし、無為に手を加えることぐらいが精いっぱいという、物書きにとっては地獄の責苦をもしのぐ残酷な日々の連続だった。書きたくても書けなかった作家、それが長い晩年のハメットだった。しかし、ハメットの伝記作家のひとり、ウィリアム・F・ノーランにいわせれば、ハメットは死の数年前まで、最後の一作を書きあげる努力を棄てなかったという。

アメリカ共産党入党？（一九三七年？）、第二次大戦時に陸軍志願、アリューシャン列島で従軍（一九四二年）、除隊（一九四五年）、急進派の市民権会議に発起人として参加

（一九四七年）、下院非米活動調査委員会の査問会に召喚され（一九五一年七月）、証言を拒否し、法廷侮辱罪に問われて服役（六ヵ月）、出所後、一九五二年に再召喚をうけ、このときも証言拒否をつらぬいたが、投獄はまぬかれた。

この時期、非国民呼ばわりされたハメット（彼を槍玉にあげた急先鋒は名コラムニストのウォルター・ウィンチェルだった）の著作物は、文字通り焚書の憂きめを見（日本の米軍駐留地ではとりわけ徹底的におこなわれたという）、所得税滞納の名目で差押えまでうけ、財政状態は最悪になった。

ハメットが四面楚歌の窮地におちいっていたこの時期、エラリイ・クイーンは、ハメットの諸短篇を自分たちが編纂するミステリ専門誌の創刊号（一九四一年秋季号）から再録しはじめ、四〇年代末から一九五三年までに、三十篇近い作品を掲載している。それらの作品を雑誌形式の中・短篇集として編纂し、刊行させたのもクイーンだった。この中・短篇集は、一九四五年から一九五二年にかけて八冊出版された。ハメット自身の手に渡った印税は微々たるものであったかもしれないが、この時期にハメット短篇集を刊行させつづけたクイーンの行為は特筆すべきである。

ダシール・ハメットの真の復権に通じるさまざまな形の称讃は、ハメットの死後五年たった一九六〇年代後半にはじまった。先鞭をつけたのは、リリアン・ヘルマン自身が編纂した大部のハメット短篇集だった。未完の作品「チューリップ」を収めたこの短篇集は一九六六年に刊行され、ヘルマンは彼女しか知らなかったエピソードもふくめて、心のこもった弔いの序をつけている。そのあとヘルマンは、つぎつぎに刊行された自伝風エッセイ、『未完の女』（一九六九年刊、平凡社）、『ジュリア』（一九七三年刊、パシフィカ）、『眠れない時代』（一九七六年刊、サンリオ）のなかでも、ハメットとの深いかかわりあいを情熱的に吐露している。

これを追って、このあたりから、ハメット研究書があいつぐ。一九六八年には、ケント州立大学出版局から、E・H・マンデルの小さなハメット書誌が刊行された。ついで一九六九年に刊行されたウィリアム・F・ノーラン（ヘミングウェイ、ジョン・ヒューストン、スティーヴ・マックイーンなどの評伝やSF、ミステリを書く、多才で勤勉な作家）の *Dashiell Hammett: A Casebook* は、小さな評伝を兼ねた、はじめてのまとまったハメット論だった。

七〇年代には、それぞれに独自の趣きのあるハメット考察があいついだ。イギリスの文人、ジュリアン・シモンズは、一九七二年刊の名著『ブラッディ・マーダー』の第十章でハメットに触れ、『ガラスの鍵』を「二十世紀の犯罪小説が達し得る頂点」と絶讃した。ジョージ・J・トムスンは、ミステリ評論誌 The Armchair Detective に、一九七三年から七回にわたって、The Problem of Moral Vision in Dashiell Hammett's Detective Novels という長文の評論を連載した。

一九七四年には、ニューヨーク大学出版局から、ウィリアム・ルーエルマンの *Saint with a Gun : The Unlawful American Private Eye* が刊行され、ハメットについては第三章 The Kid from Cyanide Gulch があてられた。一九七五年には、コロンビア大学のスティーヴン・マーカス教授がハメット研究家として名乗りをあげ、短篇集『コンチネンタル・オプ』（立風書房）を編み、哲学用語や経済学用語を駆使して難解なハメット論（同書序文）を披露した。

一九七六年には、シカゴ大学出版局から、ジョン・G・カウェルティの『冒険小説・ミステリー・ロマンス』（研究社出版）が刊行され、「ハードボイルド探偵小説」「ハメット、チャンドラー、スピレーン」の二つの章が立てられた。一九七七年には、『ブラック・マスク』アンソロジー *The Hard - Boiled Detective* を編纂したハーバート・ルームが、ハメットの「帰路」を収録し、論評を加え、ジュリアン・シモンズは一九七八年に *Dashiell Hammett : The Onlie Begetter* という小評論を発表した。

そして一九七九年には、数多くの図版をおさめた完璧に近いハメット書誌 *Dashiell Hammett : A Descriptive Bibliography* が刊行された（ピッツバーグ大学出版局）。さらに、ボウリング・グリーン大学出版局からは、おもに『マルタの鷹』を論じたピーター・ウルフの *Beams Falling : The Art of Dashiell Hammett* が一九八〇年に出版されている。

これらの諸論文、研究、書誌が口火となり、八〇年代はまさにアメリカにおけるハメットの完全復権の年代となった。この五年間に、じつに四つのハメット評伝が単行本として刊行されたのである。先陣を切ったのは、南カロライナ大学で博士号をとり、前記のハメット書誌をまとめたリチャード・レイマンの *Shadow Man : The Life of Dashiell Hammett*（一九八一年刊）だった。ついで長年にわたってハメットを追いつづけてきたウィリアム・F・ノーランの *Hammett : A Life at the Edge*（『ダシール・ハメット伝』）が一九八三年に刊行された。ノーランの後を追って同年に刊行されたダイアン・ジョンスンの『ダシール・ハメットの生涯』（早川書房）にいたって、ハメットの生い立ちや私生活はほとんどすべてがあらわにされた。リリアン・ヘルマンが私信などの秘蔵の資料を提供し、ミステリ界とは縁もゆかりもない女流作家にまとめさせたこの評伝は、資料の量や正確さにおいて、たしかに他を圧倒している。

四冊めのハメット評伝が、マシュー・J・ブラッコリ編の評伝シリーズの一冊として刊行されたのは一九八五年の春のことだった。著者はジュリアン・シモンズ。作品論などの批評部分には鋭いものがあるが、評伝としての新味はほとんどなく、かわりに数多い図版や写真が目を楽しませてくれる。

この過熱ぎみともいえるハメット研究ブームはいったいなんなのだろう。なぜこれほどまでに、いまハメットは求められているのか。

ここにあげたハメット研究者の多くは、まだ若い。あの〝赤狩り〟の時代を直接体験しなかった者も多いはずだ。彼らのその若さが、ハメットの復権を通じて、あの時代を批判し、否定し、断罪しようとしているのだともいえる。あるいはアメリカはいま、おそまきながらあの〝眠れない時代〟への贖罪の念に駆られているのだろうか。

だが、ハメットの復権などという他人勝手な指摘より、ほんとうはもっと重要なことがある。

いまでは、完全な復権を果たしたダシール・ハメットを貶めたり、けなしたりする者は皆無といってよく、私立探偵小説の始祖、〝ハードボイルド〟の創始者、純アメリカ産文学の巨匠とさえ崇められ、神格化されているが、みわたしてみれば、ハメットのように書くことのできる物書きはひとりもいない。模倣し、分析し、論評し、我田引水の評論を仕立て上げる者は多いが、だれもハメットのようには書けない。ハメットはハメットであり、偉大なオリジナルであるからだ。

だれもハメットを真に真似ることはできない。これは最大の讃辞である。

「改訳決定版」のための短いあとがき

『マルタの鷹』の私の初訳は二十七年前だった（一九八五年、河出書房新社刊）。ハヤカワ・ミステリ文庫におさめられたのがその三年後の一九八八年。以後十回以上版を重ねたが、訳文にはほとんど手を加えなかった。二つの評伝の翻訳もふくめて当時ハメット漬けのピークにあった私には〝やれるだけのことはやった〟という強い自負があったのだろう。

ところが『赤い収穫』（一九八九年）、『影なき男』（一九九一年）、『ガラスの鍵』（一九九三年）、『コンチネンタル・オプの事件簿』（一九九四年）とハメットを訳しつづけ、長い〝ひと休み〟をとったあと最後に残った長篇『デイン家の呪い』（二〇〇九年刊）の翻訳作業のまとめにとりかかっていたとき、思いもかけなかった〝事件〟が発生した。フォークナーを専攻する優秀なアメリカ文学研究者がハメットの『マルタの鷹』を精読し、その結果を研究社の《英語青年》のウェブサイトで発表しはじめたのである。

それが、諏訪部浩一（東京大学准教授）〈『マルタの鷹』講義〉だった。原則として一章ごとに一回をあてる講義の内容は的確で刺激的だった。ハメットとチャンドラーの全作品もおさめられている The Library of America という新しいアメリカ文学全集の存在を教えてくれたのもその「講義」だった。

この文学全集のことや諏訪部浩一氏との交流については三年前に訳した『デイン家の呪い』のあとがき（『アメリカ・ハードボイルド紀行』、二〇一一年、研究社刊収録）でさっそく触れ、「ハメットはこれで打ち止めなんて、エラそうなことはいってられない。ここからまた再出発だ」と私は結ぶことになった。二十七年前にいだいていた強い自負心が「講義」によってぐらついていたのである。

きびしい英語教師の容赦ない添削に身をすくめる生徒の気分で私は受講に耐えつづけた。辞書の不備、検索の不徹底さ、深読みのいたらなさ、安易な誤読、単純な校正ミスなどなどを思い知らされた二年間だった。自慢できるとしたらこれくらいだが、私ほど熱心にこの講義を受講した生徒はいないだろう。

諏訪部浩一氏の「講義」は連載後一書にまとめられた（二〇一二年、研究社刊）。そしてそのあと半年もたたぬうちに、強運というべきか、僥倖といおうか、私は二十七年ぶりに『マルタの鷹』を改訳する機会に恵まれた。

二度とめぐってこないのではないかと半ば諦めかけていたこの絶好の機会を生かすためにやるべきことは、「講義」でうけたすべての指摘を、謙虚にうけとめ、自分なりに消化することだった。それを今回、充分に果たせたと思う。諏訪部「講義」に心からの感謝の意を表したい。

なお、本改訳決定版は、『マルタの鷹』の初版をもとにしているThe Library of America版を底本としたが、「講義」においても詳細に指摘され、精密な検討が加えられている初版時のいくつかの誤記、誤植については、妥当と思われる指摘を選択し、訳文にとりいれたことをおことわりしておきたい（実例は「講義」の語注、第三章第六項、第十四章第九項、同第十項などを参照のこと）。

また文末には、九〇年代後半以降の新しいダシール・ハメット関連書を刊行年順に列記した。かつて例をみなかったほどの新たなハメット研究ブーム、ハメットへの関心の高まりがうかがいしれる。なんとジョニー・デップ主演で『影なき男』が再映画化されるなどというニュースまで伝わってきているほどなのだ。

ハメット主要関連書リスト（一九九五〜）

- William Marling: *The American Noir : Hammett, Cain, and Chandler* (1995)
  ジョージア大学出版局刊の研究書。

●Dashiell Hammett: *Complete Novels* (1999)
The Library of America の第百十巻。全長篇（五作）が「校訂」つきで一書にまとめられている。

●Dashiell Hammett: *Nightmare Town* (1999)
クノップ社刊の短篇集。『ダシール・ハメット伝』の著者、ウィリアム・F・ノーランが序文をつけ、三篇のスペード物、七篇のオプ物をふくめ二十篇収録。

●Richard Layman 編：*Dashiell Hammett* (2000)
ゲイル研究ガイド Literary Masterpieces の第三巻。イラスト入り。

●Robert L. Gale: *A Dashiell Hammett Companion* (2000)
ダシール・ハメット事典。中短篇もふくめた登場人物名が主体。他に実在人物名、作品名、誌名、事項名など。

●Erin A. Smith: *Hard‐Boiled: Working‐Class Readers and Pulp Magazines* (2000)
テンプル大学出版局刊の研究書。

●Dashiell Hammett: *Crime Stories and Other Writings* (2001)
The Library of America の一巻本。二十四短篇、エッセイ、記事三本収録。

●Dashiell Hammett: *Selected Letters of Dashiell Hammett 1921-1960* (2001)
リチャード・レイマンとハメットの次女の娘ジュリーの共編による大部の書簡集（妻ジ

ヨウス、娘ジョーおよびリリアン・ヘルマンあてが大半）。

- Jo Hammett: *Dashiell Hammett: A Daughter Remembers* (2001)

書簡集同様、レイマンとジュリー・ハメット共編によるハメットの次女（ジョー）の回想記。

- Richard Layman: *Discovering the Maltese Falcon and Sam Spade* (2005)

『マルタの鷹』百科事典。同書とハメット関連のありとあらゆる逸話、由来話などがおさめられている。

- Vince Emery 編：*Lost Stories* (2005)

前項の百科事典と同じヴィンス・エマリー・プロダクション刊の埋もれたハメット小品集（二十篇）。序文、ジョー・ゴアズ。

- Dashiell Hammett: *Vintage Hammett* (2005)

オプ物他の中短篇四作と五つの長篇からの抜萃各数章。

- George J. Thompson: *Hammett's Moral Vision* (2007)

七〇年代にミステリ評論誌 The Armchair Detective に連載された評論が原型。

- Don Herron: *The Dashiell Hammett Tour* (2009)

三十年前にはじめたサンフランシスコの〈ダシール・ハメット・ツアー〉ガイド本の記念版。序文、ジョー・ハメット。

● Leonard Cassuto: *Hard - Boiled Sentimentality* (2009)
コロンビア大学出版局刊の研究書。

● Joe Gores: *Spade & Archer* (2009)
ハメット研究家の作家、ジョー・ゴアズが『マルタの鷹』の〝前日談〟に仕立てた小説。『スペード&アーチャー探偵事務所』木村二郎訳、早川書房刊（二〇〇九年）。

● Dashiell Hammett: *The Crime Wave: Collected Nonfiction* (2013)
二〇年代末から三〇年代初めにかけてハメットが寄稿した五十本近い書評を中心に、その他の記事、雑文などを網羅したアンソロジー。刊行が遅れ、二〇一三年刊（ヴィンス・エマリー）と予告されている。

ハメット没後、周期的に関連書がまとまって刊行され、研究ブームが過熱するのは、ハメットに関心をいだく研究者層の世代交代によるものなのだろう。諏訪部浩一〈『マルタの鷹』講義〉を口火に、日本でもダシール・ハメットへの新たな関心と研究熱が高まることを期待したい。

（二〇一二・五）

本書は、一九八八年六月にハヤカワ・ミステリ文庫より刊行された『マルタの鷹』を改訳したものです。

レイモンド・チャンドラー

長いお別れ
清水俊二訳

殺害容疑のかかった友を救う私立探偵フィリップ・マーロウの熱き闘い。MWA賞受賞作

さらば愛しき女よ
清水俊二訳

出所した男がまたも犯した殺人。偶然居合わせたマーロウは警察に取り調べられてしまう

プレイバック
清水俊二訳

女を尾行するマーロウは彼女につきまとう男に気づく。二人を追ううち第二の事件が……

湖中の女
清水俊二訳

湖面に浮かぶ灰色の塊と化した女の死体。マーロウはその謎に挑むが……巨匠の異色大作

高い窓
清水俊二訳

消えた家宝の金貨の捜索依頼を受けたマーロウ。調査の先々で発見される死体の謎とは？

ロング・グッドバイ

The Long Goodbye

レイモンド・チャンドラー

村上春樹訳

私立探偵フィリップ・マーロウは、億万長者の娘シルヴィアの夫テリー・レノックスと知り合う。あり余る富に囲まれていながら、男はどこか暗い陰を宿していた。何度か会って杯を重ねるうち、互いに友情を覚えはじめた二人。しかし、やがてレノックスは妻殺しの容疑をかけられ自殺を遂げてしまう。その裏には哀しくも奥深い真相が隠されていた。新時代の『長いお別れ』が文庫で登場

ハヤカワ文庫

訳者略歴　1936年生，2015年没，早稲田大学英文科卒，ミステリ評論家，翻訳家，作家　著書『私のハードボイルド――固茹で玉子の戦後史』訳書『赤い収穫』『影なき男』ハメット，『酔いどれの誇り』クラムリー（以上早川書房刊）他多数

HM=Hayakawa Mystery
SF=Science Fiction
JA=Japanese Author
NV=Novel
NF=Nonfiction
FT=Fantasy

マルタの鷹《たか》
〔改訳決定版〕

〈HM⑭-7〉

二〇一二年九月十五日　発行
二〇二四年十月十五日　六刷

（定価はカバーに表示してあります）

著　者　ダシール・ハメット
訳　者　小《こ》鷹《だか》信《のぶ》光《みつ》
発行者　早川　浩
発行所　株式会社　早川書房

郵便番号　一〇一 - 〇〇四六
東京都千代田区神田多町二ノ二
電話　〇三 - 三二五二 - 三一一一
振替　〇〇一六〇 - 三 - 四七七九九
https://www.hayakawa-online.co.jp

乱丁・落丁本は小社制作部宛お送り下さい。
送料小社負担にてお取りかえいたします。

印刷・三松堂株式会社　製本・株式会社明光社
Printed and bound in Japan
ISBN978-4-15-077307-6 C0197

本書は活字が大きく読みやすい〈トールサイズ〉です。